Philo Gubb Correspondence-School Detective

Ellis Parker Butler

通信教育探偵
ファイロ・ガッブ

エリス・パーカー・バトラー
平山雄一【訳】

国書刊行会

目次

通信教育探偵ファイロ・ガップ

ゆでたまご

The Hard-Boiled Egg

壁紙張り職人であり、〈日の出探偵事務所〉の探偵養成通信教育講座の受講生でもあるファイロ・ガッブ君は、謎の同居人クリッツ氏と共有している寝室のドアに向かって、キーキー鳴る床を避けながら壁際を忍び足で歩いていた。ガッブ君は背が高くひょろひょろとしていて、現代版ドン・キホーテもしくは人間フラミンゴを連想させた。そしてガッブ君は温厚で天然のお人好しだった。さて、彼は長くてやせこけた体をほとんど二つ折りにして、ドアの羽目板のひび割れに目をくっつけて、部屋のなかをのぞき込んだ。ガッブ君の限られた視界のなかでは、ロスコー・クリッツが仕事の手を休めて聞き耳を立てていた。彼の耳にはガッブ君の荒い息が羽目板の割れ目を通して届き、のぞき見をされていることに気がついていたのだ。彼はまるまるとした両手を膝の上に置いてドアに向かってにっこり笑った。その顔には勝利の表情が浮かんでいた。

ドアの割れ目を通してガッブ君に見えたのは、クリッツ氏の脇にある洗面台のてっぺんだけで、クリッツ氏は全然見えなかった。しかし一生懸命見つめていると、まるっこい手が視界に入ってきて、洗面台の上に置いてあるいろいろなものを次々とつまみ上げるのが見えた。まずペルシャグルミを半分に割った殻を七つか八つ。その次がゴム靴から切り取ったかかとの部分、三番目に豆ぐらいの大きさの小さなゴムボール、四番目にペーパーバックの本。そして最後が巨大でぎらぎら輝く偽の金の延べ棒だった。その手が延べ棒を持って消えたので、ガップ君はもっとよく見えないかと顔をドアにぐいっと押しつけた。するといきなりドアが勢いよく開いたので、ガップ君は寝室のすり切れたカーペットの上にうつぶせになって倒れ込んでしまった。

「へっ、ざまあみろ。痛い目に遭えばいいんだよ！」と、クリッツ氏は言った。

ガップ君はのろのろとキリンのように立ち上がり、膝の埃を払った。

「え、どうしてです？」

「そんなふうにのぞき見するからだよ！」と、クリッツ氏は不機嫌そうに言った。「俺だっていい気分はしねえよ。いったい誰かと思うじゃねえか。入りたきゃあさっさと入ってこいよ。こっそりのぞいて、こんなふうに転がり込まなくたってよ」

しゃべりながらクリッツ氏は殻やらゴムのかかとやらゴムの豆やら偽の延べ棒やらを洗面台に戻した。彼は丸々太った小男で、ぴかぴか光るはげ頭に白い山羊ひげを生やしていた。しゃべりながら彼は顔を伏せ、めがねの上越しにこちらをじろりと見た。怒っているような態度を取っていたけれども、彼は親切で情け深いおじさんのようにしか見えなかった。小さな村で小さな店を経営して、石けんの匂いのする便せんやら棒付きキャンディをガラス瓶のなかから取り出して売ってくれるような人のいいおじいさんだ。

「探偵みたいなまねしやがって」と、彼はいくぶん柔らいだ口調で言った。

「実はそうなんです」と、ガッブ君はまじめくさって二つあるベッドの片方に座って言った。「僕、あとちょっとで探偵になれるんです」

「なんてこった！　だったら他に部屋を探さねえと。俺は探偵なんかと同居はできん」

「ええと、でも、クリッツさん。そんなに気にさわりますか」

「探偵のあんたといたら、俺はずっといらいらしちまうよ」と、クリッツ氏は文句を言った。「それに俺の仕事は落ち着いて手を使えなくちゃできないんだ」

「あなたの仕事が何かって、まだ教えてくれていないじゃないですか」

「知らないふりするんじゃねえ。洗面台の上に置いてあるものを見れば、探偵だったらわかるはずだろう」

「ええ、まあ、そりゃあもちろん。でも僕はまだ一人前の探偵じゃないんです。僕を一人前扱いしないでくださいよ。それは偽の金の延べ棒のように見えますけれど……」

「これは正真正銘、偽の金の延べ棒だよ」

「へえ」と、ガッブ君は答えた。「でも……クリッツさん、気にさわったら許してくださいね……見たところ……僕の考えるに……ええと、あなたはこの偽の金の延べ棒を買ったんですね」

クリッツ氏は真っ赤になった。

「で、俺がこれを買ったからってどうだっていうんだ？　買った人間は売っちゃいけない決まりでもあるのか？　誰だって卵の一つや二つ、買ったことがあるだろう。卵を買ったやつはみんな卵屋になったらいけないのか？　俺が偽の金の延べ棒を一つや二つ買ったからって、俺がそれを売っちゃいけないってことはねえだろ？」

ガッブ君はあっけにとられてクリッツ氏をぽかんと見つめていた。

「あなたは……ええと、まさかあなたは詐欺師なんですか、クリッツさん？」と、彼はきいた。

「それ以外なにがあるっていうんだい」と、クリッツ氏はきっぱりと断言した。「俺は散々だまされてきたんだから、今度は自分がだます側に回ったっていいじゃねえか。ガッブさんよ、俺ほど詐欺に引っかかった人間はそういるもんじゃないぞ。俺はずっと他人を信用してきた。だがこれからは他人が俺を信用する番だ。これからやるのはそういうことなんだ。だから探偵と同居して邪魔されたくない。探偵と詐欺師が一緒にやっていけるか！　お断りだ！」

「ええと、おっしゃっていることはわかるんですけれども。でもあわてて引っ越すこともないと思いますよ。あと二ヶ月ぐらいは本格的に探偵の仕事はやらないつもりですから。まだ壁紙張りと室内装飾の仕事がたくさん残っていますし、第一、資格が取れていないんです。もう一講座を受講して、復習して、テスト用紙を返して、卒業証書代として五ドル振り込まなくちゃいけないんです。そうしてからようやく開業ってことになります。すてきな商売ですよ。なにしろ毎日悪党ども……ごめんなさい、そういう意味じゃないんです」

「気にするなよ」と、クリッツ氏は優しく言った。「類は友を呼ぶってか。俺もまだ悪党じゃないが、早くなってみたいもんだ」

「どうお感じかはわかりませんが」と、ガッブ君は説明しはじめた。「〈日の出探偵事務所〉の探偵養成通信教育講座では、如才のなさというのが大切だと強調されていまして……」

「もしかして、オハイオ州スローカムのか？」と、クリッツ氏は間を置かずに言った。「まさか『ヒースストーン・アンド・ファームサイド』紙の広告を見たんじゃないだろうな？」

「ええ、オハイオ州スローカムの」と、ガップ君は言った。「その新聞の広告を見たんですよ。『探偵になって大儲け。さあ探偵になろう。たった十二回の講座で君もシャーロック・ホームズだ』ってやつ。それがどうかしました？」

「おいおい」と、クリッツ氏は言った。「なんてこったい。その広告、俺が見た広告の上に出ていたやつだぞ。俺も探偵になって偽の金の延べ棒を俺に売りつけやがったやつを見つけて、牢屋にぶち込んでやろうか、それともその『探偵養成通信教育講座』の下に出ていた広告の本を買おうかと悩んだんだ。で、詐欺決めた理由はいままで売りつけられた偽の金の延べ棒やら偽札やらが手元にあったからだ。それからこの本はたったの二十五セントだったしな。うまくいけば打ち出の小槌になるぞ！」

　彼はポケットから一冊の紙表紙の本を取り出してガップ君に渡した。その本の題名は『完璧なる詐欺賄賂王・著、定価二十五セント』。

「その本には」と、クリッツ氏はまるで自分が書いたかのように自信満々に言った。「あらゆる詐欺を行うのに必要な知識がすべて書かれているんだよ。暗記すれば、あとはやるだけさ。もちろんまずは小さなところからだ。いきなり盗聴をしようなんていうのは無理だ。あれは手下が必要だからな。誰か仲間になってくれそうなやつを知らないか？」

「残念ですけれど」と、ガップ君は思慮深く答えた。

「もし探偵にならないんなら」と、クリッツ氏は言った。「俺の仲間にならないか。あんたはお人好しに見えるし、しかもあまり頭がよさそうじゃねえ。それはけっこう有利なんだぞ。ちょっとしたインチキ賭博をやるのだって、相棒が必要なんだ。信用できる相棒を用意して、そいつが俺から賭博で勝って金を巻き上げるように見せるんだ。いいか」と、彼は説明しながら洗面台のほうへ移動した。「このインチキ賭博はやり方さえ覚えれば簡単だ。殻を三つテーブルの上に置く。そして小さなゴムの豆を取り出し、それから三つの殻をこうやって持つ。二つを片手に一つをもう一方の手にだ。そして豆の周りをこうやってぐるぐる回す。豆はちょっと動くかもしれないが、まあそれはいいや。それからこう言う。『さあ、さあ！　目より手が早いよ！』そしていきなり殻を伏せる。豆は三つのうちの一つに入っている。こういう具合に……」

「豆は入っていませんよ。床に転がっていたのが見えましたもの」

「今回は落ちたかもしれないが」と、クリッツ氏は弁解がましく、「たいていはうまくいくんだ。まだ完璧にはできねえんだが。まあこういうやり方だ。ああ、畜生！　また床に落ちた！　今度はベッドの下か。ああ、あった！　さてと、今度こそ失敗しねえぞ！」

「お客の前でやる前に、まだまだ練習が必要なようですね、クリッツさん」と、ガップ君は真剣な顔で言った。

「当たり前だろうが」と、クリッツ氏はむっとした様子で答えた。「あんたの尾行だって同じようなもんだ、ガップさんよ。夕べずっと後をつけていたのを、気がつかなかったとでも思っているのかい」

「へ、ご存じだったんですか？」と、ガップ君は素直に驚いた。

「午後九時から十一時までずっと丸見えだったぞ！」と、クリッツ氏は言った。「ともかく不愉快だったがな」

「お邪魔してごめんなさい」と、ガップ君は謝った。「第四回講座の実習をしていたんです。全然気づかれていないと思っていました」

「とにかくもうやめてくれ。夕べのことは許してやろう。たいした用事もなかったからな。でも詐欺をやろうとしているときに誰かがずっとくっついてきたりしたら、カモは変だと思うかもしれないじゃないか。ちゃんと目立たず誰にも気づかれないんなら俺も文句は言わねえ。でも商売の最中にカモを不安がらせてほしくねえんだ。頭のおかしい男がくっついてくるなんて思われちゃあおしまいだ」

「ただの練習だったんですよ」と、ガップ君は謝った。「コツさえ会得すれば大丈夫です。誰だって最初は初心者じゃないですか」

「まあそうだが」と、クリッツ氏は言いながら、殻とゴム豆を並べ直した。「で、豆をこうやって置くわけだ。そしてどの殻の下に入るか賭けてみろと言い、あんたはまだ賭けない。いいか？　で、俺は殻を伏せる。最初の殻の下にこうやって豆が入るのを見て、あんたはこれに賭けると言う。そして俺がこんなふうに殻を動かすからずっと目を離すなよ……」

「豆はずっと同じ殻の下にあるはずでしょ」

「まあその通りだ。普通だったらな」と、クリッツ氏は落ち着いて答えた。「しかしそうとは限らねえ。俺が殻を動かしているあいだに、テーブルとの隙間からこっそり豆が出てきて、それを俺が指のあいだに挟み込む。そっちには見えない。そしてあんたは豆が入っている殻はこれだと指さすが、そこには何もない。豆は俺の指のあいださ。だから金を賭けさせると俺は自分で殻をひっくりかえしてみろと言う。

でも空っぽだ。さらにあんたが残りの殻をひっくりかえす前に俺が一つ取り上げる。すると豆がまるでそのなかにあったみてえに転がり出る。こういう仕組みだ。まだコツが飲み込めてねえんだけどな。殻のなかから豆が出てきやしないし、指のあいだに挟めない。しかもいったんくっついたら、落ちてきてほしいときにさっぱり落ちてこねえんだ」

「それ以外は大丈夫なんですか?」と、ガップ君は質問した。

「それ以外は、もうちょっと指が細かったらなと思っているんだが」

「もし僕が探偵にならなかったら、何を僕にさせたいんですか?」と、ガップ君はきいた。

「あんたにやってもらうのは、プロはサクラ、って呼ぶんだが、客に混じって豆がどの殻の下に入っているのか当ててもらう役だ」

「簡単ですよ。あなたの手際は今見たばかりだもの」と、ガップ君は言った。

「もうちょっと上手くやれるように練習するって言っているだろ」と、クリッツ氏はむっとして言った。

「あんたはサクラになって、どの殻の下に豆があるのかを言うんだ。どれだか当てようとしなくてもいい。俺は言われた通りに豆を出す。そしてあんたは賭けに勝つ。毎回十ドルを賭けては勝つんだ。でもその金は後で返してもらうけどな。だから正直者のサクラが必要なんだよ」

「なるほど、なるほど。でもお金ももらえないのに勝ったってしょうがないでしょ」

「それでカモがひっかかるんだろうが。カモはあんたが勝ち続けるのを見て、自分たちも勝ちたいと思う。でもそうは問屋が卸さない。連中が賭けると今度は俺が勝つ」

「でもそれじゃイカサマじゃないですか」と、ガップ君はまじめくさって言った。「そうですよね?」

「悪党がイカサマをして何が悪い。そもそも悪党は悪いことをするから悪党って呼ばれるんだろ、そうじゃないか？」

「そりゃあもちろんそうです」と、ガップ君は言った。「そういうふうに考えたことがなかった」

「考えてみれば、どういうふうに探偵が捜査するのかがわかってりゃ、俺も悪事をやりはじめてから逃げやすくなるだろうな。そうじゃないか？　だからそういうコツがわかるまでここに住むことにするよ」

「そう言ってくれて嬉しいです、クリッツさん」と、ガップ君はほっとして言った。「あなたのことが好きだし、あなたの見た目も好きなんです。それに次の同居人のあてもないし。誰か悪い人間が来ちゃうかもしれないじゃないですか」

　ということで同意が成立し、クリッツ氏はゴムの豆と殻三つを操る手さばきの練習を洗面台で続けた。一方ガップ君はベッドの端っこに座って〈日の出探偵事務所〉の探偵養成通信教育講座の第十一回講座を勉強していた。

　するとクリッツ氏は小さい豆の扱い方を覚えたようで、ガップ君にサクラの役をやってくれとしつこく頼んできた。毎回ガップ君はゲームに勝ってそのたびに五ドル札を受け取った。次にガップ君は「カモ」の役をして、クリッツ氏がお金をすべて取り戻した。めがねの下はにこにこ顔で、クックッと笑い通しだったが、ついには咳が止まらなくなってしまって顔が真っ赤になり、洗面台のピッチャーから水をくんでごくごく飲んでようやくおさまった。その様子はまさに小さな村のキャンディ売り場の向こう側にいる親切なおじいさんのように見えた。彼は洗面台の上にかがみ込んで、まるでとりつかれたように小さなゴムの豆を操っていた。

「こんなうまい金もうけの手段を、どうして他のやつらがやらないのか、実は不思議に思っていたんだ」と、彼はしばらくしてから言った。「何週間もずっと練習して、結局ものにならないで、またださされるはめになるんじゃないかと、内心びくびくしていたんだ。ぜひあんたには他にあてが見つかるまで俺のサクラをやってもらいてえな」

「僕は勉強が忙しいですから。通信教育で探偵術を学ぶのは楽じゃないんです」

「ああ、こりゃ悪かった！　一晩で五ドルの礼をするよ。それでどうだい？」

ガッブ君は考えた。「うーん、困ったな！」と、言い、ゆっくり答えた。「僕はそんなやり方でもうけたお金をもらうのは好きじゃないんです」

「いやいや、そんなふうに考えることはねえよ」と、クリッツ氏は言った。「あんたの大切な時間を借りるのに対して払ってるんだ。イカサマをものにするのは俺にとっちゃ大切なことなんだ。これができればこの金の延べ棒を千ドル以上で売りさばくのも楽勝ってわけだ。俺はこれに千五百ドル払った。で、安物だとわかった。とんだ大もうけってわけさ。なにしろこの石くれは百ドルを一セントさえも上回らないんだからな。これを買ったあとに持ち込んだ銀行の連中にその値段なら買い取るって言われたよ。だから俺の練習を助けてくれるんだったら数ドル支払うなんてわけはない。あんたにだったら喜んで払うし、あんたの友達にだって払うさ」

「じゃあ、約束はできませんが、そう言ってくれるのなら僕にも友達はいますから……」と、言ったところで彼は突然言葉を切って、「まさか僕の友達にその金の延べ棒を売りつけようっていうんじゃないでしょうね？」

　クリッツ氏はめがねの奥の両目を見開いた。

「そんなわけがあるか！」

「じゃあ、協力してくれる友達を紹介しましょう。どうすればいいんです？」

「あんたか友達はサクラになって、この金の延べ棒を買うふりをするんだ。そうやって俺がこれを売る手伝いをするんだよ。いや、あんたが延べ棒の所有者の役をやったほうがいい。なにしろあんたはちょっと足りないように見えるからな。金の延べ棒を買うカモもあんたを見て安心するだろう」

「僕はそんなふうには見えないと思うけどなあ」と、ガッブ君は胸を張って言った。

「なに言ってんだい！」と、クリッツ氏は言い、金の延べ棒詐欺の第一回リハーサルは翌朝に行われることが決定した。しかしガッブ君があちらを向いているあいだに、クリッツ氏はこっそり何かをこの探偵見習いの上着のポケットに滑り込ませていた。

　翌日の正午近くになって、クリッツ氏は糊の入った桶を避けようとおっかなびっくりめがねの向こうの目をこらしながら、ガッブ君が仕事をしている空き家の応接間に入ってきた。

「なんで来たかって言うと」と、クリッツ氏は申し訳なさそうに言った。「やっぱりあんたの友達を誘わなくていいって言いたくてね。例の件は中止だ」

「そんな、今さら！　嘘でしょう！」

「あんたが怒るのもそりゃあ無理はないが」と、クリッツ氏は言いよどみながら、「でも止めたほうがいいと思うんだ。あんたは悪くないんだが……」

「わけがわかりません。どうしたんですか？」

「俺は何度も詐欺に引っかかったって言っただろう。俺はどうやらいつでもどこでも金を巻き上げられるカモに見えるみたいなんだ。で、よく考えてみたらよ、あんたについて、俺はほとんど知らないだろう？　ところが今、俺はあんたに千五百ドルもつぎ込んだ金の延べ棒を渡して、あんたが友達を呼びに行くのを待つことになっている。でもあんたが金の延べ棒を持ったまま帰ってこなかったらどうするんだ？」

ガッブ君はあっけにとられてクリッツ氏を見つめていた。

「とっくに友達には話をつけてありますよ。やつはもう準備万端整えています」

「言いにくいんだが、殻の詐欺を練習したときに金を貸しただろう。そしたら五ドルが足りないんだ」

「知ってますよ」と、ガッブ君は真っ赤になって言い返した。「そこにある僕の上着を調べてください。ポケットのなかにありますから。返すつもりだったんです。どうしてポケットに入っていたのかはわからないけれど、お金を返すときにまちがったんです、きっと」

「まあそうかもしれないが」と、クリッツ氏は猫なで声で言った。「何しろあんたは正直そうだからな、ガッブさんよ。でも千ドルに化ける金の延べ棒だし、どこの銀行でも百ドルで買い取るって言っているしなあ……いつもこういうときの保険みたいなもんなんだが」

クリッツ氏は見るからに言いにくそうだった。

「あんただけじゃなくてみんなに頼むんだ」と、彼は申し訳なさそうに、「金の延べ棒を預けるあいだの保証金として百ドルを預かることにしているんだよ。ああ、言っちまった。あんたは怒るだろうなあ」

「怒ってなんかいませんよ」と、ガップ君は反論した。「僕とピートにお金を払ってくれるんだったら、これは仕事ですからね。その金の延べ棒の価値を保証するのを嫌とは言いませんよ」

クリッツ氏はほっとしたようにため息をついた。

「これでどんなに俺が安心したかわからねえだろうなあ」と、彼は言った。「もう人間不信に陥る寸前だったよ」

目抜き通りからちょっと横に入ったウィロー街のパイ屋で、ガップ君はつましい夕食をとっていた。昼間にこのパイ屋でピートは軽食を売っていた。このパイ屋のピートこそが、クリッツ氏のうまい話に一口乗らないかとガップ君が誘いをかけた友達だったのだ。このチャンスを引き受けるかどうか話をする前に、ガップ君はまずパイ屋のピートにかたく口止めをした。そしてガップ君が夕食をとりに寄ったときには、パイ屋のピートはもう店じまいして、彼のことを待ち構えていた。クリッツ氏のアマチュア詐欺の話に、パイ屋のピートは食いついた。ピートはこんなことに引っかかる無邪気な人間がいるなんて信じられなかった。なにしろ大都会出身で、リバーバンクにやって来る前は結構怪しい連中ともつきあいがあったのだから。ピートは目つきの鋭い赤毛の男で、丈夫な拳骨を持ち、顔には古傷が残っていた。ガップ君からクリッツ氏の話を聞いて、こりゃあおあつらえむきの獲物が飛び込んできたと思った。

「今夜の首尾はどうなんだ、ファイロ?」と、彼はガップ君の隣の椅子に腰掛けて尋ねた。一方で夜番の男がコーヒーを入れていた。

「うまいことといっているよ」と、ガップ君は答えた。「準備はぬかりないよ。堤防のところの波止場にとめてある古いハウスボートに、僕は九時に例のブツを持っていくんだ」彼は夜番の男の背中をちらりと見やって声を潜めた。「そしてクリッツさんが君をそこに連れていってくれるよ」

「九時か？」と、パイ屋は言った。「クリッツとはおまえの下宿で会うんだろ？」

「君とクリッツさんは八時四十五分にリバーバンク・ホテルで待ち合わせるんだ」と、ガップ君は言った。「本物そっくりにやらなくちゃね。僕はこれから部屋に戻ってクリッツさんにお金を渡さなくちゃいけないから……」

「何の金だい？」と、パイ屋のピートはすかさず尋ねた。

「ええと、クリッツさんは例のブツを、保証金なしで手元から離すのをいやがっているんだ。あれ一個しかないからね。だから保証金百ドルを渡すことにしたんだ。そしたら彼は安心して……」

「なんだって！　百ドルだって？」

アップルパイをむさぼっているガップ君のことをパイ屋はまじまじと見つめた。彼はなにかひらめいたようだった。

「本当に百ドルかよ？」と、彼は考え深げに繰り返した。「おまえはクリッツに先に百ドルの保証金を渡して、クリッツとおまえが会うのは九時だ。クリッツは俺とは八時四十五分に会う。シカゴ行きの汽車は八時四十三分発だ。しかも駅の場所はハウスボートとホテルのあいだじゃねえか！　おい、ガビーよ、そのじじいはどんなやつだ？」

ガップ君はたどたどしいながらも、クリッツ氏の人相をできるだけ詳しく描写した。その説明が進むにつれて、パイ屋のピートは身を乗り出して、

「ピンク色の皮膚ではげている？　頭のてっぺんはまるでゆでたまごみたいだって？　そいつの顔には古傷がないか？　なんてこったい！　ちびででぶ、人のよさそうなおじいちゃんみたいだって？　青い目をしている？　おい、やつは咳をしたあと、顔を真っ赤にして息が詰まったりしないか？　おいおい、新米の探偵さんよ、お手柄だぞ。聞けよ、ジム。ガップの野郎が〈ゆでたまご〉を捕まえたぞ！」

夜番の男はびっくりしてコーヒーカップを取り落としそうになった。

「おいおい、あの〈ゆでたまご〉のじじいか？　本物か？」

「その通り！　しかもブツともどもだと。おい、ガビー、聞け！」

五分ものあいだ、パイ屋のピートはしゃべり続けた。そのあいだガップ君はぽかんと口を開けたままだった。

「わかったか？」と、パイ屋はようやく話を終えた。「俺のことは何も言うな。誰にも言うな。ただ執行官に、『ずっとこの男を捜査していたんです、ホイテッカーさん。そしてブツを持ってこさせるように手配しました。いかがです？』と言うんだ。いいか？　そう言ったら、執行官に部下をつけてもらって、おまえから現金を受け取った瞬間、〈ゆでたまご〉のじじいを現行犯逮捕してもらうんだ。ベテラン刑事もシャーロック・ホームズも、明日の朝刊にどーんと載るおまえの記事にびっくりだ。わかったか？」

ガップ君は理解した。彼が部屋に入っていくと、クリッツ氏が待ち構えていた。八時ちょっと過ぎのことだった。たぶん八時十五分だったと思う。クリッツ氏は金の延べ棒のように見える例のブツをきちんと新聞紙でくるみ、柔和な青い目でガップ君のことを見上げた。『完璧なる詐欺』を読んでいたのだ。

ガップ君が入ってくるとめがねを額へと押し上げた。

「ちゃんと包んでおいたよ」と、彼は言いながら、手で示した。「だから持って歩く途中にぎらぎら光ることはねえ。町中に金の延べ棒を持ってうろついているやつがいるなんて噂が立ったら、みんな鵜の目鷹の目になるからな。夜の散歩には絶好の日和じゃないか？　午後に家内から手紙が来てね」と、彼は笑って見せた。「俺の成功を祈るって書いてあった。俺がこれからやろうとしている仕事のことを知ったら、サリーはかんかんになって怒るだろうなあ。じゃあ、そろそろ時間だ……」

「お金は持ってきましたよ」と、ガップ君は言いながら、ポケットから取り出した。

「まあ本当はそんな心配なんかしなくてもいいんだろうけどよ」と、クリッツ氏は穏やかに言った。「でもまあ形だけってことで。ありがとうよ、ガップさん。俺は上着を着るから……」

ガップ君は金の延べ棒を手に取った。そして床に落とした。再びドアが勢いよく開いた。しかし今度入ってきたのは三人の屈強な警察官だった。彼らの拳銃はクリッツ氏にぴたりと狙い定められていた。太った小男はこの光景を一目見るが早いが、両手をあげた。

「わかった、わかった、降参するよ」と、クリッツは今までとはがらりと変わった声色で言い、腕をつかまれおとなしく捕まった。彼は警察官などかまわず、ガップ君のほうを見ていた。ガップ君は包み紙を引き破った。するとなかから出てきたのはどこにでもあるような舗装用の煉瓦だった。彼はそれをじっと見つめていた。

「おい」と、クリッツ氏はガップ君に言った。「俺はまぬけだったよ。あんたにまんまとはめられた。たいした腕前だ。てっきり上手いことやったと思っていたんだがなあ。しかしこんな相手は見たことがねえ。いったいあんたは何者なんだ？」

ガッブ君は視線を上げた。

「僕？」と、言う彼は胸を張って、「ええと……ええと……僕はガッブ、アイオワ州リバーバンク一番の探偵さ」

ペット
The Pet

ガッブ君が〈ゆでたまご〉のじいさんを捕まえた翌朝、『リバーバンク・イーグル』紙はガッブ探偵の活躍を賞賛する記事を二段抜きで掲載し、シャーロック・ホームズをしのぐ探偵が我が町リバーバンクに現れたことを喜んだ。『イーグル』紙はこう書いていた。

ファイロ・ガッブ氏が、〈日の出探偵事務所〉の探偵養成通信教育講座全十二回のうち第十一回講座を終えた時点で、卒業証書とバッジを授与されたのは我らの誇りである。本日彼の語ったところによると、近日中にあのダイナマイトの〈ぶっ壊し屋〉事件の捜査に着手する予定であるという。〈ゆでたまご〉逮捕によって得られる賞金で、ガッブ氏はオハイオ州スローカムの〈日の出探偵事務所〉の探偵専門用具販売部門から十八種類の変装道具一式を購入する予定だそうだ。ガッブ氏によればその変装道具が到着するまでは、壁紙張り、室内装飾、室内ペンキ塗りを格安で引き受けるとのことである。

残念ながら、変装道具と卒業証書が届いてからも、さっぱりガッブ君には探偵調査のお呼びがかからなかった。しかしそうやって待っているあいだの暇な時間を、彼はダイナマイトの謎の調査に費していた。これはたくさんの探偵がもう何週間も調査している難事件だった。しかしガッブ君の調査は、尾行したいろいろな連中の一人、ジョセフ・ヘンリーに二度も叩きのめされただけで終わった。

リバーバンクに〈世界のモンスター大集合ショー〉がやって来たのは、ガッブ君が卒業証書を受け取った次の日だった。まるで彼の探偵としての才能を発揮してくれと言わんばかりだった。なにしろサーカスときたらたいてい詐欺師がつきものだったからだ。そこで朝も早くからガッブ君は第十六号の変装をしてみた。これはカタログによれば「黒人二等曹長、二十二ドル」というやつだ。詐欺師を捜してサーカスのなかをうろついていると、彼の目はシリラという女性に止まった。彼女は「五百キロの美女」と言われる見せ物小屋に登場する〈でぶ女〉だった。

〈骨人間〉と〈怪力男〉の助けを借りてシリラが車から降りてきた。彼女は襟のないイブニング・ガウンを着ていた。その腕と肩は雪のように真っ白だった（ただし片腕にある奇妙なマークは例外だった）。ガッブ君はこんなに白い腕と肩、そしてこんなに豊満な腕と肩も見たことがなかった。そしてその瞬間、彼は一目惚れをしてしまったのだ。まるで催眠術にかかったみたいに、彼女の後をくっついて見せ物小屋のテントまで行き、入場料を支払うと、一日中彼女の舞台の前につっ立っていた。その晩テントを閉めるときもまだそこにいた。

リバーバンクでシリラを見初めたのはガッブ君だけではなかった。〈リバーバンク社会奉仕連盟〉のご婦人方は、サーカスがこの町にやって来るということをきいて、さぞや見せ物小屋の芸人たちは知的生活とは縁遠いのだろうと同情し、外勤役員ホラス・ウィンターベリー氏に、見せ物小屋に行って芸人たちを〈イプセン文学および討論協会〉に加入させるよう命じた。〈タスマニアの野蛮人〉が会長になった。ところがウィンターベリー氏もシリラに一目惚れをしてしまい、見せ物小屋の支配人のドーガンに、自分も見せ物小屋の一員になりたいと頼み込んだのだった。するとドーガンは快く受け入れて、〈メキシコの毛なし犬男ワウワウ〉としてウィンターベリー氏を檻のなかに入れてくれた。ウィンターベリー氏はつるっぱげだったのでちょうどよかったのである。

次のサーカスの興行場所で、ある力持ちの拳骨自慢の女性が見せ物小屋にやって来て、ウィンターベリー氏を拉致していった。彼の奥さんだったのである。しかし〈リバーバンク社会奉仕連盟〉のご婦人方は何も知らなかった。彼女たちは、ウィンターベリー氏はサーカスにさらわれて、無理矢理空中ブランコの乗り方や裸馬の乗り方を教え込まれていると信じて疑わなかった。そこで彼女たちはガップ探偵を雇って彼を見つけ出すよう依頼することにしたのだった。

まさにご婦人方がガップ君に仕事を依頼することを決めたとき、この壁紙張り探偵は、壁紙張りの仕事へ向かいながらもう二度と会うことができないであろうあの麗しのシリラのことを思い浮かべていた。すると突然手にした糊の缶をはたと取り落とし、糊刷毛の柄をぐいと握りしめた。近くの鉄道線路の小さな藪のなかから、へんてこな生物が向かってくるのを発見して、びっくり仰天したのだ。ガップ君がとっさに、このへんてこな生物はサーカスから逃げ出してきたんだと思ったのは正しかった。こっちにやって来る恐ろしい生き物は、なんとあの〈タスマニアの野蛮人〉だったのだ！

野蛮人が近づいてきたので、ガップ君は身構えた。彼は最期の血の一滴まで戦う覚悟だった。

野原を半分のところまでやって来て、〈タスマニアの野蛮人〉は肩越しに振り返った。まるで追われているようにさらに速度を上げて飛ぶようにガップ君のところまでやって来た。通信教育探偵は糊刷毛をめったやたらに振り回した。〈タスマニアの野蛮人〉は二メートルほど手前で立ち止まった。

このようにして近くで見ると、この野蛮人の姿はまさに血も凍るほど恐ろしかった。ちぎれた鎖が手首と足首に残っていた。長い髪の毛が顔の周りでもじゃもじゃにもつれていた。そして指の爪は長くてまるでかぎ爪のようだった。その顔は黄土色と赤色に塗られ、目は黒い輪で縁取られていた。さらにその輪のなかは白く塗られているので、まさに野蛮人そのものという雰囲気をかもしだしていた。短いパンツと馬の毛で作ったロープで体に巻き付けている何かの野生動物の皮だけが彼の衣装だった。

ガップ君は身をかがめて、〈タスマニアの野蛮人〉が飛びかかってくるのに備えた。ところが驚いたことに野蛮人は友好の印として片手を上げ、もう一方の手でもじゃもじゃの髪の毛を頭から取りさった。そして柔らかい金髪を真ん中から分けて後ろにていねいになでつけた頭をあらわにした。

「ねえ、君」と、彼は感じのいい上品な声で言った。「その危ないものを僕に向かって振り回すのを止めてくれ。僕は何もしないよ。ここいらへんだといったいどこでズボンが買えるか教えてくれないか？」

ガップ君の経験豊富な目は、すぐにこの生き物は見た目ほど野蛮でもないということを見破った。彼は糊刷毛を下ろした。

「僕の家へいらっしゃい」と、ガップ君は言った。「ズボンのことは家で落ち着いて話し合いましょ」

〈タスマニアの野蛮人〉はその提案を受け入れた。

「さて、いったいどういうことなんですか」と、ガッブ君は、台所に落ち着いたところで言った。巻いた壁紙の上に腰掛け、〈タスマニアの野蛮人〉、本名はウォルドー・エマーソン・スヌークス氏は自分のことを語り出した。

ハーバード大学を卒業後、彼は「イプセンおよびエマーソン〔一八〇三～八二、アメリカの思想家〕の比較精神構造、およびブルック農場〔一八四〇年代にボストンで始まった共同生活体〕におけるカブ食事療法の効果の側面について」という講演会を開いて生計を立てようとしていた。しかし代理人はなかなか契約を結ぶことができなかった。ところがちょうどそのとき代理人に、見せ物小屋の支配人のドーガンから〈タスマニアの野蛮人〉がいないかという問い合わせがあり、スヌークス氏はそれに飛びついたというわけだった。彼自身もびっくりしたのだが、彼はとても上手に野蛮人を演じられた。鎖を鳴らしたり、檻のなかを駆け回ったり、檻の鉄格子をがりがりかじったり、生肉を食べたり、今まで他の〈タスマニアの野蛮人〉ができなかったような遠ぼえを上げたりした。そしてある邪魔者がこの見せ物小屋にやって来るまで、すべてはうまくいっていたのだ。

その邪魔者とはウィンターベリー氏だった。彼がイプセン文学の会の話を持ち込んだことで〈タスマニアの野蛮人〉と〈怪力男〉のホクシーとのあいだでけんかになってしまった。そしてホクシーはスヌークスを二つに引き裂いてやるぞと脅したのだ。

「本当にやりそうだったんだよ」と、〈タスマニアの野蛮人〉は感情まるだしにして言った。「もし僕が逃げ出さなかったらどんなことになっていたやら。もう戻る気はないな。僕はボストンに戻って、〈タスマニアの野蛮人〉も廃業だ。しかしなにはともあれズボンがないと」

「その通りですね。ボストンで暮らすのなら、ズボンは絶対必要でしょ」

「で、問題はだ、どこに行けば僕はズボンをはけるかってことなんだけど」

「ズボンははかせてあげられませんけど」と、ガップ君は言った。「オーバーオールなら」

この元〈タスマニアの野蛮人〉は大喜びだった。彼がオーバーオールを着て、顔の塗料をボロ布でぬぐうと、もうこれで誰だかわからなくなった。

「お礼の代わりと言っちゃなんですけど」と、ガップ君は言った。「このことは秘密にしておいてください。探偵の変装については世間に知られちゃいけないことになっているんです。この〈タスマニアの野蛮人〉の衣装は世捨て人の変装をするときに使うことにします。だからもう気にしないでください」

ファイロ・ガップ君はウォルドー・エマーソン・スヌークス氏がはるか二千キロかなたのボストンへと旅立っていくのを見送りながら、いったいいつになったらこの〈タスマニアの野蛮人〉の衣装を使う機会が訪れるのかさっぱり見当がつかなかった。野蛮人が出発してからすぐ、少年がガップ君を呼びに来た。そして彼は鼻高々と〈リバーバンク社会奉仕連盟〉のご婦人方の集会に現れたというわけだった。

「そういうわけで」と、ガースウェイト夫人は話の最後に、「おわかりになりまして、ガップさん？」

「はい、マダム。つまり僕にウィンターベリー氏を見つけてほしいということなんですね？」

「その通りです」と、ガースウェイト夫人は答えた。

「そして見つけたら、ウィンターベリーさんを連れ戻すんですね？」

「そうです」

「そして彼を誘拐した人間の皮を被った悪魔には、法律の許すかぎりの厳罰を与えるんですね？」

「連中にはそれがふさわしいのです。なにしろウィンターベリーさんのような優しい紳士を誘拐したのですから」

「そうでしょうね。そうなるべきでしょう。しかしどれくらいの連中まで逮捕したらいいんでしょうか。もし見せ物小屋の支配人が誘拐したのだったら、僕の探偵としての直感と知識は、支配人を逮捕すべきだと告げています。もし見せ物小屋の全員が共謀して彼を誘拐したのなら、見せ物小屋の全員を逮捕しなくちゃいけません。さらにサーカス全体で彼を誘拐したのなら、サーカス全部を逮捕しなくちゃいけません。すると動物もそのなかに入るんでしょうか？　僕は象やラクダも逮捕しなくちゃいけないんでしょうかね？」

「人間の形をしているのだけでいいわ」と、ガースウェイト夫人は言った。

ファイロ・ガッブ君は姿勢を正して両手を膝の上に置いた。

「人間の形とおっしゃいますと、マダム、オランウータンや類人猿は含まれるんでしょうか？」

「入ります。犯罪者と一緒にいれば、おそらく類人猿の愚かな心にも犯罪性が芽生えることでしょう」

「はい、マダム」と、ガッブ君は言って立ち上がった。「一番早い列車で出発して捜査にかかります」

ガッブ君は急いで〈タスマニアの野蛮人〉の衣装とさらに六つの変装道具をスーツケースに詰め込んで、ガースウェイト夫人がくれた十四ドルをポケットに突っ込み、バードヴィル行きの列車を捕まえた。そこであの〈世界のモンスター大集合ショー〉が翌日開かれる予定だったのだ。こういうなんでもないような行動でも、ファイロ・ガッブ君は本物の探偵であるから、当然変装をした。

スーツケースを詰め終えると、ガッブ君はていねいにマニラペーパーで包み、洗濯屋のチケットをひもの下にはさんだ。こうすれば洗濯屋の帰りに見えて、まさかこれからバードヴィルに行くなんて、誰も思わないだろう。さらにもっともらしく見せるために、彼は変装道具第十七号の中国人の変装をすることにした。ピンク色の頭蓋骨のようなかつらについている長い弁髪と、青い上着と黄色い顔で完成する変装だ。ガッブ君は顔にざらざらの黄土色のパウダーを塗った。おかげで彼の顔の色は、本物の東洋人の皮膚というよりもむしろカボチャといったほうがいいような感じになった。駅に行く途中ですれちがった人々は、黄熱病の末期患者だと勘ちがいしてあわてて逃げていった。

ガッブ君が駅に到着したとき、ちょうど汽車の車輪が回り始めたところだった。彼はプラットフォームから汽車の一番後ろの客車のステップに飛び乗った。すると誰かの手が彼の腕をつかんだ。振り返ると腕をつかんでいたのはジョナス・メッダーブルック、リバーバンクの大金持ちだった。

「ガッブ君！　助けてほしいんだ！」と、メッダーブルック氏は力強く叫んだ。

しかしガッブ君は腕を振りほどいて、

「私、英語、しゃべれないアルよ」とわけのわからないことを言いながら、メッダーブルック氏を客車のステップから突き飛ばした。

さてお日様もまぶしい翌朝のこと。ファイロ・ガッブ君は真っ黄色の顔はもうやめて、健康的に日焼けした顔に変わっていた。彼の「第一号」から「第十八号」まで札がついている付けひげコレクションは、〈日の出探偵事務所〉の探偵養成通信教育講座全十二回で教えられた変装法通りに分類してあった。そのなかから彼は口ひげ第八号を選び、鼻の穴にスプリングをつっこんだ。

口ひげ第八号は長くて真っ黒な、端がカールしている口ひげで、ファイロ・ガッブ君がこれをつけるとなんだか不気味なご面相になった。しかも「第八号　賭博師またはトランプイカサマ師　製造・販売

〈日の出探偵事務所〉通信教育講座用具販売部門」と書かれているタグを取り忘れているのだから、なおさらである。この口ひげをくっつけて、ガップ君はベッドの下からよくある買い物かごを引っ張り出し、そのなかに〈タスマニアの野蛮人〉のもじゃもじゃのカツラと、メイク道具と、小さな鏡と、タオル二本、石けん一個、そして〈タスマニアの野蛮人〉の動物の毛皮の衣装と毛のロープそして短パンを入れた。最後に上から新聞紙で覆いをした。

彼が鉄道の待避線に着いたのはちょうどお日様が昇った頃だった。ガップ君が到着するとまもなくサーカスの荷下ろし作業も始まった。

誘拐されたウィンターベリー氏を探しているガップ君は、あちらからこちらへとくるくる歩き回った。付けひげの端にくっついているタグが肩の上でそよいでいた。しかしガースウェイト夫人が教えてくれたウィンターベリー氏の特徴に一致する人物は見つからなかった。幌つき荷馬車が出発し、象やラクダが下ろされてもウィンターベリー氏がそのなかに隠されているようには見えなかった。動物の檻が次に下ろされたのだが、みんなしっかり閉まっていた。四、五台の客車のなかに、ファイロ・ガップ君が注目したのが一台あった。彼の心臓は早鐘のように打った。その客車には「〈世界のモンスター大集合ショー〉用客車」と書いてあったのだ。ウィンターベリー氏はこの見せ物小屋に〈社会奉仕連盟〉の使いとして派遣されたのだから、ガップ君がここにこそ手がかりがあるにちがいないと思うのも当然だった。そしてさらにあの麗しのシリラがこの客車のなかにいるのはまちがいないとわかっているのでますます興奮したのである。

この客車の周りをうろついていると、端のほうのドアが開く音がした。彼はプラットフォームの下に隠れて、耳と目だけを端からのぞかせた。彼が隠れるか隠れないかのうちに、荷下ろし労働者の親玉がやって来た。

「ドーガンさんよ」と、彼は手下と話すときとは全然ちがう口調で言った。「あの〈野蛮人〉の檻は今日下ろすんですかい？」

「いいや」と、ドーガンは答えた。「いったい何の役に立つって言うんだ？　空っぽの檻を置いておいたってしょうがないだろう。列車にのせたままにしておけ、ジェーク。それとも……いや待て！　使い道はあるぞ。地面に下ろしていつも通り見せ物小屋へ持っていけ。あのペットをなかに入れよう」

「本気ですかい？」と、荷下ろしの親玉は言いながらにやついた。「あの檻には大暴れする〈野蛮人〉が入っていたんですぜ。そこにあんな冷たい死体になっちまったペットを入れるなんて」

「気にするな」と、ドーガンはぴしゃりと言った。「大丈夫だ、ジェーク。おまえも俺もペットは死んでるってわかっているが、ここらへんの田舎者は気づきゃしない。手元にあるうちはたとえ死体だろうが有効に利用しないとなあ」

「誰をだますっていうのよ」と、尋ねる声がした。振り返ったドーガンの目に、あの〈でぶ女〉シリラが客車の出入り口に立っているのがうつった。

「ああ、客連中だよ」と、ドーガンは言って笑った。

「あのペットを使うつもりなのね」と、〈でぶ女〉は非難するように言った。「それはまずいんじゃないかしら。いったいどうするの、ドーガン。死体は死体よ。ちゃんとした見せ物小屋に置いておくものじゃない。できれば埋葬してもらいたいけど、川に捨ててしまったっていいのよ。ねえ？」

「そんなことはしねえ」と、ドーガンはきっぱりと言った。「死体は死体かもしれないが、シリラ、ここはサーカスだ。サーカスではこれもまた出し物になる。〈七人の眠れる男〉の一人ってことにするんだ」

「何の一人ですって?」と、シリラは尋ねた。

「〈七人の眠れる男〉、だよ」と、ドーガンは言った。「やつを野蛮人が入っていた檻に入れてやろうと思うんだ。そしてやつは眠っていると客には説明する。『まるで死んでいるように見えます』と、俺は言う。『ところがあにはからんや、実はただ眠っているだけなのであります。一八三七年以来この人間は檻のなかで眠っていると証明する書類がございます。紳士淑女のみなさま、お子様方、どなたでもそんなのは嘘だと証明できましたら、よろこんで五千ドルの賞金をお支払いいたします。世界最長の睡眠記録なのです』ってね。するとみんなわっと笑うというわけだ」

「それじゃああんた、あたしがショーのあいだずっと、薄気味悪い思いをしてもかまわないっていうの?」とシリラは言った。

「全然」と、ドーガンは言った。

ガッブ君は音も立てずに列車の下を這っていき、走って逃げた。とんでもないことが行われようとしているのをしっかり聞いた。そのペットとはウィンターベリー氏だと彼は確信していた。なにしろ「ペット」などと呼ばれる男性は、ガースウェイト夫人の教えてくれた特徴によれば、ウィンターベリー氏しかありえないのだ。ウィンターベリー氏は殺されて、しかもその死体であの凶悪犯どもは金儲けをしようとしているのだ。この推理は論理的であり、確かな証拠もあったので、ガッブ君は急いでサーカスの公演場所へどういう状況なのか調べに向かったのだ。

「だめよ」と、シリラは涙ながらに抗議した。「自分が雇っている見せ物小屋の人たちがどう思うのか全然考えていないのね、ドーガン。もしあの死んだペットのせいで、私が四十キロくらいやせちゃったらどうするの。私の売り物が何かわかっているでしょう。五百グラム太るのだって時間もお金もかかるんだから。私がやせちゃったらあんたの収入も減るのよ。あのペットがショーに初めて来た日、私は気を失っちゃって舞台に上がれなかったけれども、あんたは気にもしてくれなかったわね」

「心配するなよ。おまえが殺したんじゃない」と、ドーガンは言った。

「だって本物そっくりなんだもの」と、シリラはすすり泣いた。

「おい、ホクシー！」と、ドーガンは叫んだ。

「なんですか、旦那？」と、〈怪力男〉は客車のドアのほうに来ながら言った。

「シリラを連れて行って、女どもに落ち着かせるよう言ってくれ。またヒスを起こしやがった。それからあっちに行ったらブレークとスキニーに、〈石男〉の荷を解けと言っておいてくれ。今日また使うつもりだ。それから汚れていたら、誰かにやらせて顔色を直して生きているように見せろ」

ドーガンは客車のステップから飛び降りて、歩いて行ってしまった。

〈石男〉というのは彼の失敗作だった。かつては〈石男〉は見せ物小屋でも人気のある出し物だったので、ドーガンはもう一度演目に入れてもいい頃だと思ったのだ。そこで彼は長旅に耐えられるように鉄の補強材を脚と腕に入れ、なかは空洞にしたコンクリート製の〈石男〉をこしらえたのだ。

ところが運の悪いことに、この〈石男〉の制作を依頼した彫刻家というのがいつもは洋服のマネキンを作っている男だったのだ。〈アステカ人〉とか〈穴居人〉のような顔でなく、彼がこの〈石男〉に与えた顔というのが、安っぽい洋服屋に並んでいるマネキンそっくりのにやけ顔だったのだ。その結果この〈石男〉を見た観客はびっくり仰天して恐れるどころか、げらげら笑い転げる始末だった。おかげで見せ物小屋の芸人たちは彼に「ペット」というあだ名をつけ、さらにひどいことに「死体」とまで呼ぶようになった。そしてその週末にガラスケースが壊れると、ドーガンはペットを箱にしまってしまえと命じたのだった。

しかし〈タスマニアの野蛮人〉が逃げ出してしまい、ウィンターベリー氏も〈メキシコの毛なし犬男ワウワウ〉としてちょっと出演しただけで、奥さんの命令で嫌々ながら家に帰ってしまった現在、この〈石男〉の新しい使い道を思いついたというわけである。

ガッブ探偵がサーカスの公演場所に到着したときには、見せ物小屋のテントの派手な看板はまだ立てられていなかった。しかし「大テント」以外のテントはすべて立っていた。そして全員が「大テント」を張る作業にとりかかっているはずだった。ところが例外が二人だけいた。いかにも凶悪そうな顔つきの労働者が二人、きょろきょろとあたりを見回して、貴重品保管用のテントのなかに入り、青い箱やらかごやら布袋の裏に潜り込んだ。そのうちの一人がすぐに上着の下から小さくて重いボロ布包みを取り出した。

「おい相棒」と、彼はがらがら声で言った。「ここは銀行と同じぐらい安全だっていうのは確かなんだろうな？　ねじ回しをよこせ」

「シカゴまでは開けない予定だ」と、もう一人がほくそえみながら、ある青い箱を示した。「たぶんこれだと思うぜ、相棒？　まちがいねえ！」

　二人は一緒に箱の蓋を開けた。するとそのとき見せ物小屋を探していたガップ探偵が、貴重品保管用テントのなかに潜り込み、二人の悪者が何かの包みを急いで箱のなかに入れ、再び蓋を閉めたところを目撃したのだ。ガップ君の付けひげはいまや斜め対角線のようになっていた。しかしそんなことは気にしなかった。彼の目はこの二人のならず者の顔に釘付けになった。連中は特徴の塊みたいな顔をしていた。一人は赤毛であばた面、もう一人の髪は黒くまるで誰かにイヤリングをむしり取られたみたいに耳たぶが裂けている。ガップ君はこっそり後ずさりしながらテントから忍び出た。ところがその途中、その青い箱の脇に「ペット」と書かれているのに気がついたのだ！

　ガップ君は隣のテントへ行った。かがんでなかをのぞいてみると、そこでは見せ物の準備をしていたのでほっと一安心した。テントのなかでは、男どもが青い舞台を組み立てていた。ずっと向こう側では四人の男たちが空っぽの檻を運んでいた。檻が動くと後ろの扉はばたばた開いたり閉じたりしていたが、正面の扉は厳重に鍵をかけて閉めてあった。ガップ君はテントの壁を下げながら外へとにじり出た。あの檻にウィンターベリー氏の死体を入れて、田舎者の休日のなぐさみものにしようとしているのだ！

そして殺人犯はまだここにいる！

　単独犯？　いや複数犯だ！　二人のならず者が箱をいじっていたが、あのなかにはペットの遺体が入っていたのではないか？　あの箱にいったい何を入れたんだろう？　殺人犯でなかったとしても、共犯なのはまちがいない。まるで用心深いフラミンゴのような歩き方で、ガップ君はテントの周りをぐるりとまわった。するとドーガンとシリラがなかに入っていくのが見えた。藪のなかに隠れていると、〈骨人間〉のロナーガンが見えた。そして〈怪力男〉のホクシー。〈中国の巨人〉チン少佐。小人の親指将軍、蛇遣いのゾゾ王女、チェルケス人［ロシアの小数民族］少女のマギーなどなどの見せ物小屋の連中もテントのなかに入っていった。そして彼は第八号の付けひげを外すとポケットにしまい、小枝に鏡をかけた。ガッブ君、変装を変えようというのだ。

　しばらくのあいだ、見せ物小屋の芸人諸君は立ち話をしながら、ドーガンのことを非難するような目つきでにらみつけていた。シリラは顔に涙の跡を残しながら、ペットをまた見せ物小屋に登場させるなんてひどいと文句を言い、ドーガンは彼らの非難をはねつけていた。

「俺がこのショーの団長だぞ」と、彼は断固として言いはなった。「俺はこの檻を使う。俺はペットを使うんだ」

「オーランドちゃんをこのなかにいれて、口上を言わせたらどう？」と、ゾゾ王女は言った。彼女の一番大きな蛇の名前がオーランドというのだ。「メイキャップ用のテントからコールドクリームを一瓶持ってくれれば、何時間でもその匂いを嗅いでいるわよ。コールドクリームが大好きなんだから」

「客が、蛇が匂いを嗅いでる姿を見て喜ぶとは思わねえ」と、ドーガンは言った。「ペットを檻に入れるんだ。わかったか？」

「見せ物用の動物屋から類人猿を借りられないんですか？」と、〈骨人間〉のロナーガンが尋ねた。オーランドがコールドクリームが大好きなのと同じぐらい、彼はシリラを熱愛していたのだ。「世界初の言葉をしゃべる人間と猿のあいのこなんだけれども、風邪をひいているから今日は声が出ない、というのは？　前にもやったことがあるでしょう」

「そして客から袋叩きにされたんだよ！　だめだ、ロナーガン。だめだめ。あの檻をここに持ってこい」と言い、さらに例の青い箱をテントに運び込んできた四人の労働者に命じた。「開けたか？　よし！　さて……」

ドーガン氏は檻のほうを見た。びっくりして立ち止まり、口をあんぐりと開けて目を見開いたままになった。お尻をぺたりと地面につけて、両手というか前足もつけてまるでお座りをしている犬のような格好で、〈タスマニアの野蛮人〉が檻の鉄棒のあいだからこちらをじっと見ていたのだ。もじゃもじゃの髪の毛、むきだしの脚、動物の皮を身にまとい、顔には黄土色と赤色を塗りたくり、目の周りには、なかを白くした黒い縁取りをしたまさに本物の〈タスマニアの野蛮人〉だった。ただしこの〈タスマニアの野蛮人〉はいささか背が高くてやせっぽちで、どちらかというとロナーガンのライバルと言ったほうがいいかもしれない。やせてローマ風の鼻とぱちぱちする目、頭を片一方に傾ける癖があるところはまるで鳥のようだった。たとえて言えば大きくてだらしないフラミンゴだった。

ドーガンは口を開けたまま見つめていた。彼はあまりにそれに気を取られていたので、メッセンジャーの少年がテントのなかに電報を配達しにやって来ても、宛名も見ずにサインをしてしまったほどだった。メッセンジャーの少年も立ち止まって〈タスマニアのフラミンゴ〉を見つめていた。青い箱を運んだ男たちも、荷物を下ろして見つめていた。芸人たちも檻の前に集まってまじまじと見つめていた。

「これ、誰？」と、シリラは感極まって声を震わせながら尋ねた。

「おい！　おまえはアメリカのどこから来たんだ？」と、ドーガンはいきなり尋ねた。「いったいおまえは誰なんだ？」

「僕は〈タスマニアの野蛮人〉です」と、ガップ君は穏やかに答えた。

「おまえが〈タスマニアの野蛮人〉だって？」と、ドーガンは言った。「自分が〈タスマニアの野蛮人〉に見えると思っているのかよ？　おまえが似ているのは……ええと、おまえがそっくりなのは……」

「君はまるで酩酊した翼竜のようだね」と、古代の動物について多少の知識を持ち合わせているロナーガンが言った。「ちょっと毛深いけど」

「いや、顔色がまだらの人間七面鳥みたいじゃないか」と、親指将軍は提案した。

「何にも似ちゃあいない！」と、ドーガンはようやく言った。「おまえは何だかわからないやつだ。いいから檻から出てこい！」と、彼はガップ君に厳命した。「そんなやつはショーでは使うつもりはない」

「でもドーガンさん、彼だったら人気者になるわよ」と、シリラが言った。

「人気者？　そりゃあ人目は引くだろうよ。しかしやつについて俺は口上でなんて言えばいい？　名前はなんてつける？　いいや、出て行ってもらおう。野郎ども」と、彼は四人の労働者に向かって言った。そのうち二人はガップ君が貴重品保管用テントで見かけた連中だった。「こいつをテントから放り出せ」

「待ってください！」と、ガップ君は片手を上げて言った。「実はあなたをだましてやろうと思ったんです。僕は〈タスマニアの野蛮人〉じゃありません。僕は探偵なんです！」

「探偵？」と、ドーガンは返した。

「変装しているんです」と、ガップ君は控えめに言った。「探偵の仕事では、事件解決にあたって変装することがしばしば要求されるのです」

　彼はペットを指さした。檻の下の箱のなかで、新たに口紅をひき、おしろいをはたかれたその顔は、あいかわらずにやにや笑いを浮かべていた。

「みなさんを逮捕します」と、ガッブ君は言った。しかし最後まで言い終わらないうちに、例の赤毛の男と黒毛の男はくるりと後ろを向いてテントからものすごい勢いで走って逃げていった。ガッブ君はかつてウォルドー・エマーソン・スヌークス氏がやったように檻の鉄棒を叩いたり引っ張ったりした。だが檻を破ることはできなかった。

「あの二人を捕まえてくれ」と、ガッブ君はホクシーに叫んだ。すると〈怪力男〉もテントから飛び出していった。

「いったい何の容疑なんだ？」と、ドーガンはきいた。

「僕はこの見せ物小屋の全員を逮捕します」と、ガッブ君は檻の鉄棒のあいだから顔を突き出しながら言った。「哀れで気の優しい無害な男が、いまや死体となってこの青い箱のなかに横たわっているのです。ウィンターベリー氏という名前だったのに、あなたによって『ペット』というあだ名がつけられた」

「ウィンターベリーだって？」と、ドーガンは叫んだ。「あのウィンターベリー？　あれはウィンターベリーじゃねえよ！　あれはコンクリートで作った人形だ。腹のなかはからで、腕も脚も芯にコンクリートをかぶせただけだ。注文して作らせたんだ」

「犯罪者は追及を受けても弁明をするものである」と、ガッブ君は言った。「探偵養成講座の第六回講座では、被害者を目の前にした殺人犯の探偵への弁明について警告していました。僕はウィンターベリー氏の解剖を要求します」

「解剖だって！」と、ドーガンはわめいた。「俺が解剖してやるよ！」

彼はペットの手をつかみ、コンクリート製の腕を一本へし折った。さらにテントの柱で頭をひっぱたき、コンクリートの残骸の山にしてしまった。胴体からはローマ風の上着をはぎ取って、からっぽのおなかを見せた。

「おや！」と、彼は言いながらペットのなかからボロ布に包まれた何かを取り出した。「なんだこりゃ」開けてみるとなかから出てきたのは、二ダースの銀のフォークとスプーン、そしてかなりの大きさの銀のトロフィーだった。

「『リバーバンク・カントリー・クラブ・へたくそ賞　一九〇九年度』、ゴルフのトロフィーか？」と、ドーガンは読み上げた。「『受賞者　ジョナス・メッダーブルック』、いったい何でまたこんなものがここにあるんだ？」

「ジョナス・メッダーブルックさんは、僕の地元の人間です」と、ガッブ君は言った。

「ほんとかよ？　で、おまえは誰だ？」

「ガッブです」と、探偵は言った。「ファイロ・ガッブ、アイオワ州リバーバンクの私立探偵兼壁紙張り職人です」

「じゃあこれはおまえ宛だ」と、ドーガンは一通の電報をガッブ君に渡した。探偵はそれを開いて読んでみた。

ガッブ様

アイオワ州バードヴィル　サーカス気付
サーカスが来た晩に泥棒に入られた。ゴルフのトロフィーが盗難に遭う。ゴルフ大会が台なし。授与できず。取り戻せたら賞金五百ドル進呈。
ジョナス・メッダーブルック

「本当はウィンターベリーさんを見つけに来たんじゃないんでしょ？」と、シリラがきいた。

ガップ君は電報を折りたたむと、もじゃもじゃのカツラを持ち上げ、自分の髪の毛とカツラのあいだに押し込んでしまった。

「探偵が捜査をしていると」と、彼は冷静沈着に言った。「ある事件を捜査していてもまた別の事件に遭遇することもあるのです。このトロフィーも今日の僕の捜査の成果の一つであります。さて、よろしければ、僕は外に出てズボンをはくことにしましょうか。そのほうが落ち着くし」

「それに見た目もよくなる」と、ドーガンは言った。「これ以上悪くはなりようはないが」

「探偵業を行っていくうえで」と、ガップ君は言った。「様々な変装をしなくてはいけません。お褒めの言葉、ありがとうございます。変装学というものは本当に難しいものであります。しかしこの変装は、僕がよく行う変装の一つでしかありません」

「まあ、他のもこんな調子だったら」と、ドーガンは心から言った。「俺は探偵でなくて幸せだったよ」

しかしシリラは数百キロのおっぱいをゆらしながらガップ君をひたと見つめ、

「どんな変装でも探偵さんはかわいいわ」と、言ったので、ガップ君の心臓はドキドキした。

鷲の爪

The Eagle's Claws

〈石男〉のおなかのなかから銀のトロフィーを取り返し、ファイロ・ガッブ君はリバーバンク行きの汽車に乗った。後ろ髪引かれる思いだった。原因はシリラである。五百キロはありそうな色白のかわいこちゃんで、まるで雌牛みたいなおとなしい姿は、ファイロ・ガッブ君の心をわしづかみにしたのだ。
しかしガッブ君の恋の行方は絶望的だった。なにしろシリラはこの体重を維持するためにかなりのお金を稼がなくてはいけなかった。ところがガッブ君の収入はやせっぽちの奥さんも養えないくらい不安定で少なすぎたのだ。

五百ドルの賞金は、たった三十ドルぐらいの価値しかないトロフィーにしてはかなりの額だった。しかしジョナス・メッダーブルック氏は自分で言い出した賞金ぐらい払える身分の人間だったし、ゴルフに血道を上げていた。しかしそれと反比例するようにまったく才能に恵まれず、このカップが彼が獲得した唯一のゴルフの賞だった。だから彼は気前よく賞金を払ったのだ。それにこのカップは大型ジョッキ《タンカード》と言うよりも、ほとんどタンクと言っていい大きさだった。

ガッブ探偵はメッダーブルック氏の家へと急いだ。しかしまるで宮殿みたいな家のドアが開くと、有色人種の執事はガッブ君に、メッダーブルック氏は今ゴルフクラブで〈へたくそゴルフ愛好家会〉の年次晩餐会に出席していると告げた。ガッブ君はゴルフクラブに行くことにした。シリラのことを思い浮かべながら歩いて行き、知らないうちにゴルフクラブの門をくぐっていた。

　彼はクラブハウスへ通じる歩道を歩いていった。しかし半分まで来たところで立ち止まった。彼の探偵本能が目覚めたのだ。クラブハウスの窓は明かりで煌々と照らし出されていた。賑やかに騒ぐ音が聞こえていた。しかしファイロ・ガッブ君が突然立ち止まったのは、そんな明るい窓の一つに頭部のシルエットが浮かんだからだった。ガッブ君が見つめていると、その頭は下へと消え、また別の窓に現れた。ガッブ君は通信教育講座の第四回講座の内容に従って、四つん這いになって音も立てずにその「出歯亀」のほうへと這っていった。あと一メートルほどのところにまで近づいて、ガッブ君は芝生の上にあぐらをかいた。

　ガッブ君が濡れた芝生の上に座っていると、その窓際の男はこちらを振り返った。それを見たガッブ君はびっくりした。まったく犯罪者らしいところがなかったのだ。その顔はきちんとした慈悲深いドイツ系アメリカ人老紳士のものだった。穏和さと人のよさが顔のしわから表れていた。しかしこの太った小さな男は何かのトラブルに巻き込まれているようだった。

「こんばんは」と、ガッブ君は言った。「クラブのなかで開かれている夕食会をごらんになっているようですが」

老紳士はくるりとこちらを向いた。

「シーッ！　吾輩はあの連中が飲んだり食ったりしているところを見ているのである。常に吾輩はそれを見るのを好むのである。よく食べる男はよろしい！　あの黒ひげの男、すばらしき食欲なり！」

ガップ君は膝立ちになって食堂のなかをのぞきこんだ。

「あれはジョナス・メッダーブルックさんじゃないですか。リバーバンクで一番の金持ちです」

「メッダーブルック？　メッダーブルックとな？」と、ドイツ系アメリカ人の紳士は言った。「ジョーンズではないのか？」

「ジョーンズじゃありませんよ、僕の知っているかぎり」と、ガップ君は答えた。

「ジョーンズではない！」と、まるまる太った人のよさそうなドイツ系アメリカ人は言った。「それは奇妙である！　彼はジョーンズではないのは確かであるか？」

「僕の知るかぎり、まずまちがいありませんよ。だって僕はメッダーブルックさんに返すゴルフカップをここに持っているんだもの。返せば五百ドルの賞金がもらえるんです」

「ほほう？　五百ドルとは？　そのカップに？」

「そうですよ」と、ファイロ・ガップ君は言った。彼はカップを持ち上げて、ジョナス・メッダーブルックの名前が刻まれているのが読めるようにした。

窓からの明かりのおかげで刻印文字はたやすく読めた。しかしこの老ドイツ系アメリカ人はまずはポケットから金縁めがねを取り出して、慎重に鼻の上にのっけた。そしてカップを受け取ると窓の近くまで持っていって刻印を読んだ。

「なるほど！　なるほど！」と、彼は認めながら、何度も頭を振った。そしてガップ君に向かってにっこり微笑みかけた。「ちょいと失礼！」と、彼は言いながら、優雅な手つきでガップ君の帽子を取り上げた。「少しお待ちを！」と、言いながら、あいているほうの手でガップ君の頭のてっぺんを触った。彼はガップ君の頭をやさしく右へ向けた。「さあ！」と、彼は叫んだ。「これでよろしい！」と、彼はカップを頭の上に振り上げて、ガップ君の頭の選び抜いた場所へと振り下ろした。ガップ君はまるで泳いでいるような動作をしたあとに、枯れ草の山の上に崩れ落ちた。この親切そうな老ドイツ系アメリカ人の紳士は、ガップ君が意識を失っているのを確かめると、ゴルフカップを腕に抱えてクラブの門のほうへと小道をよちよちと歩いていった。

十分後、小型自動車がやって来た。アンソン・ブリッグズという若い医者が飛び降りた。ガップ君はちょうど立ち上がろうとしていたところで、頭の上をなでていた。

「おい！」と、ブリッグズ先生は言った。「だめだ、だめだ！」

「どうしてです？」と、ガップ君は不機嫌そうに言った。「これは僕の頭なんだから、なでたければいつなでたっていいじゃないですか。先生の世話にはなりませんよ」

「ああ、頭をなでたければ勝手にするがいいさ！」と、先生は言った。「僕が言いたいのは、立ち上がるなってことだ。発作を起こしたときには立ち上がっちゃいけない」

「誰が発作を起こしたんです？」と、ガップ君は尋ねた。

「君だよ」と、ブリッグズ先生は言った。「君がひどい発作を起こしたってきいたんだ。そして倒れて建物に頭をぶつけたって。君はぼうっとしているんだ。さあ横になって！」

「いえ、立っているほうがいいんです」と、ガップ君は断固として言った。「僕のカップはどこです？」

「何のカップ？」

「いったい誰が僕が発作を起こしたなんて言ったんですか？」とファイロ・ガップ君は質問した。

「ちびででぶのドイツ人さ。彼に言われてきたんだ。それからこれを渡してくれって頼まれた」

先生は封筒をガップ君に渡した。探偵は受け取って封を切った。窓からの明かりで、こう読めた。


J・ジョーンズの五百ドルのゴルフカップはいただいた。　　P・H・シュレッケンハイム

ファイロ・ガップ君はブリッグズ先生のほうへと向き直った。

「僕が具合が悪いと聞いて駆けつけてくれてありがとうございます、先生。でも僕は発作で具合が悪いのじゃなくて、どちらかというとずっと消化不良なんですよ」

「一体なんだったんだ？」と、先生はいぶかしげにきいた。「あの手紙にはなんて書いてあったんだ？」

「これは手がかりなんです。僕の頭のてっぺんをぽかりとなぐった事件の犯人をつかまえるための。ということでお休みなさい、先生」

ガップ君は芝生から帽子を拾い上げると、威風堂々とクラブハウスの周りをまわってドアからなかに入った。

クラブハウスのなかで、ガップ君はウェイターにメッダーブルック氏を呼んでもらった。するとメッ

ダーブルック氏はすぐに現れた。

彼は食堂から急いできたものだから、首に挟んだナプキンが肩越しにふわりと飛んでいってしまった。メッダーブルック氏は振り返って拾うのではなくしっかと歯でナプキンを受け止めて、再び元の位置へと戻したのだった。

「失礼、ガッブ君。何をしているのか考えもしなかった。で、トロフィーはどこだね？」

探偵は説明した。メッダーブルック氏に、シュレッケンハイム氏が送ってよこした受取証を見せた。それを見た瞬間メッダーブルック氏の両目は真っ赤に血走った。

「あのオランダ人野郎め！」と、彼は叫んだ。シュレッケンハイム氏はオランダ人ではなく、ドイツ系アメリカ人だったのだが。「やつを牢屋にぶち込んでやる！」

と、ここで彼はわめくのを止め、

「ガッブ君。あの男は何の仕事をしていると言ったかね？」

「何も言いませんでした。まったく何も」

「あの男は」と、メッダーブルック氏は苦々しげに言った。「シュレッケンハイムという世界一の刺青師なのだ。彼はその世界では王様だ。刺青の目利きが見れば、シュレッケンハイムの作品は画商がコローの作品を見分けるのと同じように区別がつく。しかし関係ない！　ガッブ君、君は探偵だ。そしてわしは探偵の言うことは絶対だと思っておる。そうだ。君は……それからリバーバンクの全員が……わしのことはまっとうな市民だと思っている、まあ金持ちかもしれないが、まっとうだとな。しかし実は、わしはかつて……」と、言って彼は用心深げに周りを見回した……「かつて軽業師だったことがあった。

昔の話だが。その後わしは金持ちになった。妻はわしのことをけちだと言って出て行った。そして一人娘も連れていってしまった。それ以来二人には会っておらん。わしはあちこち探し回ったが、見つけられなかった。ガップ君、わしはあの男に娘を見つけてもらおうと思うのじゃ。生きて見つけられれば、千ドル出そうと思う」

「僕がやってみちゃいけないんですか？」と、ガップ君は言った。

「そういうわけではない」と、ジョナス・メッダーブルック氏は言った。「いいから聞いてくれ。軽業師時代にな、ガップ君、わしはとても高い絹のタイツをはかなくてはならなかった。ところが床の上で動きまわるとあっという間に破れてしまう。そこでひらめいた。わしは〈蛇人間〉として売っていた。だから自分にうろこの刺青を入れてしまえば、タイツの代金を節約できるのではないかと。見てくれたまえ」

メッダーブルック氏はカフスをまくりあげて腕を見せた。赤と青で美しく刺青されて、コブラのうろこのような模様が浮かび上がっていた。

「その代金は」とメッダーブルック氏は続けた。「かなり高かった。シュレッケンハイムはずっと仕事を続けた。そしてわしの胸まで彫り上がったときに、またわしはひらめいた。そこにアメリカの象徴、白頭鷲を刺青してはどうか、とな。わしが立ち上がって両腕を広げ、我が国の力と自由の象徴であるあの高貴な紋章を披露すれば、観客は熱狂するだろう！　わしはシュレッケンハイムにそう依頼し、やつは仕事を続けた。契約を結び、そうそう、鷲の刺青は五百ドルだった……鷲ができあがりかけたときだった。わしはシュレッケンハイムに『もう鷲は彫らないだろうな？』と、きいた。

「『鷲を彫らないとは？』と、やつは不思議そうにきいた。『自分だけが胸に鷲の刺青を入れた男でいたいんだ』

『他の連中にだ』と、わしは言った。『自分だけが胸に鷲の刺青を入れた男でいたいんだ』

『今別の男に鷲を彫っているところである』とやつは言った。

「わしは頭に来た。テーブルから飛び上がり、洋服をひっかけると『嘘つきめ！』と、叫んだ。『もう一点だってこの体には彫らせないからな！　出て行け！　一銭も払うものか！』

「やつはカンカンになった。『契約しただろう！』と、叫んだ。『五百ドル払え！』

「『刺青が完成したらの話だ』と、わしは言ってやった。『それが契約だ。刺青はできあがったか？　鷲の爪はいったいどこだ？　一銭も払わないぞ！』

「お互いにののしりあいになった。鷲の爪を彫らせろとやつは要求したが、わしは拒否した。絶対に金は払わないと言った。やつは地の果てまで金を取り立てに行くと言った。わしが彫らせないなら、赤ん坊だった娘に鷲の爪を彫ってやるとまで言ったから、わしは子供にやれるものならやってみろと言ってやった。しかし」とメッダーブルック氏は、「やつはわしの五百ドルのゴルフのトロフィーカップを手に入れた。やつの勝ちだ」

子供をだしに使った脅迫のくだりで、ファイロ・ガッブ君は目をむいたが、黙っていた。

「ガッブ君」と、メッダーブルック氏は突然言った。「わしの子供を見つけてくれたら千ドル出そう」

「探偵業というものは細部がかなり込み入っているものでして。不可能を可能にするためには、まずカップを……」

「もうカップはいい！」と、メッダーブルック氏はわめいた。「わしは子供と会いたいんだ。子供と会えれば一万ドル出すぞ、ガッブ君」

やっとのことでファイロ・ガッブ君はその場から飛び出していこうという衝動をおさえた。実は彼には手がかりがあった！

通常ガッブ君は現在の仕事に最適だと思われる変装をするのだが、今回は彼はシリラと会うことになるのだ！

ガッブ君はリストを調べた。第七号、イカサマトランプ賭博師。第九号、福音派の牧師。第十二号、肉屋。第十六号、黒人タクシー運転手。第十七号、中国人洗濯屋。第二十号、カウボーイ……。ファイロ・ガッブ君はそこで手を止めた。今回はカウボーイになろう。なにしろ小粋な変装だ。革のズボン、ソンブレロ、拍車、バックスキンの手袋、ホルスターにピストル、青いシャツ、金髪、ずんぐりした口ひげ。彼は完璧な変装をした。普段着はスーツケースに入れて、小さな鏡で自分の姿を見た。彼はこの変装を大いに気に入った。頰に紅を塗って、健康的な野外中心の生活を送っているように装った。

翌朝早く、一番早い商店でもまだ開いていない頃に、ファイロ・ガッブ君はウエスト・ヒギンス行きの汽車に乗り込んだ。そこで〈世界のモンスター大集合ショー〉が行われることになっていた。ほんの数人しかいない乗客は眠り込んでいて目も開けなかった。車掌はガッブ君の切符を受け取ると「ウエスト・ヒギンスのショーに出るのかい？」と尋ねただけで通してくれた。列車が到着したときにはすでにウエスト・ヒギンス駅には少年たちが集まっていた。連中はガッブ君をショーの出演者と誤解して、声を上げて歓迎した。そのおかげでガッブ君の捜査はとてもやりにくくなってしまった。ばれないようにこっそりサーカスの敷地内に忍び込もうと思っていたのだが、何十人という少年がすぐに彼を取り囲み、走り回ったり飛び跳ねたりしているのだ。

「君たち」と、ガッブ君は厳しい声で言った。「いいから向こうに行ってくれないか。僕の周りであそばないでくれたまえ」すると彼らは声をかけられたと思って大喜びした。唯一の朗報は、サーカス専用列車がようやくのろのろと町に到着したということだった。ガッブ探偵は急いでサーカスの敷地へと行った。調理場用のテントはすでにできあがっていた。そして食堂用のテントは立てている途中だった。現在見せ物小屋のテントはできあがり、「大テント」も立っていた。まだ九時前で、見せ物小屋の芸人諸君もようやく姿を現しはじめたところだった。そして彼らは来るとすぐ、まずは食堂のテントに行って食卓に着いた。大テントの脇から、ガッブ探偵はその姿を観察していた。

「ほらあそこを見て」と、シリラは突然ゾゾ王女に言った。「あのカウボーイみたいな格好をしているのは、バードヴィルにいてゴルフカップを手に入れたガッブ君じゃない？」

「彼らしくないかっこうね」と、ゾゾ王女は言った。「でも彼だわ。こっちに来て一緒にご飯を食べようって言ってみたら？　昨日は彼のことが好きだって言っていたじゃない」

「彼は本当の紳士だと思うんだよねって言いたかっただけなのよ」と、シリラは言った。そして声を張り上げてガッブ君を呼んだ。しばらく彼はもじもじしていたが、ようやくこっちにやって来た。「すぐにまた会えると思っていたのよ、ガッブ君。さあこっちに来て私の隣に座って。まだ食べていないんなら一緒に朝ご飯を食べましょう。夕べ家に帰ったんじゃないの。もう犯人を追いかけているんじゃないんでしょ？」

「探偵の仕事には様々な結末があるのです」と、ガッブ君は言いながら、シリラの隣に座った。「僕は今、非常に重要な事件を捜査しているんです」

シリラは五つ目のゆでジャガイモに手を伸ばした。ガップ君は顔面すれすれに横切った腕を見て興奮した。彼はまちがっていなかった。その腕には一対の鷲の爪が、赤と青で刺青してあったのだ！　今までは何の意味もなかったこの刺青が、今やなんと重大な意味を持っていることか！

「たぶんあなたは我が家なんてものを懐かしく思ったりしないんでしょうね、シリラさん」と、言いながら、その目は彼女の二の腕にそそがれていた。

「そうね、信じないかもしれないけれど、単に私が見せ物小屋で旅から旅の暮らしをしているから、普通の人みたいに自分の家を懐かしまないと思っているんでしょう。私をでぶで食べていれば満足する人間だと思ってるかもしれないけど、それは誤解よ、ガップ君。私は父ちゃんや母ちゃんと赤ちゃんのときに別れてしまったけど、ゾゾにはもう何回も『自分はちゃんとした血筋だ』と言っているんだよねえ、ゾゾ？」

「新しいやせっぽちに恋するたびに、あんたはそう言っているんじゃないの」と、ゾゾ王女は言った。

「このガップ君のことを噂したときにだって言ってたよね」

シリラは真っ赤になったが、ガップ君はがぜん張り切った。

「同じことよ」と、シリラはゾゾ王女に行った。「自分はちゃんとした血筋だっていうのは、つまりきちんとした家の出身だっていうことよ。私はちゃんとしたお嬢さんとしてしつけを受けてきたのよ。だからときどき自分でも嫌になっちゃうのよ、いい加減なことをしたり、ガリガリになれない自分が……」

「カリカリ?」と、ガッブ君が尋ねると、

「ガリガリよ。ガッブ君」と、シリラは答えた。「こんなふうにむしゃむしゃ食べてばかりの私しか見ていないからわからないだろうけれども、本当はものを食べるのが嫌で嫌でたまらないのよ。もううんざりしちゃう。そうよ、いつか社交界で私の生まれにふさわしいちゃんとした地位に就くのが夢なのよ。社交界の女性がやっているようにダイエットしてみたい。食べたくてしょうがないのに我慢する、なんてしてみたいのよ。でもね、ガッブ君、私みたいな仕事をしてたらずっと太り続けていなくちゃいけないのよ。私の外面は太っているけれども、心のなかでは最先端を行くレディと負けないぐらいやせたいと思っている。だからできるなら今にでもこんな商売を辞めて二百キロでも三百キロでもやせたいと思っているの。まさかと思うだろうけれども、私がピクルスを七年以上も食べ続けているのは、それでやせるかもしれないと思っているからなのよ」

「なるほど、わかります」と、ガッブ君はていねいに答えた。「もしあなたを金持ちのおうちに連れていき、お父さんと再会させてあげると言ったら、断りますか?」

ガッブ君は答えを待った。彼は冷静であろうとしたがそれとは裏腹にそわそわしていた。

「いい、あんた! 本気でそんな夢みたいなことを言ってくれるんなら、見世物小屋のテント生活から私を連れ出すこともできるだろうけれども、そんなのは夢のまた夢だよ!」

「お母さんの写真を入れたロケットなんてものは持っていないんですか?」と、ガッブ君はきいた。

「ないわ」と、シリラは言った。「父ちゃんも母ちゃんも誰だかわからない。私がわあわあ泣くのが嫌になって、捨てたんでしょうよ。一番古い記憶は、見世物小屋で赤ん坊のふりをして保育器のなかに入って旅を続けていたってこと。私は五歳までそうやって保育器のなかに入っていたんだ。ガラスケースのなかにいすぎだよね」

「でも誰かが後見人になっていたんじゃないんですか？」

「四十人もそういうのがいたよ。金の切れ目が縁の切れ目ね。なにしろ土曜の晩の支払いがなかったら、それでおしまい」

「なるほど！　ジョーンズという名前を聞いて何か思い出しませんか？」

「いいえ、ガッブ君」と、シリラは彼の期待を裏切って残念そうに言った。「全然」

「事件がこのような局面を迎えたので」と、ガッブ君は言った。「僕はあの荷馬車の引き棒の向こうへ行って、座ってよく考えてみます。手がかりもありますから、よく考えてみて何か結論が出ないか検討してみます。何か重要なことがわかればお知らせします」

　問題の荷馬車の引き棒とは、近くにあった幌馬車についているもののことで、ガッブ探偵はその上に座って考え始めた。見せ物小屋の芸人諸君は食事も終わって、見せ物小屋のテントに入っていった。例外はシリラで、彼女はまだ食事を続けていた。彼女はてんこ盛りの食事を次から次へとおかわりしていた。ガッブ君は馬車の引き棒の上に座って、その姿を考え深げに眺めていた。彼は、シリラこそがジョーンズ氏（もしくは現在自称メッダーブルック氏）の行方不明の娘であることを確信していた。話に出てきたドイツ系アメリカ人刺青師は鷲の爪の刺青をジョーンズ氏の娘に彫ってやると宣言していたのだが、その爪の刺青がシリラの腕にあるのだ。そして筆跡鑑定の専門家が筆跡からその書き手を判断するように、ガッブ君はシリラの腕の刺青を入れたのがシュレッケンハイム氏であることが証明できたらいいのになあ、と思っていた。そうすれば事件解決だ。シュレッケンハイム氏がいればいいのだが、しかしいないのだから仕方がない。彼には別の名案があった。見せ物小屋の刺青男ことエンダーベリーが鑑定家となって、この鷲の爪の彫り主が誰かわかるかもしれないと思ったのだ。まだ食べ続けているシリラをほっておいて、ガッブ君は見せ物小屋のテントに入った。

　エンダーベリーは青い道具箱の上に座って、右手の指の爪を次から次へと順番に噛んでは、切れ端を吹き飛ばすのに熱中していた。彼は長い紫色のバスローブを身にまとい、首のあたりまで全部体を隠していた。ガッブ君が入ってくるのに気がつくと、彼はちょっとにらみつけて拳を握りしめたが、すぐに冷静になって無関心をよそおった。実はエンダーベリーはひどく惨めな一生を送っていた。彼はもう何年も心からシリラを愛していたが、あまりにも内気すぎて愛を告白することができなかった。そして何年も何年も彼女がやせっぽちの男に熱をあげるのをそばで見守ってきたのだった。今その相手になっているのがロナーガンだった。そしてその次はウィンターベリー氏か、ガッブ君か、スミスか、ジョーンズか、それともどこかの誰かか……。しかしエンダーベリーには彼女は洟も引っかけなかった。一番最初にエンダーベリーが彼女を見たのは、新生児保育器のなかでポーズをしている姿だった。そしてそれ以来恋している。そのとき彼は二十歳、彼女はたったの五歳だった。新しいライバルが登場するたびに、さっきガッブ君が来たときと同じような反応を示していたのだが、他の誰よりもずっとガッブ君を憎んでいるのには実は理由があった。

「恐れ入ります、すみません」と、ガッブ君は言った。「探偵の仕事で一つ質問したいんですが。ここの見せ物小屋のシリラさんの腕に彫ってある刺青に気がついたこと、ありますか？」

「ああ」と、エンダーベリーはぶっきらぼうに答えた。

「一対の鷲の爪ですが、もしかしたらこれはシュレッケンハイム氏の作品じゃないでしょうかね？」

「俺が言いたいと思えば教えてやってもいいが」と、エンダーベリーは言った。「それを知ってどうしようっていうんだ？」

「もしこの爪の刺青がシュレッケンハイム氏の作品だとわかれば、シリラさんはアイオワ州リバーバンクのある裕福な家庭の娘だということが判明するのです。つまりこの爪がシュレッケンハイム氏の彫った爪なら、シリラさんはその町に住むジョナス・メッダーブルック氏の娘だということが、疑いもなく証明されるのです」

エンダーベリーはびっくりしてガッブ君を見つめた。

「そんなばかな……」と、彼は言いかけた。「もしシュレッケンハイムが彫った爪なら、おまえはシリラをこの見せ物小屋から永久に連れて行ってしまうのか？」と尋ねた。

「そうです、彼女が行きたいなら」

「だったら俺は何も言うことはない」と、エンダーベリーは言った。そして口を固く閉じて一言も言わなかった。

「あれがシュレッケンハイム氏の作品だと、何かまずいんでしょうか？」と、ガッブ君はなおも食いさがった。

「何も言わない！」と、エンダーベリーは拒んだ。

「状況証拠からしてみると絶対そうなんですけど」と、ガッブ探偵は言った。そして彼はがっかりした様子で見せ物小屋から出ていった。

シリラはまだ食堂の椅子にかけたままで、ようやく食事を終えようとしていた。ガップ君は彼女の反対側に座った。できるだけ彼は気を遣いながら、ジョナス・メッダーブルックと行方不明の娘の話、金持ちの家が娘を待ちわびているという話をし、最後にシリラがその娘なのではないかという自分の考えを述べた。もしガップ君が、ジョナス・メッダーブルックの代理としてシリラにチャンスを与えたら、彼女は洗練されダイエットできる生活をしたいのは明らかだった。だから彼は鷲の爪の刺青について質問した。

「ガップ君」と、彼女は言った。「私だってどうしてこんな爪の刺青が入っているのか、知りたくてたまらないわよ。私の人生の謎といったところね。とっても小さい頃からあって……あれ、あなた誰？」

ガップ君はくるりと振り返った。しかしまるまる太って人のよさそうなちびのドイツ系アメリカ人が急いで調理用テントの影に隠れたのは見えなかった。それにドイツ系アメリカ人が腕に大きな銀のぎらぎら輝くゴルフカップを抱えていたのも見えなかった。しかしドイツ系アメリカ人のほうは、たとえカウボーイの変装をしていてもガップ君だと気がついていた。

「まあいいわ」と、シリラは言った。「でもこの爪の刺青は小さい頃からあったのよ、ガップ君。ずっと病院のマークだと思ってたわ」

「病院にマークなんてないんじゃないですか」と、ガップ君は言った。

「たぶんないわよね。でも小さいときけがをして病院に連れて行ってもらってから、私にはこの鷲の爪の刺青が入っているのよ。だからもしかしたら洗濯屋がハンカチにつけるマークみたいなものじゃないかな、と思ってたのよ」

「病院のやり方はよくわかりません」と、ガッブ君は認めた。「そうかもしれませんけど、僕は別の考えです。シュレッケンハイムという名前を聞いたことはありません。ありませんか？」

「エンダーベリーがいつもカレンダーに印をつけて、シュレッケンハイムさんへの支払日だって言っているよ。エンダーベリーにあんなにきれいに刺青を入れたのはシュレッケンハイムさんなんだけれども、エンダーベリーは貧乏だからまだ費用を払い切れていないの」

ファイロ・ガッブ君は立ち上がった。

「メッダーブルック氏に電報をうって、すぐにウエスト・ヒギンスまで午後の汽車で来るよう要請します」と、彼は言った。「そして親子対面をはたしましょう。そうしたら思い通りの家に住めるようになりますよ」


午後五時に、メッダーブルック氏はガッブ君にともなわれて、見せ物小屋のテントに入っていった。芸人諸君は晩の興行に備えて休んでいたのだが、全員がシリラの舞台に集まっていた。彼女が見せ物小屋を辞めて金持ちの家に引き取られるらしいという噂はあっという間に広まっていたのだ。シリラは泣いていた。親切な仲間たちとの別れのときがやって来たのだ。

「いいかね、ガッブ君」と、メッダーブルック氏は見せ物小屋に入りながら言った。「本当に娘が見つかったなら、こんなに嬉しいことはない。今までどんなに寂しかったか。で、どの子だ?」

「舞台の上のピンクのサテンのドレスを着ている女性です」と、ガップ君は言った。

メッダーブルック氏はシリラを見て息をのんだ。

「おい、あれは〈でぶ女〉じゃないか! 見世物小屋の〈でぶ女〉とは!」と、彼は叫んだ。「わしは……いったいどうしてうちの娘が見世物小屋の〈でぶ女〉なんだ!」

「でもそうなんです」と、ガップ君は言った。

「すばらしい話だな!」と、メッダーブルック氏はわめいた。

もう何年もメッダーブルック氏の記憶のなかの娘は、最後に見た、産着にくるまれたかわいい赤ん坊だった。そして彼はウエスト・ヒギンスに来る途中、娘が今どうなっているのか、ずっと考えていた。大きくなっているのはもちろんだが、いろいろ考えた末に華奢な女の子になっているものだとばかり思っていた。たぶん綱渡りとか、ショーでバレエを踊っているとか、もしかしたら一万ドルの美女と銘打っているのかもしれない、と。しかし〈でぶ女〉だったのだ! メッダーブルック氏はシリラに歩み寄った。テント中のみなの視線が彼に集まった。沈黙のなかシリラのうれし泣きだけが響いた。

「おい!」と、突然声がした。「貴様、吾輩がここに来るとは思ってないだろ! 吾輩は支払いを要求する! 何年も請求書を出した。まだ払ってもらっておらぬ。さあ吾輩は来た。耳をそろえて払え、さもないと暴れるぞ!」

その声はテントの外からした。そして驚くべき機敏さでガップ探偵は舞台から飛び降りて、キャンバス地の壁の下に潜り込んだ。

「おまえには一銭たりとも借りはない！」と、エンダーベリーの怒鳴り声がした。「彫ってもらった刺青代は残らず支払ったぞ」

「契約では七百ドル」と、シュレッケンハイム氏の声が響いた。「そして十ドルまだもらっておらぬ。払ってくれ」

「まだそんなことを言ってやがる」と、エンダーベリーの声は言った。「ここを見ろ！　俺の胸を見ろ。ここに鷲を彫ってくれたが……爪はあるか？　ないだろう！　爪を彫ってくれないかぎり払う気はないね！」

「爪？　吾輩は貴様に確かに爪を彫った。鷲を彫ったときに入れたはずである」と、ドイツ系アメリカ人は言った。

「ああ。しかし今は俺にはついていないんだ。わかるか？」と、エンダーベリーは言った。「今の持ち主から料金をもらってこい。あの女の分を払う義理はない。あいつはサーカスを辞めるんだ。俺は自分の体に彫られた刺青の代金は全部払った。おまえはシリラのところに行って、爪の分の代金をもらってこい」

「しかしいかにして彼女に爪が移ったのであるか？」と、シュレッケンハイム氏は尋ねた。

「いいか、教えてやる」と、エンダーベリーは言った。「グリッグス＆バートンズ・サーカスが何年も前に火事になったのを覚えているだろう？　あのときの火事でシリラはやけどを負った。腕にな。みんなで病院に連れて行ったんだが、腕のやけどは治らなかった。そこで誰かの皮膚を移植しないといけなくなったんで、俺が名乗り出た。医者が切り取ったのはちょうどこの爪が彫られている場所だった。そういうわけだ。俺が鷲の爪をくれてやったおかげでシリラの腕は治った。俺はそれから何年もまるで忠実な飼い犬のように彼女に従っていたが、俺のことをまったく相手にしてくれない。しかもついにはどっかに行ってしまうという。あっちに行って彼女から爪の代金をもらってこいよ。俺はからっけつだ。彼女は金持ちになるんだ。だから払えるだろう！」

同時にメッダーブルック氏の驚きの声とシリラの叫び声があがり、さらにテントの外からも短くて鋭い叫びがきこえた。ガッブ君がまず拍車を先頭にして後ろ向きに、這いずりながらキャンバス地をくぐり入ってきた。舞台の下から這い出てくる彼は、片手に八号サイズの靴をしっかと握っていた。その靴には足が入っていた。その足は脚につながっていて、脚はちびで太った老ドイツ系アメリカ人のものだった。彼が後ろ向きにテントのなかに引きずり込まれたときに、さっきの叫び声をあげたのだった。このドイツ系アメリカ人は片手に大きな銀のゴルフカップを持っていたが、その片一方は深くへこんでいた。ガッブ君は立ち上がったものの、まだこのドイツ系アメリカ人刺青師の足をつかまえたままで、こう言った。

「メッダーブルックさん、探偵業とは常に百点満点とはいかないもので、僕が見つけた娘さんはどうやら人ちがいだったようです。でもご覧のように、僕は暴行犯を捕まえて再び銀のゴルフカップを取り戻しました」

「それはそれは」と、メッダーブルック氏はドイツ系アメリカ人の手からカップを取り戻しながら言った。「本当にご苦労様。普通の探偵だったら盗品を一回取り戻せば満足するところだが、君は二回もカップを取り戻してくれた」

「僕の探偵業のモットーは」と、ガッブ君は控えめに言った。「完璧、です。回数は関係ありません」

　ガッブ君はさらに続けようとしたところ、蛇遣いのゾゾ王女に邪魔された。彼女はシリラに歩み寄り、シリラのガウンのホックを二つ外したのだ。

「見てごらん！」と、彼女は叫びながら、シリラの肩胛骨のあいだに彫られた二つ目の鷲の爪を指さした。何も言わずにメッダーブルック氏は財布から五百ドルを取り出して、シュレッケンハイム氏に渡した。

「これはカップの代金だ」と、彼は言った。そしてシリラのほうに向かい、「さあおいで、娘よ！」

　シリラは父親をしっかと抱きしめたので、ガッブ君と芸人諸君は気を失った彼を床に寝かして懸命にあおいでやるはめになった。メッダーブルック氏が意識を取り戻して最初にしたのはガッブ君との握手だった。

「ありがとう、ガッブ君」と、彼はぜいぜいしながら言った。「かなりの高額だが、わしは約束は守るぞ。一万ドルは君のものだ」

「一般的には」と、ガッブ君は悲しそうに言った。「一万ドルは行方不明の娘さんを発見した捜査費用にしてはかなりの額でしょう。でも今回はお嬢さんの体重五百グラムあたり十ドルにもなりません。グラム単位でいったらたいした額じゃありませんよ」

秘密の地下牢

The Oubliette

シリラがジョナス・メッダーブルック（元ジョーンズ）の娘だったという発見は、ファイロ・ガッブ君の大手柄だった。しかし『リバーバンク・イーグル』紙が大いに持ち上げる記事を書いたにもかかわらず、ファイロ・ガッブ君本人はそれほど喜んでいなかった。シリラ発見の賞金一万ドルと、メッダーブルック氏のゴルフカップを取り戻した五百ドルを勝ち取ったガッブ君だったが、シリラに愛の告白をしようかどうしようか悩んでいたのである。実は躊躇するには三つの理由があった。

最初の理由は、ガッブ君はあまりに照れやさんで、愛しているなんて口に出して言えなかったのだ。シリラが父親と一緒にリバーバンクに戻ってきたら、ガッブ君はすこしずつおつきあいをしたいと思っていた。もしシリラの体重が百キロだったら、ガッブ君もすぐにプロポーズする勇気がわいたかもしれない。しかし彼女の体重は四百五十キロほどあった。だから百キロの女の子にプロポーズするよりも五倍近い勇気が、四百五十キロの女の子にプロポーズするには必要だったのだ。

第二の理由は、見せ物小屋の支配人ドーガンが契約をたてにとってシリラを解放しようとしなかったことだった。

「彼女は〈でぶ女〉でも格別の美人だ」と、ドーガンは言った。「五年契約を結んでいる以上、ここにいてもらうからな」

ドーガンがこう主張してシリラを手放さない以上、メッダーブルック氏とガップ君は手も足も出なかった。

「いい、聞いてちょうだい。彼はけちで野蛮なじいさんだけれども、心配しないで。完璧に洗練されたレディらしいやり方で私の契約書を無効にするのよ。今から私は科学的ダイエットを始めて、百五十キロくらいやせてみせるわ。私がそうやってやせてちっちゃくなったら、ドーガンさんだって喜んで契約を破棄するでしょう」

この話を聞いてガップ君は大いに喜んだ。シリラを褒め称えただけでなく、頭のなかで素早く計算してみて、三百キロの太り具合だったら、他の女性を「十分の十」愛するよりもシリラを「十分の六」愛するほうがいいと判断した。

第三の理由は一万ドルの賞金だった。ガップ君とメッダーブルック氏は一緒に帰りの汽車に乗った。そのときメッダーブルック氏は賞金の話をむしかえした。

「わしは一万ドルを君に進呈するつもりだ、ガップ君。しかしせっかく支払うからには一万ドル以上の価値をつけてあげたいのだ」

「それはどうもご親切に」

「君がシリラに好意を持っているということはわかっておるからな」

ガップ君は真っ赤になった。

「だから君には一万ドルは現金では渡さない。もっといい形で渡してあげよう。金鉱の株だよ。唯一の問題は……」

「金鉱株なんてすてきですね」と、ガッブ君は言った。

「唯一の問題は」と、メッダーブルック氏は言った。「その君にあげる金鉱株というのは二万五千ドルで一口なのだ。これはいい株だぞ。わしが今までお目にかかったなかで最高だ。〈ホントガッカーリ金鉱株式会社〉の正真正銘の普通株なのだから」

「その名前はなんだかがっかりしそうに聞こえますね」と、ガッブ君は思いきって言ってみた。

「それは君が金鉱とはどういうものかわかっていないからだ」と、メッダーブルック氏は嬉しそうに言った。「わしが……いや金鉱掘りがこの名前をつけたのは、ミネソタ州で最高の二つの金鉱のちょうど真ん中にあるからなんだ。一方の名前は〈ホントイーイ金鉱〉、もう一方は〈ガッカーリシナイネ金鉱〉という。だからわしが……いや金鉱掘りがこの金鉱に名前をつけるとき、それぞれ二つの金鉱の名前の一部からもらってつけたんだ。だからこいつの名前は〈ホントガッカーリ〉となったわけだ。それがわしの……いやよくあるやり方だ」

「とっても頭のいいやり方ですね」

「昔からの手口……みんなに認められているやり方だ。だからガッブ君、君には金鉱への第一歩を踏み出してもらいたい。こんなチャンスを誰にでも与えるというものではないぞ。この金鉱はまだ配当を払っていない。実を言うとな、ガッブ君、まだ一セントも配当を払っていないのだ。優先株でさえもな。それにまだこの鉱山には金が埋まったままなのだ。金は一グラムたりとも〈ホントガッカーリ金鉱〉からは運び出されていない。一グラムたりとも」

「まだ全部埋まったままなんだ！」と、ガッブ君は叫んだ。

「すべてそのままだ」と、メッダーブルック氏は言った。「そう、その通り！　欲しければ、〈ホントガッカーリ金鉱〉は一セントたりとも配当を支払っていないし、一グラムたりとも金を鉱山から運び出していないと証明書を書いてやってもいい。わしは嘘をついてないとわかるだろうからな。そこでわしは」と、彼は念を押すように言った。「この〈ホントガッカーリ金鉱〉の一口二万五千ドルの株を君に引き渡す。しかしそのうちわしが君に負っているのは一万ドルだけだから、残りの一万五千ドルをできるだけ早く支払ってもらいたいのだ」

「とても気前のいい話ですね」と、ガッブ君は感服したように言った。

「それだけじゃない、この金鉱株は一株残らずわしのものなのだ、ガッブ君。だから君がわしに一万五千ドルを支払い次第、株価を百パーセント上げるつもりだ！　そう、株の値段を倍にすれば、君の所有する株は五万ドルの価値になるんだよ！」

ファイロ・ガッブ君の目には涙が浮かび、メッダーブルック氏の手をつかんだ。

「君にはがんばって一万五千ドルをできるだけ早く払ってもらいたい。そうすれば」と、付け加えて

「すぐに五万ドルが手に入る」

リバーバンク駅に到着して、メッダーブルック氏はガッブ君を家まで連れていき、〈ホントガッカーリ金鉱〉の株券を彼に引き渡した。

「そしてこれが」と、メッダーブルック氏は言った。「一万五千ドルの受取証だ。それからゴルフカッ

プ回収の礼として渡した五百ドルも返してくれるかな。これできみとわしの取引は公明正大だ。そして君の借りはたったの一万四千五百ドルになったわけだ」

ガッブ君がメッダーブルック氏に五百ドルを渡していると、黒人執事が電報を持ってやって来た。メッダーブルック氏は急いでそれを開いた。

「いい知らせだぞ」と、彼は言って、電報をガッブ君に渡した。シリラからのもので、こう書いてあった。


朗報。すでに百グラムほど減量。ガッブ君に愛していると伝えて。


満足したんだかしないんだかわからないまま、ガッブ君はメッダーブルック邸をあとにして、ダウンタウンへと行った。ガッブ君には探偵業をがんばって報酬を得てシリラの愛を勝ち取り、さらに〈ホントガッカーリ金鉱〉の株の代金を支払うという二つの目標ができたのだ。彼はパイ屋へと向かった。なにしろお腹が減っていたのだ。しかしその途中でジョー・ヘンリー（彼が〈ぶっ壊し屋〉事件を捜査していたときに、二回もしてやられた貸し馬屋）が怪しい動作をしていたので呼び止めた。そのおかげでパイ屋についたのはかなり遅くなってしまった。

ファイロ・ガッブ君がやって来たとき、ビリー・ゲッツは椅子に座ってコーヒーをかき混ぜていた。彼は三文小説雑誌を手にして読んでいた。しかしパイ屋のピートは彼から目を離さなかった。ビリー・ゲッツはいたずら好きで有名だったからだ。一瞬でも目を離したら、この青二才は塩を砂糖壺にあけてしまったりとか、彼がおもしろいと思うことならなんでもやりかねなかったのだ。

ビリー・ゲッツは甘やかされて育った一人息子の典型だった。彼はありとあらゆる都会の悪徳を楽しんでいた。そして暇さえあればいたずらをしていた。三十歳にしてはおつむのほうが寂しくなり、青白くてがさがさの顔をしていたが、異常すぎるほどきまじめそうに見えた。彼はいたずらをするときには、ポーカーやタバコ好きの〈冗談集団〉と呼ばれている若い仲間の助けを借りていた。

ビリー・ゲッツは『青白い復讐者』というスリル満点の小説の最後の一行を読み終えると、雑誌をポケットに突っ込み、視線を上げてファイロ・ガッブ君を見た。ビリー・ゲッツの鷹のような目がきらめいた。

「やあ、探偵君！」と、彼は叫んだ。「ここに座って何か食べろよ！　君を捜していたところなんだ。ピートにもついさっき君のことを聞いたばかりだ。なあ、ピート？」

パイ屋のピートは頷いた。

「じつはな」と、ビリー・ゲッツは続けて言った。「君の分野の関係なんだが、これはでかい、たぶんでかいやつだ。探偵君、『青白い復讐者』を読んだことがあるかい？」

「いや、残念だけど、ゲッツ」と、ファイロ・ガッブ君は言いながら椅子にまたがった。

「いったいどうしたんだ？　息が切れているぞ」と、パイ屋は言った。

「走ってたんだ。ちょっと走らなくちゃいけなくてね。探偵っていうのはときには走るもんだよ」

「そりゃそうだろうな」と、ビリー・ゲッツはまじめくさって言った。「〈ぶっ壊し屋〉事件を捜査してるんだろ？」

「僕はあの事件にはかかわったけれども」と、ガップ君は重々しく言った。

「まあ、気をつけな。よく気をつけるんだぞ！　君みたいなやつがいなくなるとさびしいからな」と、ビリー・ゲッツは言った。「気をつけすぎるってことはないからな。で、犯人は捕まえたのか？」

「いえ、まだです」と、ガップ君は堅苦しく答えた。「これは探偵学校を卒業したばかりの探偵には困難な事件だよ。講座の第九回に書いてあるように、真っ暗闇のなかで捜査する場合には注意深く行うべし」

「捕まえる前に犯人に捕まっちゃうかもな」と、ビリー・ゲッツは言った。『青白い復讐者』みたいに。ほら、本のここのところを読んでみろよ。もしかしたら犯人を捜す手がかりになるかもしれないぞ」

「ありがとう」と、ガップ君は言って、三文小説雑誌を手に取った。「僕の探偵業にプラスになるんだったら何でも歓迎さ。読んでみるよ、ゲッツ。それから……危ない！」と、彼は叫び、カウンターを飛び越えてその後ろにうずくまった。

ビリー・ゲッツはドアのほうを振り向いた。そこにはちびで赤い顔の男が松の板を手にして立っていた。彼の目は怒りに燃え、カウンターに駆け寄るとそのなかをのぞき込み、手にした板でファイロ・ガップ君の背中を大きな音を立ててひっぱたいた。

「おいおい！　ここで騒ぎを起こすな、ジョー」と、パイ屋のピートは叫びながら侵入者の腕をつかんだ。

「殺してやる、絶対に！」と、侵入者はわめいた。「俺のことを嗅ぎまわって、いつもこそこそ調べてやがる！　今度うるさくつきまといやがったら、どうするか言ってあったはずだ。これでもう二回ひっぱたいてやった。さあ今度はとどめをさしてやる。出てこい、この生焼けダチョウめ」

「いいからもうやめろ」と、パイ屋のピートはぴしりと言った。「これ以上やると、後悔するぞ。やつは怖くなんかない。ただのまぬけだ。何もわかっていないだけだ。やつにきちんと説明すればいいだけの話だ」

「説明？」と、ジョー・ヘンリーは言った。「俺は説明してやるほどお人好しじゃねえよ。いいからやつをこっちに渡せ、ピート」

「いいか、よく聞け」と、パイ屋のピートは向かっ腹を立てて怒鳴った。「あんたが絶対だってことはないだろう。俺はあんたの相棒じゃないか？　いいから任せてくれないか」と、彼はジョー・ヘンリーにウインクした。「俺がガップに説明する。それでも満足できないんだったら……好きにしてくれ」

一瞬ジョー・ヘンリーはパイ屋のピートの顔を見つめたが、板を下ろした。

「わかった、説明してみろ」と、彼は無愛想な顔で言った。ファイロ・ガップ君は真っ青な顔をカウンターの上にのぞかせた。


州の禁酒法の定めにより、リバーバンクの酒場は全部閉鎖され、酒飲みの怨嗟の声が響き渡っていた。主な禁酒主義活動家のうち、五人までもが脅迫状を送りつけられ、数晩後には、その五人のうち四人の家が爆弾で吹き飛ばされた。火薬の小樽が四軒の地下室の窓にしかけられて爆発したのだ。そして五軒めが無事だったのは、単に導火線がしめっていたからに過ぎなかった。運のいいことに死人は出なかったが、それはみなが〈ぶっ壊し屋〉と呼んでいる犯人の失敗というわけでもなさそうだ。

町と州当局は直ちに〈ぶっ壊し屋〉の逮捕と投獄に五千ドルの賞金をかけた。本物の探偵がこの高額賞金目当てに集まってきた。素人探偵もうじゃうじゃやって来た。探偵でない市民も、腕試しをしてみようとみんな張り切った。

最初の数日間、「極悪犯人」はすぐ逮捕されたといううわさが飛び交った。しかし何日たっても、いや何週間たっても、誰一人として逮捕されなかった。にわか市民探偵はあっさり自分の仕事に戻り、素人探偵も我が家に戻った。本物の探偵は他のもっと見込みのありそうな事件に呼ばれていった。やがてこの捜査に従事しているのは、ファイロ・ガッブ君ただ一人となってしまった。

とはいっても彼の捜査に進展があったわけでもなかった。毎晩彼は〈ウィルコックス・ホール〉の真っ暗な玄関に張り込んで（第四回講座、ルールその四に従って）、誰か怪しい人物がやってこないかと待ち構えていた。そんな人物を発見したら、彼は（第四回講座、ルールその四から十七に従って）その後を尾行するのだ。彼は六回……そのうちの二回はジョー・ヘンリーだった……そんな尾行に失敗していた。付けひげやら偽頬ひげをつけたファイロ・ガッブ君に尾行されるのは、さぞや迷惑だっただろう。だからビリー・ゲッツなどの若い連中が自ら買って出て尾行されてやったときには、みんなほっとしたものだった。帽子を目深にかぶりコートの襟を立て、〈ウィルコックス・ホール〉の暗い玄関の前をうろついてわざと怪しまれるようにして、気の毒なガッブ探偵をゴミだらけの空き地を横断させたり、泥の山を越えさせたり、材木の山の下をくぐらせたりして、連中が遊びに飽きるまでさんざん翻弄したのだった。

しかしファイロ・ガッブ君は次の晩もやって来て、〈ウィルコックス・ホール〉の玄関の影で待ち構えていた。彼は賞金というゴールにはなかなか到達できなかったが、これもみんないい訓練だとわりきっていた。

とはいってもジョー・ヘンリーに二回も出し抜かれてしまったとしたら、ガッブ君が怪しいと思うのも無理はないだろう。

ジョー・ヘンリーはささやかな運送業を営んでいた。三組の馬車馬と、三台の荷馬車を所有し、ローカスト街から裏道に入る角に小さな馬小屋を持っていた。彼はパイ屋のピートの親友で、パイ屋の常連だった。

ファイロ・ガッブ君はメッダーブルック氏の家からの帰り道、ジョー・ヘンリーを調べようとは思っていなかった。パイ屋への道すがら必ず通る、ジョー・ヘンリーの馬小屋がある裏道で、彼の探偵本能がピンと来て、裏道にある肥やしの貯蔵容器の裏に隠れて馬小屋を見張ろうと思いついたのだ。暖かな六月の夕べに彼はそこにうずくまり、監視を続けていた。

ガッブ君は馬小屋のなかまで見通せたが、とりたてて注目すべきこともなかった。小屋番の少年が玄関のあたりに椅子を後ろに傾けて座っていた。十一時数分過ぎ、ジョー・ヘンリーの荷車が干し草の束をのっけてやって来た。

ファイロ・ガッブ君は、干し草を干し草置き場へと持ってあがる男どもの声を聞いた。そしてジョー・ヘンリーが巻き上げロープを使っているのが見えた。干し草はしめっていた。水が馬小屋の床に垂れていた。

しかし何も特別なことは起きなかった。そしてファイロ・ガッブ君がこのつまらない夜の見張りをやめようかと思っていると、ジョー・ヘンリーが玄関に現れた。片手に大熊手、片手に松の板を持っていた。彼は通りをじろりと見渡して、びっくりするような敏捷さでぱっと横断して、ファイロ・ガッブ君が隠れているところへ突進した。悲鳴をあげてファイロ・ガッブ君は逃げ出した。熊手が足元でぶんぶんと音を立てた。しかし当たりはしなかった。なにしろガッブ君には長い足とスピードがあるのだ。彼は足音高く歩道を逃げていった。ジョー・ヘンリーの足音は、通信教育探偵が飛ぶように走るに従って、次第に遠くなっていった。

✤

「いいだろう、おまえが説明してくれ」と、ジョー・ヘンリーはむっつりして言った。

「いいか、とにかく口を挟まず、しっかり耳をかっぽじって聞け、ファイロ・ガッブ。おまえもだ、ビリー」と、パイ屋のピートは言った。「よく聞け！　俺とジョー・ヘンリーの正体を教えてやる。だから尾行はするな。俺たちは探偵だ。本物のシカゴから来た探偵だ。俺たちは〈法律と秩序同盟〉に雇われて〈ぶっ壊し屋〉の連中を追い詰めている。あとちょっとで捕まえられそうだ、そうだよな、ジョー？　だから邪魔をされたくないんだ。おまえだって犯人を追いかけているときに尾行なんかされたくないだろう、ガッブ？」

「うん、それは嫌だな」と、ファイロ・ガッブ君は認めた。

「そうだろう」と、パイ屋のピートは上機嫌で言った。「それからこの〈ぶっ壊し屋〉連中は人殺しもやりかねないから、俺もジョーもいつも命の危険を感じている。だからジョーは後をつけられるのが嫌なんだ。だよな、ジョー？」

「そうだ」と、ジョーは言った。「俺は後ろを振り向いたとき誰にもくっついていてほしくないんだ。さもないとチャンスを逃しちまう」

「だからもうジョーの仕事を邪魔しないでくれるか、いいな、ガッブ？」と、パイ屋のピートは言った。

「邪魔するつもりはなかったんだ、ピート」と、ガッブ君は言った。「ただ僕も捜査をしようと思っただけなんだ。嫌だっていうんなら、もうヘンリーさんを尾行しないよ。でも僕だって〈日の出探偵事務所〉の探偵養成通信教育講座卒業生としてやるべきことはある。僕も僕なりに〈ぶっ壊し屋〉を逮捕できるようがんばるよ」

ジョー・ヘンリーは眉をしかめ、パイ屋のピートは頭を振った。

「俺の言うことを聞け、ガッブ。今すぐここでこの事件のことはあきらめるんだ。犯人連中がどんなに凶暴かおまえは知らない。連中がおまえに目をつけたら……」

「俺があげた『青白い復讐者』を読めよ」と、ビリー・ゲッツは言った。「そうすればよくわかる」

「ヘンリーさん、邪魔をしようとは思いませんが、僕は自分ができることをやります。怖くなんてありません。講座第一回の最初に『探偵は恐怖にとらわれてはならない』と書いてあるんです。この言葉に従います。犯人連中が僕を殺したいなら、やるがいい。探偵業は危険な仕事だっていうのはわかっています」

　ガップ君は外に出てドアを閉めた。

「さて」と、パイ屋のピートは言った。「やつをぶちのめすよりもこのほうがいいだろう?」

「そうかもな」と、ジョー・ヘンリーはしぶしぶ答えた。「しかしあいつは馬鹿だから、このまま俺を追いかけ回すかも。ちょっと痛い目に遭わせたほうがいいな」

　ビリー・ゲッツは椅子から滑り降り、両手をポケットに突っ込んでコインやら鍵束やらをじゃらじゃらならした。

「俺に脅してほしいんだろ?」と、彼は楽しそうに言った。

「そうだ、おまえだったらできるじゃないか!」と、ジョー・ヘンリーは乗り気で言った。「あいつをとことん脅してやれ。うまくいったら〈六ツ星ウイスキー〉をやろう。いいだろう、ピート?」

「もちろんだ」と、パイ屋は言った。

「まかせとけ」と、ビリー・ゲッツは楽しそうに言った。「〈冗談集団〉におまかせあれ」

　ファイロ・ガップ君はまっすぐマーフィー未亡人の家にある自分の貸間へ帰った。靴と上着を脱ぐと、椅子の背にもたれかかり足をベッドの上にあげ、『青白い復讐者』の本を広げた。彼は三文小説を読むのは初めてだった。おかげで新しい世界に遭遇した。彼は息もつかずに読みふけった。この小説はこんな感じだった。


　壁の絵は横に揺れ、ブラウン探偵を二つの銃口と、一番若い〈青白い復讐者〉の鋭いまなざしがぴたりと狙っていた。探偵は恐怖にとらわれた。自分の破滅がすぐそこに迫っていた。しかし彼は悠然としていた。

「おまえもこれまでだ！」と〈復讐者〉は言った。

「はたしてどうかな」とブラウン探偵は傲慢な態度で言った。

「死ぬ覚悟はできているか？」

「いつでもその覚悟はある」

探偵は自分の拳銃が置いてあるテーブルへ手を伸ばした。残忍な笑い声が耳をうった。それが彼が聞いた最後の人間の声だった。まるで魔術のように、足元の床が消えてなくなった。下へ、下へ、千メートルとも思えるほど落下していった。井戸のような石壁をつかもうとしたが無駄だった。探偵はただ落ちるだけだった。地下牢の底にたまった深い水のなかに落下するときに、残忍な笑い声が耳のなかでこだましていた。「青白い復讐者」はさらにまた一人、敵を葬ったのだ。

この恐ろしい小説を読むまで、ファイロ・ガッブ君は追い詰められた悪人の恐ろしさを知らなかった。しかしこれは小説上のことだ。ここに登場する、暗くてじめじめした地下に隠された牢獄……地下牢は、どうやら探偵を殺すのによく使われる方法のようだった。地下牢は復讐殺人では一般的な手段らしい。ベッドごと地下牢に落ちたり床が開いて犠牲者が地下牢に落とされたり、部屋全体がゆっくり地下牢に落ちていくこともあるようだ。しかしどの場合でもいつも穴のなかでは死が待ち受けている。

ベッドに入る前にファイロ・ガッブ君は自分の部屋の壁、床、天井を点検してみた。何の問題もなく安全なようだった。しかしその晩は二回も、床から下に落ちる夢を見て叫び声をあげて目が覚めてしまった。

三晩後、ファイロ・ガッブ君が〈ウィルコックス・ホール〉の玄関の暗がりに立って、誰か怪しい人物がやってこないか待ち構えていると、ビリー・ゲッツがすっとやって来て、玄関の裏のほうへとあわててガッブ君を引っ張った。

「シーッ！　しゃべるな！」と、彼はささやいた。「道の向かい側の家の窓に見える男に気がついたか？　一番上の階の三番目の窓だ」

「ううん。だ、誰かいたかい？」

「ライフルを持っていた！　君を殺そうとしていた。来い！　正面から出て行ったら自殺するようなもんだ。俺の後をついてこい。話があるんだ。静かに歩け！」

彼は壁紙張り探偵を先導しながら裏廊下を通り裏庭まで出て、さらに外階段を三階まで上がっていった。ドアを軽くノックするとほんのちょっぴりドアが開いた。

「同志だ」と、ビリー・ゲッツがささやくと、ドアは広く開いてなかに迎えられた。

その部屋は〈冗談集団〉のクラブルームだった。ここで毎晩毎晩集まっては、トランプをしたり密造ウイスキーを飲んだりしていたのだ。窓には分厚いカーテンがかけられ緑色の影がうつっていた。大きくて丸いテーブルが、ガス灯の下、部屋の真ん中にどんと置かれていた。部屋の片隅には長椅子があり、反対側には椅子とマットレスが積み上げられてその上に長椅子カバーがかけてあった。それと鉄製のたんつぼが家具の全部だった。ここは若者たちがこっそり集まって楽しく遊ぶ場所だった。なにしろウイスキーの所持は法律違反なのだ。罰金は五百ドルでその半分がウイスキー不法所持を密告した者に与えられた。しかし〈冗談集団〉は恐れなかった。みんなお互いのことをよく知っていたからだ。

ガッブ君が入った瞬間トランプは伏せられて、四ケースもあるクラブ所有の〈六ツ星ウイスキー〉に長椅子カバーがかけられ隠された。五人の若者がテーブルの周りに座っていた。

「座れ、ガッブ探偵」と、ビリー・ゲッツは言った。「ここだったら安全だ。自由に話ができる。何しろ今夜は重大な話があるんだ」

ファイロ・ガッブ君は椅子をテーブルに寄せた。そうするにはたんつぼを脇に動かさないといけなかった。それを足で押しやったときに、長方形の紙が砂や葉巻の吸いさしとともにそのなかに入っているのが見えた。それは〈六ツ星〉という銘柄のウイスキーのラベルだった。彼はまるで鳥のように首を回して、ビリー・ゲッツをじっと見つめた。

「この建物を吹っ飛ばそうとしているやつがいるんだ！」と、ビリー・ゲッツはいきなり言った。「ジャック・ハーバーガーを知っているか？」

「ううん、そんな人、知らないよ」

「俺たちにはおなじみだ」と、ビリー・ゲッツは言った。「やつほどの悪人はいない。やつはギャングの親玉だ。これを読め！」

彼はファイロ・ガッブ君に一枚の紙切れを渡した。探偵はゆっくりとそれを読んだ。

ビリー　急いで五百ドルを送れ。俺は高飛びしなくちゃいけない。　J・H

「俺たちはやつとダチだった」と、ビリー・ゲッツは腹だたしげに言った。「なのにやつはここを今夜爆破しようとしてるんだ。ひどい話だ、なあみんな?」

「その通りだ」と、〈冗談集団〉のみんなは言った。

「もうやつは俺たちとは関係ない」と、ビリー・ゲッツは言った。「さあ、どうする、ガップ探偵? 俺たちがお膳立てをするから君が捕まえてくれ。それで賞金を山分けっていうのはどうだ?」

「半分が君で半分が僕?」と、ガップ君は尋ねた。彼の両目はポーカーのチップみたいにまんまるだった。

「三千ドルが君で二千が俺たちだ。それなら公平だろ」と、ビリー・ゲッツは言った。「君が一番たくさん取る。君には探偵としての経験と知識があるからな」

「その価値を認めてくれたってことだね」と、ガップ君は言った。

というわけで合意が成立した。彼らはファイロ・ガップ君に、ジャック・ハーバーガーとはダーリングポートのホテル〈ハーバーガー・ハウス〉に住むハーバーガー老人の息子で、ホテルのフロント係も仲間に引き入れていると言った。ビリー・ゲッツは先乗りして準備を整え、そして翌日ファイロ・ガッブ君がそのホテルに……もちろん変装して……乗り込んで、仕事を完了するということになった。フロント係はジャック・ハーバーガーの隣の部屋を用意してくれ、しかもあいだの壁にはこっそりのぞき穴まであけてあるという。そしてビリー・ゲッツは金を持っていくようなふりをして、ジャック・ハーバーガーにすべてを告白させるのだ。そしてファイロ・ガップ君はその部屋に侵入し、ジャック・ハーバーガーに手錠をかけ、賞金をいただくだけである。

彼らは互いに握手をし、最後にビリー・ゲッツは窓際に寄って、ファイロ・ガッブ君が外に出たとたんに命を奪おうとする怪しいやつらが通りをうろついていないかどうか確かめた。彼が窓際から離れようとしたときに、靴の先っぽが長椅子カバーにひっかかり、変な格好の荷物の山の覆いが一部ずれ落ちた。あわててビリー・ゲッツはカバーを直したが、ファイロ・ガッブ君の目はケースいっぱいの瓶と張られたラベルを見逃さなかった。そこにはたんつぼのなかのラベルと同じ六つの銀色の星が描かれていた。ビリー・ゲッツはさっと通信教育探偵の顔を見た。しかしファイロ・ガッブ君の首はすでにあさっての方向に曲がり、ドアのほうを見ていた。

二日後、ファイロ・ガッブ君は望遠鏡つきスーツケースを手に、ダーリングポート行きの朝の汽車に乗っていた。川は「氾濫期」にさしかかっていたので、水は線路ぎりぎりにまで上がっていた。ダーリングポートに着くまでのあちらこちらで線路は水をかぶっていた。そして多くの場所で鉄道づたいに走る駅馬車道路は完全に水没し、乗り物は車輪まで泥水につかっていた。この年は今でも「大水の年」として知られている。リバーバンクでは洪水はフロント街の地下室を水浸しにし、ダーリングポートでは下水がつまり、町の低地部分全体が水につかった。

汽車がダーリングポートに着いた。ファイロ・ガッブ君が手にする望遠鏡つきスーツケースの中身は、十二回分の通信教育講座のテキストと、『青白い復讐者』、手錠、拳銃、そして三組の予備の変装道具だった。彼は〈ハーバーガー・ハウス〉へと歩いて行った。すでに念入りに変装をしていた。真っ黒の顎ひげと赤い口ひげ、そして鉄灰色の長髪のかつらをかぶっていた。運のいいことに誰ともすれちがわなかった。この変装では、大勢の群衆が集まっても不思議ではないだろう。そんな見せ物はダーリングポートの路上でもどこでも、初見参なのだから。

まるまる一ブロック行くとファイロ・ガッブ君はホテルの看板を見つけた。とたんに彼は探偵のならいとして緊張した。彼は通りを横断して出口を観察した。角には正面玄関があり、脇には「女性用入り口」があった。かつてバーだったなごりだ。火災のときの非常口から道路に飛び降りても、たいしたけがもしないだろう。

ファイロ・ガッブ君はこれらを頭に叩き込むと、裏道へと歩いていった。裏には二つドアがあった。一つはコック用のドア、もう一つは明らかに地下室に通じていた。後者のほうには荷車が止まっていた。ファイロ・ガッブ君が立ち止まっているると、二人の男がこのドアから現れて、干し草の束を荷車に乗せて、慎重に押していった。彼らは無造作に干し草を放り投げたりせず、荷車にそっと置いていた。そしてその干し草は濡れていた。さらに言えば、この二人の男たちはジョー・ヘンリーの使用人だというのがおかしな点だった。ジョー・ヘンリーが荷車を五十キロも走らせて、ダーリングポートから濡れた干し草を取り寄せるなんていったいどういうことだろう。いくらでも乾燥した干し草がリバーバンクで手に入るはずなのに。しかしファイロ・ガッブ君は気にしなかった。彼は急いでホテルの正面玄関にまわってなかに入った。

〈ハーバーガー・ハウス〉のロビーは広く、昔風の黒いウォールナット材の装飾は陰鬱だった。たった一人、男が窓際の机のところに座ってせっせと何か書いていた。あとはカウンターの向こう側にフロント係がいるだけで、ロビーはがらんとしていた。左には巨大な階段があって、薄暗い上階に続いていた。

このホテルには大きな「荷物用リフト」があるだけでエレベーターはなかった。それはかつてこのホテルが栄えていた時代に導入されたもので、河川交通が商売の要だった時代のなごりだった。

ファイロ・ガッブ君はロビーを横切ってフロント係のデスクへ向かった。窓際でせっせと何か書いていた男は振り向いて肩越しにそれを見た。彼は旅生活のセールスマンというよりもホテルの従業員のように見えたが、ファイロ・ガッブ君は何も考えなかった。デスクの後ろのフロント係は唇に指を当てた。

「シーッ！」と、彼はささやいた。「ガッブ探偵ですか？　よかった！　お待ちしていました。銃はお持ちですか？」

「望遠鏡つきスーツケースのなかにあります」と、ガッブ君は小声で言った。

「これをどうぞ」と、従業員は、壁紙張り職人兼探偵にぎらぎら輝く拳銃を渡した。「周りに気をつけて。こっちへどうぞ。お部屋に案内します」

彼はデスクの向こう側から出てきて、ファイロ・ガッブ君の望遠鏡つきスーツケースを手に取ると、陰気な階段を先に立って上がっていった。ビリー・ゲッツのいたずらにとって運のいいことに、ファイロ・ガッブ君はジャック・ハーバーガーと会ったことがなかった。だから彼は自分の望遠鏡つきスーツケースを運んでいるちびででぶの男がその本人だとは気がつかなかったのである。暗い階段を三つ上がっていき、ジャック・ハーバーガーはファイロ・ガッブ君を四階まで案内した。

「変装もせずにいらっしゃるとはかなり大胆ですね」と彼は言った。

「いえ、僕は変装しています」とファイロ・ガッブ君は言った。「これは偽のひげとかつらなんです」

「なんと！」とジャック・ハーバーガーは叫んだ。「見事なもんですなあ！　上手な変装ですねえ、探偵さん！　すっかりだまされましたよ。用心していたんですが。まるで本物の年寄りでした。本当に！　さて、聞いてください。わたしはあなたのお部屋からジャックの部屋へのぞき穴をあけておきました。彼のしゃべる内容はすべて盗み聞きできます。鉛筆と紙はありますか？　よろしい！　聞こえたことは全部メモしてください。音をたてないように。見つかったら……なにしろ連中は残忍なギャングですからね。さあ！」

彼は長くて暗い廊下をあっちに曲がったりこっちに折れたりして先導していった。そしてようやく行き止まりで立ち止まり、望遠鏡つきスーツケースを下ろし、ポケットから鍵を取り出した。

「あちらがジャックの部屋です」と、彼はそっと言った。「で、あなたはここに入ります。あまりいい部屋でなくてすいません。ここしかなくて。もっとも長居はしないでしょうが」

彼はドアを開けた。外開きの大きなドアで、部屋の片側の半分を占めていた。部屋の床にはカーペットが敷かれ、壁と天井には壁紙が張られていた。窓はなかったが、電灯が天井の真ん中でともっていた。部屋の向こう側には細い鉄製のベッドがあり、小さなたんすが脇にあった。ジャック・ハーバーガーは壁紙にあいた穴を指さした。

「あれが盗聴用の穴です」と、彼はささやいた。ファイロ・ガッブ君は部屋のなかに入っていった。すぐにドアは背後でバタンと閉まり、鍵がかかった。さらに重たい鉄の心張り棒が外でかけられる音が聞こえた。彼は囚人になってしまった。罠にかかったネズミも同然だった。ガッブ君はドアにぶつかってみたが、無駄だった。頭上の電灯はだんだん暗くなっていく。壁をなぐりつけてみたが、たわみもしなかった。彼は拳銃を抜いて、次に何が起こるのだろうとびくびくしながら待った。静かな足音がドアの外でした。そこで拳銃を構えて引き金をひいた。うんともすんとも言わなかった。はめられた。完璧にはめられたのだ。

「地下牢の用意はいいか?」と、外で声がした。

「準備万端ですよ。水の深さは四メートル。ねずみみたいにおぼれるでしょうよ」

「いいだろう。じわりじわりと死んでいくのだ。まるで罠にかかったねずみみたいに……他の二人と同じようにな。死体は同じようにして始末しろ」

「石をくくりつけて川に、ですか?」

「そうだ。二度と浮かんでこない」

廊下からの声は止んだ。ファイロ・ガッブ君はまったくの沈黙のなかに取り残された。地下牢だって! 『青白い復讐者』に登場する探偵たちの運命と、同じ運命になっちゃうんだ! 突然部屋ががたがた揺れ出した。床と壁が震え、キーキーきしんだ。ファイロ・ガッブ君はもう一度ドアに体をぶつけた。彼はわめいて両手でドアをどんどん叩いた。きしみ揺れながら、部屋は次第に下に沈んでいった。ドアは天井より上のほうにいくように見えた。そのかわりに出てきたのは固い壁だった。彼は向きを変えて部屋の壁を叩いた。うつろな音が響いた。彼が動くと部屋は足の下でぐらぐらした。もうだめだ!

真っ暗ななか一人っきりで、恐怖は突然誇りにとってかわった。今とても危険な状態だ。果たしてここで死んでいいものだろうか? 最後の迷いを吹っ切った。僕は偉大な探偵のはずだ。だからこんな方法で僕を殺そうとしているんだ。彼はそう気がついて嬉しくなった。殺人犯のみなさんは自分の実力を認めてくれているんだ。

部屋に閉じ込められて死へ向かって降下しているというのに、彼は大喜びしていた。僕は名探偵なのだから、この状況で絶望するわけがない。少年探偵カール・キャロルも同じような危険な目に遭ったが、最後には彼は〈青白い復讐者〉をやっつけた。素人の少年だってできるのだから、〈日の出探偵事務所〉の通信教育講座の卒業生だったらできないはずがない！　彼はポケットからナイフを取り出すと、脇の壁の壁紙を切りだした。

なにしろ壁紙張り職人なので、ちょっと触ってみてこの壁紙は固い壁に張ってあるのではなくてキャンバス地に張ってあるのだということがわかり、今度はこのキャンバス地を切り裂いた。壁はざらざらして傷だらけの板だった。反対側の壁も同じだった。石膏ぬりの壁が上がっていくのがわかった。彼はベッドの上に立って天井のキャンバス地も切り裂いた。

彼が天井を切り裂くと、遥か上の汚らしい天窓からこの牢屋へ光が射した。彼の頭の上にはどっしりとした鉄棒が通っていた。かなり上のほうには巨大なドラムがあって、そこからケーブルがゆっくり解かれていくと同時に下降していた。彼はエレベーターのなかにいたのだ。しかしだからといって安心できたわけではなかった。檻でも部屋でもエレベーターでも、なんと呼ぼうとも、水浸しの牢獄へと降りていくことにかわりはないのだ。彼はドラムをじっと見つめた。ワイヤがどんどんほどけていた。彼はベッドに横たわり、足を床の上にぶらぶらさせながら、上を見つめた。彼は回転するドラムから目を離さなかった。まるで彼に残された命を刻んでいる時計のようだった。

しかし突然ガップ君ははじかれたように動いた。足に何か冷たいものが触れたのだ。床からなにかしみ出てきた。地下牢の水だった。彼は起き上がり、恐怖の目で見つめた。少しずつ彼のほうへと迫ってきている。ゆっくりと箱は下がっていき、水は上がってきていた。水は小さなたんすの一番下の段に達し、さらにベッドの脇のレールに達した。マットレスを濡らしはじめた。彼はベッドの上に立ち上がり、頭の上の鉄の棒をつかんだ。

「止めろ！」と、頭の上の声がささやき、ぎしぎしいう檻は停止した。

「ガッブ！　ガッブ探偵！」と、その声はささやきかけ、ファイロ・ガッブ君は上を見た。「聞け、ガッブ探偵」と、その声は言った。「俺がこのレバーを引けば、おまえは下の水のなかに落ち、二度と浮かび上がることなく死んでしまうのだ。生き残る唯一のチャンスをおまえにやろう。もしこの州から出て行って二度と戻らないと誓うなら、許してやろう。どうする、ファイロ・ガッブ？」

殺されようという人間だったら誰しも断れない提案だった。結局命あっての物種なのだ。この意志強固な通信教育探偵ファイロ・ガッブ君は口を開きかけた。しかし上を向いたときに再び口を閉じ、二回唇をなめた。

「お断りだ！」と、彼は怒って叫んだ。「そんなことはしないぞ！」

頭の上でたくさんの声がささやき交わすのが聞こえた。

「よく考えろ」と、さっきの声が再びした。「我々はおまえに真夜中まで考え直す時間を与える。真夜中までだぞ、ガッブ探偵！」

「脅したって無駄だ！」と、ガッブ君は叫んだ。

「真夜中までだ！」と、その声は繰り返した。そして沈黙につつまれた。

ファイロ・ガッブ君はただちに頑丈なポケットナイフを取り出して、彼を閉じ込めているドアのパネルを一枚切り出した。彼は落ち着いていた。おびえてもいなかった。上のドラムを見てみると、もう巻かれているケーブルはなかった。この檻はこれ以上降りないのだ。水は彼の足を濡らすだけだった。川がとんでもなく氾濫したり、自分から横になって浅い水に顔を突っ込まないかぎり、この急造の地下牢でおぼれ死ぬことはないのだ。彼はゆっくりパネルをはずしていた。ペテンにひっかけられた犠牲者として、黙々と怒りをぶつけていた。パネルは外に落ち、ばしゃんとしぶきを上げて漂っていった。ファイロ・ガッブ君はこの小さな穴をどうにかこうにかくぐり抜けて、地下室へと出た。

この巨大な地下室は、壁のずっと上のほうの蜘蛛の巣だらけの窓枠を通して鈍い光が差し込んでいるほこりっぽい場所だった。とても広く、今は膝の深さまで水がたまっているが、架台の上に板を渡して通り道ができていて、地下室から入り口へと通じていた。石炭入れやら野菜入れなどが、まるで湾のなかのようにぷかぷか浮いていた。そしてホテルの地下室だというのになぜか、小さな干し草圧縮機が壁際の間に合わせの台の上にあり、それに並ぶようにして長いテーブルがあり、まるで工場のように、干し草の束やそれを切り開いたもの、そして箱が並んでいた！　その箱には「ブルー・リバー缶詰トマト」と書いてあった。しかし破れているところから、その中身は缶詰トマトではないことがわかった。箱の裂け目から、〈六ツ星ウイスキー〉の六つの星がきらめいていたのだ。そこには二十六箱もあった。

ファイロ・ガッブ君は渡り板の上を歩いて行き、地下室のドアにたどり着いた。内側から二重にかんぬきがかけられていたが、慎重にかんぬきをはずして廊下に出、またドアを慎重に閉めた。彼は顔からつけひげとかつらを取り去り、ポケットにつっこんだ。そして廊下を急いで行った。

彼が戻ってきたときには、ビリー・ゲッツ、ジャック・ハーバーガー、そして六人の〈冗談集団〉の連中は〈ハーバーガー・ハウス〉の閉店したバーでご機嫌だった。しかしいきなりドアが開いてダーリング郡保安官が、ファイロ・ガッブ君と三人の副保安官とともに入ってきたのを見て黙りこくってしまった。保安官がファイロ・ガッブ君をただのまぬけと思わなかったのは、明らかだった。

「捜索令状だ、ジャック」と、彼はハーバーガーに言った。「リバーバンクのガッブ探偵がおまえのホテルを捜索したそうだ。地下室を見せてもらいたい」

翌朝、『リバーバンク・イーグル』紙はまたしてもファイロ・ガッブ君の記事で埋め尽くされた。この名探偵のとびきりの洞察力のおかげで、ウイスキーが三箇所で発見、押収された。まずダーリングポートの〈ハーバーガー・ハウス〉、次にジョー・ヘンリーのリバーバンクの馬小屋。そして規模は小さいが〈ウィルコックス・ホール〉の〈冗談集団〉のたまり場である。

「どうやったかって?」と、ファイロ・ガッブ君はファンの一人に言った。「普通の探偵がやるようにやっただけだよ。探偵が捜査するときには、まず怪しいやつを探し出す。第四回講座、ルールその四にあるみたいに。そして後をつけていく。第四回講座ルールその四から十七にあるように。すると何かが起こるんだ」

「でもどうやって何かが起こりそうだってわかるんですか?」と、ファンはきいた。

「ええと、それが探偵業のいいところなんだ。何かが起こるまで、何が起こるかわからないってところがね」

にせ泥棒

The Un-Burglars

ガップ探偵はエレベーターを利用した地下牢に閉じ込められはしたものの、残念ながら五千ドルの賞金がかかった〈ぶっ壊し屋〉の解決には至らなかった。もっともそのかわり、彼のおかげで発見された闇ウイスキーの罰金がそれぞれ五百ドルずつの三箇所分になり、賞金としてその半分を受け取った。その総額は七百五十ドルにもなったが、ガップ君はそれを持ってジョナス・メッダーブルック氏のところへ行って、彼に全額を渡してしまった。

「はい、このお金は〈トテモガッカーリ金鉱〉の株の代金でお借りしている分の支払いです」

「金鉱の名前は、〈トテモガッカーリ金鉱〉ではなく、〈ホントガッカーリ〉なのだぞ」と、メッダーブルック氏はむっとして言った。

「そうでしたね、ごめんなさい、メッダーブルックさん。僕は金鉱の名前の専門家じゃないし、何となく同じように思えたんです。でもこれで僕の負債はたったの一万三千七百五十ドルになりましたよね」

「そしてわしへの支払いが終わればかなりの利益があがるぞ」

「はい、おかげさまで」と、ガップ君は言ったが、なにかもじもじしていた。そしていささか気がとがめるようにこう質問した。「シリラさんからは連絡とか手紙とか来てませんか、メッダーブルックさん？」

それに答えてメッダーブルック氏はデスクへと歩み寄り、ガッブ君に電報を見せてくれた。シリラからのものだった。これによると……


ジャガイモ食べず、水も飲まず。五キロ減量。ガッブさんに愛していると伝えて。


「これで体重は四百四十五キロになりました」と、ガッブ君は言った。「ドーガンさんがシリラさんを見せ物小屋から首にするまであと百四十キロくらいやせればいいんですね」

「この減量のペースから行くと」と、メッダーブルック氏は言った。「およそ十年後になるぞ！　電報を受け取ると四十セントかかる。ガッブ君、君だって電報を読むんだから半額の二十セント払いたまえ」

ガッブ君は直ちにメッダーブルック氏に二十セント渡したのでメッダーブルック氏は彼に電報をくれた。ガッブ君は心臓に一番近いポケットにしまい、壁紙張りの仕事が待っている十番街の家へと向かった。

ちょうど同じ頃、リバーバンク警察のスミス・ホイテッカー執行官……もっと大きな町だったら警察署長と呼ばれていたことだろう……は、くすんだ執行官室の傷だらけの机にパイプを打ち付けて、灰を市庁舎の床に落としていた。そしてリバーバンク市民の一人グリスコムに、にやりと笑いかけた。

「よくはわからんが」と、にやにやしながら彼は言った。「本物の泥棒でなくてよかったんじゃないか。たぶん誰かがいたずらしたんだろう」

「だとしたら」と、グリスコム氏は言った。「今度は俺の番だ。俺はそいつにやり返して牢屋にぶち込んでやる。俺の家は俺の家だ。よく言うだろう、我が家は城だって。俺の財産を盗んでいこうが、関係のないものを置いていこうが、よそ者にうろついてもらいたくない。どちらにしたってうちで起こったことは法律違反だろう？」

「ああ、法律違反だ」と、ホイテッカー執行官は言った。「これは押し込みだ。君の家に押し込もうが、押し出ようが関係ない。で、どうやってそいつが押し出たのに気がついた？」

「ええと、俺たち夫婦は夕べ、リバーバンク劇場に行った」と、グリスコム氏は言った。「そして家に帰って鍵穴に鍵を差し込もうとしたら、もう別の鍵がささっていた。これがその二つの鍵だ」

ホイテッカー執行官は二つの鍵を手にとって調べた。一つは古いドアの鍵でかなりすり減っていた。もう一つは新品の鍵で、明らかに素人がこしらえた鍵だった。

「なるほど」と、ホイテッカー執行官は鍵を調べ終えて言った。「この新しいほうは古いスプーンを加工して作ったな。で、それから」

「俺たちの家にこんな鍵はない。しかし夕べ家に帰ってきたらこのニッケル銀の鍵が正面玄関の鍵穴に外からささっていた。そしてドアの鍵は開いていて少し扉も開いていた」

「まるで誰かが正面玄関から入り、ドアを閉め忘れたみたいだな」

「その通り！　そこでまず俺たちは『泥棒だ！』と思った。そして最初に妻は食堂の食器棚を調べた。

するとそこには……」

「そう」と、ホイテッカー氏は言った。「その食器棚には、今まで見たことのない銀むくのスプーンが一ダース置いてあったんだろう」

「しかも妻のイニシャルが刻まれていた……わかるか！」と、グリスコム氏は言った。「そして家の東側にある地下室の窓には、押し出たあとがあった」

「どうして押し込んだと思わないんだ？」と、執行官は尋ねた。

「ああ、俺だって馬鹿じゃない」と、グリスコム氏はいささか頭に血が上がっている様子で言った。

「敷居に金てこの跡が残っていたんだ」

「誰かがいたずらをしたんだよ。まあ少し落ち着いて。いくつか質問してもいいかね？」

「俺も妻も何も知らない」と、グリスコム氏は怒って言った。

「まあまあ」と、ホイテッカー氏はなだめるように、「君の持っているスプーンは銀むくかね、それとも銀メッキかね？」

「銀メッキだ」

「なるほど」と、ホイテッカー氏は言った。「そこがいたずらっぽく見えるんだ。誰か、そんな銀むくのスプーンを送ってよこすようないたずらをするような人間に、心当たりはないかな？」

「ビリー・ゲッツだ！」と、グリスコムは、町一番のいたずら者の名前を叫んだ。

「本官もそう思う」と、ホイテッカー氏は言った。「それなら自分だけでも何とかできるだろう、グリスコムさん」

「そうしてみよう」と、グリスコム氏も納得し、出て行った。

執行官はくすくす笑った。

「にせ泥棒とは！」と、独り言を言った。「まさにこれは新手の犯罪だ！　こういう泥棒にはにせ探偵のファイロ・ガッブの出番だな」

彼は外に出てもまだにやついていた。しかしメイン街でビリー・ゲッツに出くわしたので、笑顔をあわててひっこめた。「今、急いでるんですよ、ホイテッカーさん！」と言うビリーの腕を、リバーバンク警察のトップはがっしりつかんだ。

「何を急いでるんだ？　ちょっと顔を貸せ」と、ホイテッカー氏は言った。

「それはまた今度。ドク・モーティマーからこれを借りていて、すぐに返さなくちゃいけないんだ」

「それはなんだ？」と、執行官はききながら、ビリーの手にしているものを珍しそうに見た。それはコーヒーポットにそっくりだったが、蓋の上には車輪がついていて、まるで小さなスズ製の風車のようだった。蓋のすぐ下、注ぎ口の上には十セント硬貨大の穴が開いていた。

「肺検査装置だよ」と、ビリーは言いながら隠そうとした。「いいから行かせてくれよ、ホイテッカーさん。急いでいるんですよ。サム・シモンズと賭けをするために借りたんだ。やつの肺の圧力二十六ポンドよりも二ポンド多いかどうか測ったんだ」

「おまえが？」と、ホイテッカーはあざけった。「おまえが二十六なら俺は二十八は出るぞ」

「やりたいんですか？　赤ん坊から新しいおもちゃを取り上げるわけにはいかないからなあ。でも急いでくださいよ？」

執行官は注ぎ口に唇をつけて吹いた。するとその瞬間、蓋の下の穴から小麦粉の煙が勢いよく吹き出し、彼の顔も頭も洋服も、何もかも真っ白になってしまった。通りにいた連中はみんな集まってきて大笑いした。執行官は顔をごしごしこすってにやりと笑った。

「一杯食わしたな、ビリー」と、彼は言いながら、怒りもせずに小麦粉を髪の毛から払いのけた。「ところで本官のほうの用事だがね。グリスコム家のにせ泥棒について何か知っているか?」

「全然!」と、ビリーは言った。「どういうことです?」

「おまえが何か知っているとは期待していなかったが」と、執行官はウインクをしながら言った。「しかしあの通信教育探偵のガッブに、この事件を任せるのはどう思う?」

「名案ですね! そのグリスコム家のにせ泥棒について教えてくださいよ。後は任せてください」

ファイロ・ガッブ君が十番街の家の二階で壁紙を張っていると、ビリーがやって来た。ひょろひょろの探偵は、グリスコム事件を説明しているビリーのことをじっと見つめていた。

「〈日の出探偵事務所〉の探偵養成通信教育講座を受け始めたときは」とガッブ君はまじめに言った。「僕は個人客専門でいくつもりで、問屋からの依頼は受けないつもりだったんだ」

「君は通信教育を受けたんだから」とビリー・ゲッツは言った。「通信販売もしたほうがいいんじゃないかな」

「どれが個人客でどれが卸の客かは僕が決めるよ」と、ガッブ君は言った。

「君だってにせ泥棒事件なんてあり得ないと思うだろう?」と、ビリーは言った。

「そんなことはないよ。ひもを結ぶことがあれば、結び目を解くこともある。そうだろ? 馬をつなぐこともあれば、解き放つこともある。泥棒をすることもあればにせ泥棒をすることもある。金目当ての泥棒だったら家に押し入ってものを盗み出すだろう。でもやさしい泥棒だったら、何かものを置いて押し出ることもあるかもしれないじゃないか」

「まあそうかもしれないが。君はそう言うんじゃないかって思ってたよ」

「僕の言うことはもっともだろ？　だからこの事件は引き受けないよ。にせ泥棒なんて滅多にない犯罪だ。通信教育の全十二回の講座のなかにも出てこなかった。にせ泥棒をどうやって逮捕するかなんて見当もつかないよ」

「泥棒を捕まえるのとまったく反対のやり方でやればいいのさ。常識から考えてみればわかるだろう？　でもまあ聞けよ、ガッブ君。ホイテッカーに手柄を立てさせてやりたいんだ。君に頼むのは、君が人情に厚いやつだからだよ」

「同情しちゃだめなんだ。探偵ってやつはハードなハートをしてなくちゃいけないんだよ」

「わかった！　ある男がいるとしよう。やつは家に押し出している。わかっているのはやつは正直で曲がったことが嫌いだということだけだ。彼は家から押し出るのを続けている。もうやめられない。彼は一軒押し出ると、さらに今度は二軒押し出たくなる。押し出た家にスプーンを一組置いていくが、次の家では二組置いていきたくなる。その次は四組に増えるか、それとも銀むくのパンチボウルを置いていきたくなる。やがて彼はささやかな財産をみんな使い果たしてしまう。借金をしだす。物乞いをする。そしてついには泥棒に手を染めるんだ！　ある家から押し出るために彼は別の家に押し入るんだ。二重生活、まるでジキル博士とハイド氏のような生活を……」

「でも僕が捕まえたらどうなるっていうんだ？」

「いや、逮捕するってことじゃない。それは君次第だけれど。彼を脅して押し出しを止めさせればいいだけだ。ホイテッカー執行官に君が捜査を開始するって報告していいかな？」

「いいよ。そいつに同情するよ。たぶん彼は押し出しで財産をすり減らして、奥さんや子供の食べ物にも困っているんだろうなあ」

「じゃあ」と、ビリー・ゲッツは肺検査装置を取り上げて、「今夜八時半に執行官の事務所に来てくれ。ホイテッカーが全部説明するから」

ファイロ・ガッブ君はビリーが家から出て行くまで待って、こう独り言を言った。「またたよ。また僕をだまそうとしている。でも僕はビリー・ゲッツにはちょっと借りがあるから、このにせ泥棒事件を解決してやれば、貸し借りなしになるな！」

ガッブ探偵は執行官事務所に行く時間になると、チョッキに大きなニッケルメッキの星のバッジをつけ、付けひげを三つポケットに入れて出かけた。

執行官は彼を歓迎した。ビリー・ゲッツもそこにいた。

「わかっていると思うが」と、ホイテッカーは言った。「君にこの事件を依頼する権限は本官にはないが、しかし毎晩本官には報告をしてもらいたい」

「報告書を書きましょうか」と、ガッブ君は言った。「フランスの探偵はいつもそういうやり方をするんです」

「いいアイデアだ！　報告書を書いて毎晩提出してくれ。さて、本官はこのグリスコム事件を改めて検討してみるつもりだ。そうすれば君も事件の経緯がわかるだろう。まず、たとえば、この家だが……」

いつの間にか執行官のデスクの上の時計が十時を差していた。ビリーは椅子から立ち上がった。〈冗談集団〉のクラブでポーカーの約束をしていたのだ。するとそのとき電話のベルが鳴った。執行官は電話を引き寄せた。

「もしもし！」と、彼は電話に向かって言った。「ああ、ホイテッカー執行官だ。ミルブルックさん？ああ、わかる。ローカスト・アベニュー七六五番地。押し入りだって？ なに？ ああ、押し出られたって！ 夕食で外出中に。ああ。玄関は鍵で開いていた。ああ、どんな鍵でしたか、ミルブルックさん？ 薄い、ニッケル銀合金の鍵。何も盗られなかった？ 何ですって？ 一ダースの銀むくのスプーン、奥さんのイニシャル入りの？ なるほど。そして地下室の窓を押し破って逃げた。はあ、わかりました。いいえ、めったにないことですが、前例はあります。これから……」

彼はあたりを見回した。しかし名前と住所を耳にしたファイロ・ガッブ君はもうすでに出発していた。

「直ちに向かいます」と、彼は言って電話を切った。ビリー・ゲッツのほうに向かって「ビリー、これもまたおまえのいたずらか？」と怖い声で言った。

「ホイテッカーさん」と、ビリーは言った。「何の関係もないって誓いますよ」

「まあ、信じることにしようか」と、ホイテッカーはしぶしぶ認めた。「おまえだと思っていたのに。この町一番のいたずら者の称号を、おまえから取り上げようなんていう人物に心当たりはあるか？」

「さっぱりわかりませんよ。ガッブに任せるつもりですか？」

「あの通信教育探偵に？ 馬鹿言うな！ 事は重大になってきている。パーセルを派遣して捜査させる。

ニッケル銀合金の合い鍵を作って家に忍び込み、イニシャル入りのスプーンやらフォークを置いて、何の手がかりも残さずに消えるなんてできるものか。明日にはそいつをつかまえて、たっぷりお灸を据えてやる」

ガップ探偵はその頃、まっすぐローカスト・アベニュー七六五番地にあるミルブルック氏の押し出られた家へ向かっていた。ミルブルック氏は背の低く恰幅のいい男で、興奮するとしわがれ声になる。彼がドアを開けてくれた。

「僕は探偵のガップ、〈日の出探偵事務所〉の探偵養成通信教育講座出身です。おたくの押し出られ事件の捜査に来ました」と、ファイロ・ガップ君は言って、上着を広げてバッジを見せた。「とびきり風変わりな事件ですね」

「こんな経験は生まれて初めてだ!」と、ミルブルック氏は喉を鳴らした。「何も盗られていない。一ダースのスプーンが残されていた。正面玄関から入って地下室の窓を破って出て行くなんて」

「ご結婚されてからもう何年になりました?」と、ガップ君は椅子のはしっこに座りながらノートとペンを取り出して質問した。

「結婚? 結婚だって? それが今度の事件と何の関係があるんだ?」と、ミルブルック氏は質問した。

「知りたきゃ教えてやる。今度の六月で二十年だ」

「ますます難しい事件になりましたね。もし新婚ほやほやだったらもっと簡単だったんですが。そうそう、夕食で同席したことのある人のお名前は?」

「夕食?」と、ミルブルック氏は喉を鳴らした。「夕食って、いつの?」

「ご結婚されてからの夕食全部です」

「おいおい」と、ミルブルック氏はさすがに大声を上げた。「私たちはもう何千回と夕食を食べているんだぞ！　食事に出かけたり他人を夕食に招くのは大好きなんだ。いったい何でこんなことをきくんだ。わけがわからん」

「ええと、銀メッキのスプーンとフォークはお持ちですよね」

「持ってたらどうだっていうんだ？」と、ミルブルック氏は喉を鳴らした。「こっちの話だろ」

「僕の話でもあるんです。グリスコムさんの家でも夕べ押し出しがあって、そこにもメッキのスプーンがありました。押し出しの犯人は銀むくのを残していったんです。今回と同じように。ですからシャーロック・ホームズのように推理を働かせると、お二人ともメッキのスプーンを持っていたということになるんです。押し出しの犯人はここに銀むくのを残していきました。だから犯人はあなたがメッキのを持っていて、銀むくのを必要としていたことを知っていたにちがいないんです。というわけで犯人はあなたと夕食をともにしたことがある人物なのです」

「おいおい」と、ミルブルック氏は喉を鳴らした。「この家にはメッキのスプーンなどない！　いったい誰がおまえなんかここによこしたんだ？」

「誰も。自分で来ました」

「じゃあ、自分一人で帰れ！」と、ミルブルック氏はごろごろ言いながら怒った。「玄関はあっちだ。出て行け！」

　帰りがけにガッブ君は、パトロール警官のパーセル巡査が入れ替わりに入ってくるのを見かけた。

ガッブ探偵は家の外からできるだけ地下室の窓を調べた。外側からは跡は見えなかったが、パンジーの花壇には押し出し犯が出て行った跡が残っていた。地下室から出て行くためには、押し出し犯は小さな窓からもがいて出なくてはいけなかった。そのときにパンジーを押しつぶしてしまったのだ。ガッブ探偵はつぶれたパンジーにそっとさわってみた。すると手に何か固くて丸いものが触れた。それはにわとりの脚の骨だった。ガッブ探偵は放り捨てた。いくら押し出し犯でも、にわとりの脚の骨を武器には選ばないだろう。ビリー・ゲッツはこのパンジーの花壇には何も証拠は残していないのは確かだった。

ファイロ・ガッブ君は、ビリーが自分にいたずらを仕掛けているにちがいないと信じていた。探偵は毎日日が暮れてから、ビリー・ゲッツを尾行してやることにした。そうしていれば彼が別の家から押し出る現場をおさえられるか、それともその押し出し事件と彼との関係が判明するだろうと思ったのだ。ということで彼は家に戻った。洋服を脱ぎ始めたのは十一時だった。

最初に気がついたのは、ズボンの右膝がパンジーの花壇につまずいたときに濡れてしまったことだった。彼はがっかりしてそれを見つめた。まるでヨセフの色とりどりの上着のようにしみだらけだった〔『旧約聖書』の「創世記」第三十七章三節「ヨセフは……長袖の着物を作った」という一節は、以前は「いろとりどりの着物」と誤訳されていた。〕。しかもこれは彼の一張羅のズボンだった。椅子の背にていねいにかけて、ベッドに入った。

翌朝、彼はズボンをまるめると壁紙張りの仕事に出かけるときに一緒に持って行った。メイン街で彼はフランク仕立屋の「ズボン洗濯とプレス・三十五セント」という看板のところで立ち止まりズボンを広げるとカウンターにのっけた。

「このしみは取れますか?」と、彼は聞いた。

「そりゃあもちろんでさあ！」と、フランクは言った。「絶対取れますぜ、ガッブの旦那。ちょうど今朝も同じしみを抜いたばかりでさ。同じ柵にひっかかって転んだんですかい？」

「そうです。たぶん同じ柵だと思います。花壇でね」

「おやまあ。ウエストコットの旦那と一緒だね？　角を曲がったところで、柵に気がつかなかったんでしょう？」

「そうなんだ？　まさかウエストコット老人のことじゃないでしょ？」

「いいえ、あの旦那ですよ！　あの方も花壇で転んで膝にしみを作ったんですよ、ちょうどこれとそっくりの。ええと、今夜までには仕上がりますよ。プレスもご入り用ですかい？」

「プレス、うん、うん、洗濯して、ええと、ええと、きれいにしてください」と、ガッブ君は言いながら外に出た。

ジョン・ウエストコット老人、彼のズボンの膝のパンジーのしみ。いったいどう考えたらいいのだろう？　あり得ない状況だが、それは押し出し事件だって一緒である。ジョン・ウエストコット老人はリバーバンクでも指折りの金持ちだった。彼は引退した商人で、けちん坊でも有名だった。スプーンやフォークを他人の家に置いていく犯人としては、リバーバンクで一番ふさわしくない人物だった。しかしいったいどこでズボンにパンジーのしみをつけたりしたのだろうか？　ファイロ・ガッブ君はジョン・ウエストコット老人のことを一日中考えていた。そして夜になって答えを思いついた。結婚祝いじゃないか！　噂に聞いたところでは、ジョン老人は結婚式の招待状をもらうと、披露宴に行って腹いっぱいごちそうは食べるものの、花嫁へのプレゼントは黒い針金のヘアピンだけだそうだ。そして今、年を取って、良心の痛みにさいなまれているのではないか。彼は半分ぼけてしまって、その償いをすることだけで頭がいっぱいになってしまったのではないか。ずいぶん時間がたってから結婚プレゼントを渡す方法として押し出しというやり方を選んだのもあり得なくはない。押し出しで置いていったフォークやスプーンといった品物や、それにイニシャルが刻んであったという事実からもこの説は説得力を増す。

その夜ガップ探偵はホイテッカー執行官に報告に行かなかった。七時に彼は、ポテックス・レーンにある、ジョン・ウエストコット老人のぽつんと離れた一軒家の前のハシバミの茂みのなかに隠れていた。七時十五分に老人は門からよろめき出て、小道をよろよろと、住宅のあるほうへと歩いていった。彼は小さな包みを抱えていた。新聞紙の包みだ！

ガップ探偵は老人と十分距離を取れるまで待った。そして茂みのなかから出てあとをつけた。〈日の出探偵事務所〉の探偵養成通信教育講座で教えられた、尾行と追跡のルールに注意深く従っていた。三時間ものあいだ、老人は通りをうろついた。彼はメイン街を歩いていた。通行人の顔を心配そうによく見えない目でじろじろ見ていた。そして住宅街へと入っていった。ガップ探偵はそのあとを追った。

高校の時計塔の鐘が十時を打った。ジョン・ウエストコット老人はちょっと歩みを早め、町の反対側へと歩いていった。そこは材木置き場だった。坂道を下って材木置き場へと歩いていく老人を、ガップ探偵も木から木へと身を隠しながら追っていった。坂を半分下った頃、老人は立ち止まり周りを見回した。その傍らにはライラックの茂みがあり、巨大な材木が積み重なっているところになんとも場ちがいな感じがした。立ち止まらずに老人は包みを小脇から道路に落とした。包みは白いしみのように道に転がりそして藪のなかに転げ込んで見えなくなった。

だから誰かが動かさないかぎり包みはそこにあるはずだった。しかしファイロ・ガッブ君は遠くにいたにもかかわらず誰かがそれを取っていったと確信した。ガッブ君は材木置き場で積み重なったおがくずの山の陰に隠れて猛スピードで走っていった。これ以上近くに寄れないというところで、今度は一番近い材木の山にのぼり、てっぺんに這いつくばった。彼は材木置き場の四方八方に注意を払った。そんなに時間はかからなかった。置き場の下のほうから黒い影がやって来て、道路を横切り土手を越えその下にある鉄道の操車場へと入っていくのが見えた。ガッブ君は急いで降りてあとを追った。

操車場の上の土手で彼は立ち止まり、暗がりのなかあっちこっちへ目を配った。無蓋車や有蓋車が数え切れないほど線路の上に止まっていた。そのほとんどはきつく扉が閉められていたが、数台、ちょっとだけ扉が開いているものがあった。がらがらと扉を閉める音が聞こえた。ガッブ君は土手を滑り降り、四つん這いで進んだ。車列まであと半分というところで、声がした。C・B・&・Q社の第七八八七号車からだった。

「思いっきり走ってきたよ」と、ぜいぜい言いながらその声は言った。

「で、手に入ったのか?」と、別の声がささやいた。

「もちろんだとも! とにかく何か受け取った。マッチを擦ってくれ、ビル。やつが本当に仕事を頼んだのか確かめよう。仕事を受けたなら、明日の晩は大爆発、ってことだな?」

「その通り。もう火薬の缶は礎石の下に仕掛けてある。いくらある?」

「千ドル要求したんだよな? やつが〈法と秩序同盟〉に提示した賞金と同額だ。いいか、聞け! おまえは半分をとってあっちにいけ。俺は残り半分をもらってこっちへ行く。五百ドルずつもらって逃げるぞ」

「五百ドルずつもらって爆破の仕事をするとはな。生きてるあいだに千ドルも手にできるとは思わなかったよ。おい、あれは何だ？」

ファイロ・ガッブ君だった。彼は貨車のドアを閉めて、ハンマーで掛けがねを叩いてはめ込んだ。すると蒸気機関車が来て貨車は連結され、がしゃんとゆっくりダーリングポートのほうへと巨大な列車は走り出して行った。二人の悪党は貨車の壁を拳で叩き、ののしりの声をあげ、ドアを蹴飛ばしていた。列車が動き出したので、ファイロ・ガッブ君はその隣の無蓋車に飛び乗った。

同じ頃、パーセル巡査が執行官の事務所へと入っていった。ホイテッカーとビリー・ゲッツがファイロ・ガッブ君がやって来るのを待っていた。パーセル巡査は町の与太郎ジョン・ガットマンを連れてきていた。

「捕まえました」と、彼は誇らしげに言った。「彼がサム・ウエンツ家の地下室の窓から出てくるところを逮捕したのであります。彼は危害を与える意志はなかったと言っています。この町の全員の家にスプーンを置いてくれれば、みんなからパーティーに招かれる夢を見たということであります」

「抵抗したのか？」と、ホイテッカーはきいた。「君のズボンは泥だらけだぞ」

「抵抗？　いいえ、おとなしいものでした。自分は角に張ってあった柵につまずいて花壇に転げ込んだんです。おばさんにこっぴどくしかられました。昨日はウエストコット老人が花壇に倒れたそうで、花壇は着地場所として作っているわけじゃない、と文句を言っていました。ガッブ探偵からの報告はまだですか？」

ホイテッカーはにやりと笑った。「もうすぐ連絡があるはずだ。さぞや価値ある報告をしてくれるはずだぞ」

まさしくその通りだった。およそ一時間後、ダーリング郡の保安官からの電報が届いた。

ガップ探偵は今夜二人の〈ぶっ壊し屋〉を逮捕。自白も得た。パイ屋のピート、のっぽのサム・アンダーベリー、ちびのビリングズを逮捕せよ。全員共犯。

「賞金は五千ドルにもなりますねえ」と、パーセル巡査は言った。「さ、急いで残りの三人も逮捕しましょう。もしかしたらガップの分け前がもらえるかもしれない」

「そういう俺たちはここに座ってガップを笑い者にしていたとはな！」と、ホイテッカー執行官はがっかりして言った。「なんてこったい！」

「俺も自分がむかつきますよ」と、ビリー・ゲッツは言った。

ニセント切手

The Two-Cent Stamp

ファイロ・ガッブ君は押し出し犯人を探していたときに、たまたま運がいいことに〈ぶっ壊し屋〉を逮捕した。そのときに壁紙張りの仕事をしていた十番街の家というのが、〈リバーバンク婦人禁酒連盟〉のメンバー、マーサ・ターナー女史の家だった。

〈婦人禁酒連盟〉のメンバー、特にマーサ・ターナーは、市の検事のミューレンを告発して追い出そうとしていた。彼は禁酒共和党のおかげで当選したにもかかわらず、本人はありとあらゆる飲み屋の顔なじみであり、一つとして飲み屋を閉鎖したこともなかった。マーサ・ターナー女史とその仲間は、これはミューレン本人がビールが大好きなのが原因だと信じていた。そしてこの証拠を集めるために頭に血が上がったご婦人連中は、「のらくら《スリッパリー》」・ウィリアムズという青年を雇ってミューレンを調べさせることにした。

しかしガッブ探偵は、マーサ女史の家での仕事を仕上げようとやって来たとき、まったくそんなことは知らなかった。彼はすっかりしょげかえっていた。実は百ドルがどうしても今すぐ必要なのに、ポケットのなかには二セント切手たった一枚しか入っていなかったのだ。

ガップ君はその朝早く、メッダーブルック氏の家を訪れた。何かシリラからの知らせがないかと思ったのだ。しかし黒人執事によれば、メッダーブルック氏はシカゴに呼ばれて出かけて留守だった。「しかしご伝言がありますです」と、執事は言った。「お宅様が来たら、三十セントをいただいてシリラ様からの電報をお渡ししろということでした。それからこれがあなた様宛のメモです。これはお支払いがなくてもお渡ししますです」

ガップ君は喜んで黒人執事に三十セント支払った。それが彼の有り金すべてだった。そして電報を読んだ。それによると……

望みをすてない。小麦のパン、トウモロコシパン、ライ麦パン、手作りパン、パン屋のパン、ビスケットとロールパンを我慢中。さらに三キロ落とした。ガップ君、愛している。

これを読んでガップ君はうきうきして仕事に行けるはずだった。しかしメッダーブルック氏のメモが残っていた。これによると……

突然シカゴに呼び出された。例の金鉱株だが、百ドルすぐに支払ってもらいたい。金鉱株の借りを払わない男に娘はやれん。明日までに支払えないならすべてはなかったことにしてもらう。

こんな手紙をもらっては、どんな恋人だってがっかりするだろう。ガップ君には今日一日で百ドルも手に入るあてなんて全然なかった。それにたった今、シリラのダイエットがうまくいっているという知らせを聞いてこの恋も順調だと思ったばかりである。マーサ・ターナー女史の家で受けた挨拶にもがっかりした。ターナー夫人は渋面を作って、

「ガッブさん、今日は台所の天井に壁紙を張らなくていいわ」と、言ったのだ。

「できればやらせてください」と、ガッブ君は必死になって言った。「僕のお財布の事情で一日だって休んでいる場合じゃないんです。今、とっても切羽詰まっているんです」

マーサ・ターナー女史はびっくりした様子で、

「まあ」と、しぶしぶ言った。「ならやってもらってもいいけれど。今日は一日外出するつもりだったのよ。私が戻る前に仕事が終わったら、台所のドアに鍵をかけて鍵は雨戸の後ろに隠しておいてちょうだい」

彼女は出かけた。そしてファイロ・ガッブ君は架台を立て、天井の壁紙を広げて切り出し、糊をつけ、架台にのぼりそのてっぺんに座って頭を振った。

彼はため息をついて糊のついた天井の壁紙を一枚手に取った。しかし立ち上がろうとする前に台所のドアが開き、「嗅ぎ回り屋《スヌークス》」・ターナーがおそるおそる首を突っ込んできた。

「おい、ガッブ君、マーサおばさんはどこだ?」と、小声で尋ねた。

「出かけたよ。しばらくは戻ってこないよ、スヌーキー」

「よし!」と、スヌークスは言い、台所に入ってきた。数週間前、彼はナン・キルフィランと出会い激しい恋に落ちた。そしてナンはいい子だったのだが、マーサ・ターナー女史は彼女のことを気に入らな

かった。実は彼女はミューレンの「お手伝いさん」だったからだ。スヌークスに会う前、ナンは「のら《スリッ》くら《パリー》」・ウィリアムズと交際していて、ウィリアムズをまともな人間にしようとがんばっていたのだが、それも無駄に終わったところだったのである。

　スヌークスは『イーグル』紙の記者だった。偉そうな肩書きだと市担当新聞記者だった。そしてけっこういい仕事をしていた。彼は特ダネを見つけるのが得意で、ニュースになりそうだと、むずむずしはじめるのだ。

「またこそばゆくなってきたんですよ」と、彼は『イーグル』紙の編集長に言うのが常だった。「何か特ダネがありそうだ。ちょっと取材に行ってきます」と言って出て行き、ものにするのだった。

「おばさんは出かけたんだね？」と、スヌークスは自分のおばの台所へ入ってきて、マーサ女史のことを尋ねた。「それはいい。君に会いたかったんだ、仕事のことで。それも探偵のほうの仕事だ」

　彼はポケットに手を突っ込んで薄い札束を取り出した。いつもの小粋なスヌークスではなかった。片目はあざで真っ黒になり、顔の半分にはひっかき傷がついていた。洋服はぼろぼろ、泥まみれになっていた。まるで誰かに殺されそうになったみたいだった。

「ほら！」と、彼は言って、札束を数えてからファイロ・ガッブ君に渡した。「ここに二十五ドルある。これで僕が何をしたか、何が僕に起こったか、すべてを調べてくれ」

「何を探すの？」と、ガッブ君は札束を愛おしそうになで回しながら言った。

「わかっていれば、君に尋ねたりしない」と、スヌークスはむっとして言った。「それが何だかわからないんだ。自分で調べてみたいところだが、僕は今、留置場に入っているんだ」

「どこにいるって？」と、ファイロ・ガップ君はきいた。

「留置場だよ」と、スヌークスは言った。「僕は留置場に入っているんだ。最悪だよ。執行官が僕を夕べ投獄したときに、今日一日中そこにいると約束はしたんだが、それを破ってここにいるんだ。

「『なんてこった、スヌークス！』と、彼は言っていた。『本官のことを考えろ。ここ数日この町に犯罪の影も形もないから、錆び付いた留置場のドアを外して鍛冶屋に修理に出したところなんだ。それに家内と明日農場までドライブに行く約束だ。それなのにおまえがやって来て何もかも台なしだ。俺は町にいておまえを監視しなけりゃならん』

「『かまいませんよ』と、僕は言った。『ドライブに行ってらっしゃい。僕は留置場でおとなしくしています。想像力を働かせてね。ここにドアがあると思い込んでおきますから』

「『絶対誓えるか？』と、彼は言った。

「『ええ、誓います』と、僕も答えた。

「そういうわけで執行官は出かけた」と、スヌークスは言った。「僕を信用してくれたんだ。で、僕はここにいる。本当は留置場に鍵をかけて閉じ込められていなくちゃいけないんだけど、こうやって町中を走って君のところにやって来たというわけさ。とにかく住居侵入の罪で刑務所行きになりそうだというところから話を始めよう」

「住居侵入だって！」と、ガップ君は叫んだ。

「その通り！」と、スヌークスは言った。「もう何が何だかわからないよ。お願いだから助けてくれ、ガップ君。この謎を解けるかい……。

「夕べ僕はナンと一緒に散歩に出た。僕と付き合ってるのは知っているだろう。結婚するつもりなんだ。たぶん彼女は今はその気はないかもしれないけれど、いずれはそうなるさ。ミューレンのところで働いているんだ。僕たちはミューレンの家に十一時頃戻った。ミューレン夫人はいつも十時半にドアに鍵をかける。ナンがなかにいようと出かけていようとおかまいなしだ。で、遅れたので僕たちは呼び鈴を鳴らさなくてはいけなかった。するとミューレンが出てきてナンをなかに入れてくれた。彼女と一緒にいるのを見ると、僕と握手してなかに入って葉巻はどうだと勧めてくれた。そこでしばらく座っていたのだけれども、今日の朝刊の仕事があるからと言って帰った。彼は親切だったよ。そして僕はダウンタウンへ行った。最初に会った人物はサミー・ウィルマートン未亡人の息子の?」とファイロ・ガッブ君はきいた。

「その通り!」と、スヌークスは言いながら目をごしごしこすった。「『スヌークス、今晩の〈婦人禁酒連盟〉のこと、きいたか?』と言ってきたが、僕はきいていなかった。『俺は母ちゃんから聞いた』と、サミーは言った。『でも俺が言ったのは内緒だぜ。検事のミューレンを弾劾するよう市議会に請願したそうだ』

「これは特ダネだ! 僕は『イーグル』紙の編集室に飛んでいき、ミューレンに電話をかけた。

「『もしもし、ミューレン検事さんですか?』と、僕は言った。

「『はい』と、彼は言った。

「『ええと、今夜ちょっとした事件がありまして、それについてお会いしたいんですが』

「『事件が起きるって、どうしてわかるんですか?』と、彼は言った。

『いろいろありまして。おうかがいしてもいいですか？』

「しばらく間をおいて彼は言った。『ええ、いいですとも。来てください。今すぐどうぞ。お待ちしています』

「そして僕は出かけた」

「そこまでは別に奇妙なところはないな」と、ファイロ・ガッブ君ははしごの上で位置を変えながら言った。

「というわけで僕は行った」と、スヌークスは話を続けた。「僕がドアのベルを鳴らすとすぐドアが勢いよく開いて、僕は頭の上から毛布をかぶせられ、誰かに腕をつかまれた。そして家のなかに引きずり込まれた。たぶんそれはミューレン検事だと思う。彼がでっかい男なのは知っているだろう。でも彼を見たわけじゃない。何も見えなかったんだ。続けざまに毛布ごしに何度もなぐられた。そのおかげで目がこんなになっちゃった。それからずっと彼は気が狂ったようにしゃべり続けていた。何を言っているのかはさっぱりわからなかった。でも階段のてっぺんで奥さんが悲鳴を上げているのが聞こえた。それからナンの悲鳴も聞こえた。それから窓が割れる音も。

「『わめくな！』と、僕でもわかる声でミューレンは言った。そして僕を持ち上げると裏口まで運んでいき、ドアを開けると八段もある上から放り捨てた。僕は毛布をかなぐりすててその階段をまた上がって、僕をこんな目に遭わせてただで済むと思うな、と言ってやるつもりだった。ところがそのとき、隣の誰かが拳銃で撃ってきたんだ。僕のことを泥棒だと誤解したんだろう。あわてて裏門から逃げだしたけれど、今度はまた別の家からバーンと撃たれた。どう思うよ、これを？　しばらくはまるでサン・フアンの戦い［米西戦争中の一八九八年七月一日にキューバのサン・ファンで起きた戦い］のようだった。今でもあのとき死ななかったのが不思議だ」

「死んでないんでしょ？」

「生きてるだろ！　連中が銃を乱射したんで、僕は地下室のドアに飛びついた。弾丸が飛び交うなか、ずっと地下室の入り口のところに隠れていたよ。するとようやく警察官がやって来た。ティム・フォガーティ巡査だった。彼が『撃ちかた止め！』と命令すると、弾丸の雨は止んだ。そして彼におとなしく捕まったんだ。僕は留置場まで連れていかれ、今朝早く判事の前に引き出された。そして大陪審に住居侵入と軽窃盗罪の容疑でかけられることになった。さあ、どう思う？」

「家に引きずり込まれて別のドアから放り出されるのは住居侵入じゃない。住居侵入は押し込みをするか、それとも無理矢理押し出なくちゃいけないから。たぶんミューレン検事は君を誰かとまちがえたんじゃないかな」

「まちがえるわけがない！」と、スヌークスは言った。「彼は今朝法廷にいた。この僕の事件を担当していたんだ。誰だ？」

　誰かが裏の階段を上がってくる音がした。するとスヌークスは再び地下室のドアに飛びついてなかに隠れた。彼にはおなじみの家だったから、地下室からどうやって脱出するかはわかっていた。彼は躊躇せずに外へ通じる地下室のドアを開け、誰もいないことを確かめて、留置場へ急いで戻っていった。

　ファイロ・ガッブ君がはしごから降りるまもなく台所のドアが開いた。入ってきたのはフォガーティ巡査だった。

「おはよう！」と、彼は言いながら帽子を脱ぎ、赤いハンカチで帽子の汗止めをぬぐった。「降りないかい、ガッブ君。ちょいと話があるんだ。さっきまでスヌークス・ターナーがここにいるのが窓から見えたんだが、君と何か話していたな。逮捕されたことについてしゃべっていたんじゃないか？」

「その事件のことを話していましたよ。プロの探偵である僕に相談に来たんです」

「うまいことを考えつくやつだ！」と、フォガーティ巡査は言いながら、ポケットに手を伸ばした。

「本官が彼を逮捕したんだ。真っ暗だったんだ、ガッブ君。誰を逮捕したんだかさっぱり見えなかった。君に自分の容疑を晴らしてくれって頼んだんだろう？」

「捜査を依頼されました」

「気の毒な男だ！　たいした金も持っていないのになあ。気の毒なことだよ。君に捜査を頼むしかないんだ。かなり金がかかるだろうになあ！　本官も考えていたんだが、五ドル程度だったら捜査費用にカンパしたいと思うんだ。何しろ本官が彼を逮捕した張本人なんだから」

フォガーティが札を出したのでガッブ君は受け取った。

「思いがけない出費というのは探偵捜査にはつきものですからね」

「その通り！　ああ、誰かに聞かれたら本官はスヌークスのやつを逮捕したのを後悔している、と言ってくれ。そうそう！」と、彼は口に手を当ててささやいた。「本官はこの家を捜索して、スヌークスのやつがビールの瓶七本と銀の栓抜きを部屋に隠していないか家宅捜索を命じられたんだ」

ファイロ・ガッブ君がはしごの上で、五ドル札をじっと見つめたまま考え込んでいると、フォガーテイが戻ってくるのがきこえた。

「やあ！」と、フォガーティは言った。「何も見つからなかったよ！」

フォガーティは裏口から出て帰っていった。そしてファイロ・ガッブ君はしばらく考えたあとに、この五ドル札は自分のものにしていいと決心がついたのでポケットにしまった。しかし五ドル相当の働きをするには事件を調査しなくてはいけない。彼は糊をつけた壁紙を持ち上げたが、天井の端っこまで張り終えないうちに誰かが台所のドアをノックした。

「どうぞ！」と、彼が答えるとドアは開いた。

スリッパリー・ウィリアムズが部屋のなかに滑り込んできた。その悪がしこそうな目はファイロ・ガッブ君のことをじっと見ていた。

「やあ、ガビー！　調子はどうだ？　ターナー夫人はいるか？」

「ターナー夫人は外出中だよ」と、通信教育探偵は素っ気なく答えた。「僕は今、探偵の仕事をしているところさ」

「へえ？」と、スリッパリーは言った。「今度は誰の依頼なんだ？」

「スヌークス・ターナーだ。彼のために事件を捜査しているんだ」

するとすぐにスリッパリーの態度が変わった。乱暴で尊大な調子だったのが、ぺこぺこしだした。

「なんだ、俺はスヌーキーの友達だよ。君も知っての通り、俺とスヌーキーは親友なんだよ、ガビー。俺はスヌーキーを心から思っているよ。スヌークスに頼まれたんだ。『スリッパリー、俺の部屋に行ってきれいな着替えを持ってきてくれないか。みんなぼろぼろで汚れてしまったから。それから……』って。まあ、とにかく取ってくるよ。スヌークスが待っているから」

彼は廊下のほうへ行ったが、ガッブ君は彼を呼び戻した。

「上に行かないでよ」と、ガッブ君ははしごの上から言った。「もう行っちゃった人がいるけど」

「誰が行ったんだ?」と、スリッパリーはあわてて言った。

「フォガーティ巡査だよ」

「何か見つけたのか?」と、スリッパリーは心配そうに尋ねた。

「何も。ビール瓶七本も栓抜きも見つからなかったと言っていたよ」

「それそれ!」と、スリッパリーは猫なで声になって、「君に五ドルやるからその七本の瓶と栓抜きを探してもらえないかな? まっとうな探偵の仕事だろう? できるかい?」

「やってみるよ」

「それだけでいいんだ。どうこうしようというんじゃない。ただそれがどこにあるのか知りたいだけなんだ。さあ、五ドルだ」

ファイロ・ガッブ君は金を受け取った。

「これでよし。さあ、見つけてもらおうか。二階のターナー夫人のベッドの、ベッドカバーとマットレスのあいだにある。行ってきてくれ」

「ターナー夫人が帰ってきてからだよ」と、ガッブ君は断固として言った。「奥さんの家だもの」

「おいおい、このコウノトリ野郎! 夫人は俺がここにビールを取りにきたのを知っているんだ。彼女に行ってこいと言われたんだから」

「さっきはスヌークスに洋服を取りに行ってほしいと頼まれたって言っていなかったっけ?」

「誰に頼まれたかなんておまえには関係ないだろう!」と、スリッパリーは怒って言った。「おまえは一流探偵だろう？　はしごの上に座ってないで、スヌークスの友達に手を貸せよ！　おい、聞いているのかよ、ガビー‼　もし俺がそのビールを持って行かなかったら、みんながとんでもないトラブルに巻き込まれるんだ。わかったか？　さあ！　持って行くからな！」

「ターナー夫人が帰ってきたらだ！」

　またもやドアがノックされて会話は中断した。スリッパリーは、さっきスヌークスが入っていった地下室に滑り込んだ。台所のドアが開いて入ってきたのはスミス弁護士だった。彼はやせっぽちで、やせた人間によくあるようにインテリに見えた。

「いや、降りるまでもないよ、ガッブ君。降りなくていい！」と、彼は言った。「裏口から来たのは、ターナーさんがいるんじゃないかと思ったからなんだ。夫人はいないのかね？」

「外出中です」と、ガッブ君は言った。

「それはついていない！」と、スミス弁護士は言った。「夫人の甥のことで話があったんだが。彼が留置場に入っていることはきいたかね？」

「ええ、もちろん」と、ガッブ君は言いながら、足を組んだ。「彼に探偵として雇われました。僕はその事件を捜査しています。今、捜査を始めようと思ったところです」

　スミス弁護士は部屋の向こうまで歩いていって、戻ってきた。彼はリバーバンクでは検事の地位をミューレンと争って負けた人物として知られていた。そして密造酒業者の相談相手でもあると言われていた。

「君はまだ何もしていないのかね？」と、彼は突然ガッブ君のかなり高い椅子の下で立ち止まると質問した。

「全然。今、始めるところですから」

「するとターナー青年が盗んだ物品については何も知らないのだね？」

「もしかしたら知っているかもしれません。七本のビール瓶と栓抜きのことですか」

「どこにある？」と、スミス弁護士は、法廷で証人に反対尋問をするときのような鋭い調子で問いただした。

「今、言えるのはここまでなんですよねえ」と、ガッブ君は考え深げに言った。「意地悪したくはないんですが、スミスさん、でもそのビール瓶は証拠だと思うし、それに栓抜きも証拠です。それも僕の知っている唯一の証拠なんですよ。だから証拠は保全しておかないと」

「この家にあるのか？」と、スミス氏は厳しい調子で言った。

「ここになかったら、別のどこかでしょう」と、ガッブ君は言った。

「ガッブ君」と、スミス氏は噛んで含めるように言った。「この事件には巨大な権力がかかわっている。君が思うよりもずっと大きな権力だ。我々はみな君の依頼人の容疑を晴らすことを望んでいる。不当な容疑だと私は思っている。その権力がどんなものかは言えないが、かなり強力だ。その権力によって、スヌークス・ターナーを救うこともできるのだ」

「はあ、なるほど。でも僕をはしごから降ろしてくれたら、僕も彼の無実を証明してみせますよ。僕だってだてに〈日の出探偵事務所〉の探偵養成通信教育講座で勉強したわけじゃないんですから」と、フアイロ・ガッブ君は言った。「スヌークスは僕を雇ったんだから……」

「なるほど彼は切れ者だな！」と、スミス弁護士は猫なで声で言った。「君を雇う賢さには感服するよ。私の依頼人であるその強力な権力のために、君の仕事の必要経費を少し援助してもかまわないかね？」

「ご希望でしたらどうぞ。探偵って、お金がかかりますから」

「私が代理をしているその権力から」と言いながらスミス氏は財布を取り出した。「十ドルを寄付しよう」

そして言った通り、ぱりぱりの十ドル新札をガッブ君の手に渡した。

「さてそれでだ、我々とターナー青年との利害が一致したのだから、そのビールがどこにあるのか教えてくれないか？」

彼は台所のドアのほうを振り向いた。そこにはナン・キルフィランが立っていた。彼女の目は赤く泣きはらしていた。スミス弁護士はあわてて辞去すると行ってしまった。ナンは台所に入ってきた。

「ああ、ガッブさん！」と彼女は叫んだ。「どうかスヌークスを留置場から出してください！彼が懲役になんてなったら胸が張り裂けてしまうわ。彼は何も悪いことはしていません！あなたが頼りなんです、ガッブさん。十ドル持ってきました。先月のお給料の残りはこれで全部です。でもこれでは足りませんよね？」

「ありがとう」と、ファイロ・ガッブ君は言いながらお金を受け取った。「彼の無実を証明するのにいくらかかるかは前もってわかりません。もっとかかるかもしれないし、もっと少なくてすむかもしれない。これは複雑な事件です。今からはしごを降りていよいよ捜査を始めようというところなんです。もしあなたが……」

彼は動きを止めた。

「もし捜査を手助けしてくれるなら、キルフィランさん、留置場に行ってスヌークスに、どこにビールと栓抜きがあるのかきいてきてくれませんか？」

「どこに……」彼女の顔が真っ青になった。「ビールと栓抜きですって？」と、彼女はさっと緊張してききかえした。

「七本の瓶と栓抜きです」

「ああ！」と、彼女はうめいた。「彼は何もしていないと言っていました！　そう誓っていました！　ああ、スヌークス、いったいあなたは、どうして！」

「さあ、泣いてはいけません」と、ファイロ・ガッブ君はなだめるように言った。「行ってきいてきてください。あなたが戻ってきたらすぐ捜査を開始する用意をしておきますから」

ナンは急いで走っていった。ファイロ・ガッブ君はこれまでに受け取ったお金を勘定して待っていた。総額五十五ドルになっていた。それをポケットに入れ、はしごの上に立った。彼が降りようと片足を次の段にかけたときに、ウィルマートン夫人が台所に入ってきた。

彼女は恰幅のいい女性で、息を切らしていた。しゃべれるようになるまでしばらくかかった。しかしああだこうだと身振り手振りを続けていて、まるでそれで話が通じると思っているようだった。そしてあとからその身振りの説明をしだした。

「ガッブさん、ガッブさん！」と、彼女はぜいぜいいいながら言った。「ああ、恐ろしい！　恐ろしい！　ターナーさんがそんなことをするはずがない！　ああ、目がまわりそう！　ビールはどこにあるのかご存じ？」

「息が切れたときにはビールを飲んじゃだめですよ」と、ガップ君は言った。「とにかく休んでください」

「でも」と気の毒なウィルマートン夫人は息を切らせて、「でもターナーさんには愚かなことだって私は言ったんですよ！　なのにあの人は頑固で！　ああ！　いつになったらこの息が止まるのかしら。どうやったらビールを処分できるの？」

「欲しがっている人は山ほどいますから。スミス弁護士とか……」

「ああ、知っています、知っています！」と、ウィルマートン夫人はうめいた。「あいつが脅迫したんです！」

「脅迫って何を？」と、ガップ君は尋ねた。

「あいつはこの家のなかでビールを見つけてやるって言ったんです！」とウィルマートン夫人は叫んだ。「あいつはマーサに、もし自分にあれを渡さなければ、ここで見つけてスキャンダルにしてやると言ったんです！　ビールがマーサのベッドカバーとマットレスのあいだに隠されているって。彼女は何しろ〈婦人禁酒連盟〉の会長なんですから！　ああ恐ろしい！　マーサはわがままなんだから！　こんな困ったことになったのも自業自得よ！　あんなずるいやつ《スリッパリー》とはかかわりあいにならなければよかったのに！」

「誰ですって？　スリッパリー・ウィリアムズですか？」と、ガップ君はびっくりした。「マーサ・ターナー女史が？　スリッパリー・ウィリアムズとどういう関係なんです？」

「まあ、あの人は本当に、とっても、かなりスリッパリーと調子に乗りすぎたのよ」とウィルマートン夫人は怒って言った。「ビール瓶をベッドに持ち込んだり、いい年をして盗みに入ったりして。そして今朝、〈婦人禁酒連盟〉の特別集会を開いて、住居侵入と窃盗罪を自慢したのよ！　彼女の年で！」

「ちょっと、ウィルマートンさん」と、ファイロ・ガッブ君ははしごのてっぺんから言った。「それ以上おっしゃる前に、警告したいんですけど。スヌークス・ターナーは僕にこの押し込み事件の捜査を依頼しているんです。もしマーサ・ターナー女史が、スヌークスが留置場に入れられている事件の押し込み犯人ならば、それ以上僕に何もおっしゃらないでください。僕の仕事はスヌークスを自由にすることであって、誰かを捕まえることじゃないですから」

「ガッブさん！」と、ウィルマートン夫人はいきなり叫んだ。「ガッブさん、私は何の権利もないけれども、幹部の他の奥さんたちから許可をもらってくるから、知っていることを教えてちょうだい。〈婦人禁酒連盟〉からスヌーキーが留置場から出られるなら二十ドル払うから、どうして彼が留置場に入っているのか教えて。それからどうかスヌーキーに頼んで、ミューレン検事の事件を『イーグル』紙の記事にしないでもらいたいの」

彼女は五ドル札を四枚ファイロ・ガッブ君に差し出したので、彼は受け取った。

「スヌークスの態度からしてみると、たぶんミューレン検事のことをどんな形であれ記事にすることはないと思いますよ。ところでどうやってスヌークスがこの事件に巻き込まれたか教えてもらえませんか」

「さっぱりわからないのよ！」と、ウィルマートン夫人は言った。「私が知っているのはただ……」

ウィルマートン夫人とファイロ・ガッブ君二人とも、ドアのほうを振り向いた。大きな影が台所を覆っていた。ミューレン検事の巨体だった。彼は礼儀正しくウィルマートン夫人へ一礼した。彼女は驚いて真っ赤になった。おそらく連盟がミューレン氏を市議会に弾劾したときに果たした自分の役割を思い出したのだろう。しかしミューレン検事は動じなかった。

「ここでお会いできて幸いですな、ウィルマートン夫人」と彼は言った。「実は証人が必要なのです。収賄の疑いをかけられても困りますし。ここに来たのは」と、言いながら、彼は上着の内ポケットから革の財布を取り出した。「ガッブ君にこの二十五ドルを渡しにきたのです。さっきスヌークスとみんなから呼ばれているターナー君を、留置場に訪問してきました。実は彼を保釈してもらおうと思ったのです。彼の容疑からすると一刻も早く釈放されるにはそれが一番ですから。彼が我が家に盗みに入ったと思ったのは、まったく私の誤解だったというのがわかったのです。我が家から盗まれたものはなく……」

「あらまあ！」と、ウィルマートン夫人は叫んだ。「じゃあ七本のビール瓶と栓抜きはどうなるのかしらね！」

ミューレン検事は彼女をさっと振り返り、

「ビールと栓抜きについて何を知っているんですか？」と、鋭く言った。

「ガッブ探偵と同じぐらい知らないわ。でも私が知っていることがあるの！」と、彼女は答えた。ミューレン検事はどうにかこうにか怒りをおさえて、視線をファイロ・ガッブ君に向けた。

「なるほど！」と、彼は無理に冷静をよそおいながら言った。「しかしおそらく私はガッブ君よりも知っているはずですぞ。実際どこにあるのかわかっているのです。二階のベッドカバーとマットレスのあいだにあるのです。でしょう、ウィルマートン夫人」と、彼はほとんど怒鳴るように言いながら、彼女に人差し指を突きつけた。「それらはこの町のある家から、〈婦人禁酒連盟〉を代表する誰かが盗み出したものだ。それが〈婦人禁酒連盟〉を代表する人間の命令によって行われた窃盗であることは、わかっている！　この事件が公になれば、〈婦人禁酒連盟〉の指導者である立派なご婦人が、窃盗罪で刑務所に入れられるのだ！　私はすべて知っている！」

「ああ、なんてこと！」と、ウィルマートン夫人は息をのみ、椅子に倒れ込んだ。

「さてそれでだ！」と、ミューレン検事は再びファイロ・ガッブ君のほうへと向き直り、彼に二十五ドルを渡して、「この金は、スヌークス・ターナーが依頼した捜査の費用の一部にしてもらいたいだけだ。私は金を払ったからといって、何の注文もつけない。君のものだ。しかしもし君に正義を愛する心があるのなら、お願いだから彼に留置場から出てきてくれと言ってくれないか！」

「出ようとしないんですか？」と、ガッブ君はわけがわからずきいた。

「出てきてくれないんだ！」と、ミューレン検事は言った。「さんざん頼んだんだが、彼は『いいや、ファイロ・ガッブ君がこの事件を解決するまでここからテコでも動くものか』と言うんだ。しかし我々は一市民として、そして禁酒党の党員として、ガッブ君、マーサ・ターナー女史を刑務所に入れるわけにはいかないだろう？」

「ううーん、僕がこのはしごを降りて捜査を開始した結果、女史が刑務所送りになってしまうとしたら、それはそれでしょうがないんですけど」と、ガッブ君は言った。「なにしろ探偵捜査というものは科学ですから、〈日の出探偵事務所〉の探偵養成通信教育講座で教えられた通りに……」

「スヌークスはビールのことなんか全然知らないって言っているわ」と、急いで戻って来たナン・キルフィランは言って、ミューレン検事の姿を見て絶句した。

「二階のベッドのなかにあるんじゃないかってきいてくれました？」と、ガッブ君はきいた。

「彼の部屋のベッドのなかか？」と、ミューレン検事は食いつくように言った。「それではまったく状況が異なってくるぞ！　そんな証拠があるのだったら、検事としてマーサ・ターナー女史と『イーグル』紙につとめるその甥を有罪にできるじゃないか。おお、二人に有罪を宣告するぞ！」

彼はウィルマートン夫人をにらみつけた。ナンは泣き出してしまった。

「もっとも」と、彼は小声で付け加えた。「この騒動をなかったことにすれば話は別だが」

ファイロ・ガッブ君ははしごの上に座って足を組み、それまでもらった現金を全部取り出して勘定した。

「そうですねえ」と、彼は考え深げに言った。「留置場までひとっ走り行ってきて、スヌーキーに今すぐ僕が会いたがっていると言ってくれませんか、キルフィランさん。たぶん彼はまた留置場の範囲を広げてきてくれますよ。僕が今からはしごを降りて捜査を開始するから、彼のアドバイスが欲しいと言ってください」

「何を彼にきくというんだね？」と、ミューレン検事は尋ねたが、ナンは急いで行ってしまった。

「七本のビール瓶と栓抜きのことをききたいんです」と、ガッブ君は言った。

「ガッブ君、私がビール瓶のことは説明しよう。そのビール瓶が私の家のものだったとしたら、マーサ・ターナー女史は刑務所に行くことになってしまう。しかし彼女が刑務所行きを免れるためには、ビール瓶も栓抜きも存在しなければいいんだ。なあ、そうだろう？」

「彼女には、なんて馬鹿なことをしたの、と何度も言ったんですよ！」と、ウィルマートン夫人はわめいた。

「その通り！　馬鹿なことをした」と、ミューレン検事は言った。「万一本当にやったのならな。そしてやったとして、そこにスヌークスが電話をかけてきた。私は彼が窃盗のことを話していると思い込んだ。だから当然私は彼をなぐったんだ」

「かなりひどくなぐりましたね」

「そりゃあそのつもりだったからな！」

全員ドアのほうを振り向いた。フォガーティ巡査がスヌーキーとナンを連れて入ってきた。

「すべて丸く収まるならなんでもやります」とフォガーティはミューレンに言い、自分もこの事件に関係していることを説明した。

「僕は留置場が気に入っていたんだがなあ」と、スヌークスは陽気に言った。「留置場に引っ越すつもりだよ」

マーサ・ターナー女史が彼の駄弁を遮った。彼女はまるで突風のように台所に乱入し、他のみんなをけちらした。そして甥のスヌーキーにしがみついた。

「ああ、かわいいスヌーキー、私のスヌーキー！」と、うめいた。「もうおばさんを嫌いになったの？　おばさんのためにいい子にしてくれないの？　もう愛してくれないの？」

「そんなことはないよ」と、スヌークスは嬉しそうに言った。「でも留置場のなかからでも愛していられるでしょう」

「でも出てこないんでしょう？」と、彼女は嘆願するように言った。「みんながあなたに出てきてほしがっているのよ。いい、みんながそう思っているの。一人残らず。お願いだから留置場から出てきてちょうだい」

「でもなあ、僕は留置場が好きなんだ。あそこにいると瞑想ができるんだ。じゃあさよなら、みんな。僕は帰るよ」

ターナー女史は彼の腕をしっかとつかんだ。ナンも同じだった。

「でもスヌーキー」と、ターナー女史は懇願するように、「あなたが留置場に戻ってしまったら、私が刑務所送りになるっていうことを知らないの？」

「うん、でも心配ないよおばさん。聞いた話だと、刑務所は留置場よりもずっといいところだそうだから。ドアもしっかりしている。誰も押し入って盗みなんかしないそうだ」

「スヌークス・ターナー！」と、ターナー女史は怒った。「あなたが言うことを聞けば、ミューレンさんも私のしたことを許して、忘れてくれると言っているのがわからないの。それとも私が刑務所に行く姿を見たいとでも言うの？」

「いや、そんなことはないよ、おばさん」と、スヌークスは笑いながら言った。「でもさ、僕はガップ探偵をこの事件の捜査に雇ったんだ。何も起こらなかったら、ガップ君に悪いじゃないですか。彼だったら事件を解明してくれる。なにしろこの事件に熱心なものだから、今、はしごの上から降りてきてくれるところなんだ。あと一日か二日すれば、彼はすべてを解明して、隅から隅まで明らかにしてくれる。何しろ僕は新聞記者だからね。ファイロ・ガッブ君に僕たちがまだ知らないことを発見してもらいたいんだ」

「まずはこの事件にまだ関係していない人を尾行することからはじめようかな」と、ガッブ君は言った。

「それだったらみなさんお困りにならないでしょ。それから頂いたお金の分は働いたって思えるし。誰かがメソジスト教会の正面玄関に黒いチョークでいたずらがきをしていたっけ。誰が犯人か見つけようかな」

「でも困難な捜査だろう」とスヌークスは言った。

「かなり大変だろうね」

「じゃあもっと捜査費が必要だ。マーサおばさんも費用を出すべきだと思うよ。マーサおばさんが費用を出すなら、僕も満足だ。留置場から出てあげてもいい」

マーサ女史は買い物袋を開けてしわだらけの指でなかをごそごそかきまわした。ファイロ・ガッブ君はポケットからこの午前中にもらった札を取り出した。そして勘定した。ちょうど百ドルあった。メッダーブルック氏に送金するのには十分だ。

「いったいいくらお入り用、ガッブ君?」と、マーサ女史はびくびくしながらきいた。するとファイロ・ガッブ君はしばらく天井をじっとにらんで考えたあとにこう言った。それをきいて全員わけがわからなかった。

「ええと、奥さん、たぶん十セントで十分だと思います。僕、二セント切手を持っていますから」

「探偵ってかっこいいじゃない？」と、ナンはスヌークスの腕にぶら下がってささやいた。「何を言っているかわからないなんて」

誰もファイロ・ガッブ君の意図はわからないようだった。一週間後、スヌークスが街角で彼を呼び止め、どうして十セントを要求したのか問いただした。

「郵便代だよ」と、ガッブ君は言った。「手紙を送りたかっただけなんだ」

にわとり

The Chicken

ファイロ・ガッブ君は壁紙三巻を抱え、糊の缶を片手にぶら下げて、煉瓦工場近くのチェリー街を歩いていた。

このときガッブ君はかなりいい気分だった。実は〈ぶっ壊し屋〉逮捕の賞金をもらったばかりで、その朝それを全額メッツダーブルック氏に払ってきたところだったのだ。これで〈ホントガッカーリ金鉱〉の株の借りの残りは一万一千六百五十ドルにまで減った。そしてさらに費用の半額である七十五セントを支払って、メッツダーブルック氏からシリラの電報を受け取った。その内容は次の通りだった。

　どんどんやせてる。スープを全部我慢中。トマトスープ、チキンスープ、マリガトーニ［カレースープの一種］、まがいタートルスープ［仔牛を高級品海亀の代用にしたスープ］も、グリーンピース、野菜、オクラ、レンズマメ、コンソメ、ブイヨン、それからハマグリのスープも。現在体重はたったの四百三十キロ。クラム・チャウダーがスープか食べ物かわかったらすぐに連絡して。ガビーに愛情をこめて。

　ガッブ君は仕事に向かうあいだ歩きながら、この電報のことを考えていた。彼の前には、スミス夫人の家とチェリー街にあるメソジスト礼拝堂のあいだを通り煉瓦工場へと続く短い小道があった。スミス夫人のにわとり小屋が、彼女の土地と煉瓦工場との境界に立っていた。

　ファイロ・ガッブ君がスミス夫人の家の正面の門前を通り過ぎようとしたときに、夫人がよちよちと柵まで歩いてきて、彼を呼び止めた。

「ああ、ガッブさんでしょ！」と、彼女はあえぎあえぎ言った。「いきなり声をかけて悪いわね。ミッフィンさんからきいたけど、あんた探偵なんだって？」

「探偵業は僕の目標であり専門です」

「じゃあききたいんだけど、にわとりが盗まれたら犯罪になるのかい」

「本当だったらにわとり泥棒は犯罪ですね」と、ファイロ・ガッブ君は真剣に言った。「そのにわとりの価値はどのくらいです？」

「四十セントよ」

「なるほど。それでは僕の探偵料は、とうていまかなえないですねえ」

「安くてごめんね」

「いえ、気になさらないで。おんどりですか、それともめんどりですか？」

「めんどりだったわ」

「なるほど。もし犯人逮捕に百ドルの賞金をおかけになるのでしたら……」

「なに言ってんのよ！」と、スミス夫人は叫んだ。「誰かに五ドルやって残りのにわとり全部盗ませたほうがずっと安上がりよ。犯人に賞金を払わせたほうがいいんじゃないの？　私は何も悪さをしていないんだから、そうじゃない？　犯人があんたに手間と時間をかけさせるんだから、そいつが払うべきでしょ？」

「そんなふうに考えたことはなかったなあ」と、ガッブ君は考えながら言った。「でもそれも一理ありますね」

「そうでしょ！」と、スミス夫人は言った。「泥棒を捕まえて、賞金が欲しければ自分が自分に百万ドル払えばいいのよ。私の知ったことじゃないわ」

「なるほど」と、ガッブ君は言って、糊の缶を手にした。「今夜七時までに殺人事件とか重大事件が起こらなければ、その賞金めざして捜査を開始しますよ。たぶん五ドルよりはたくさんもらえるんじゃないかな」

その晩七時はまだ明るかった。ファイロ・ガッブ君はスミス夫人に事情聴取をする意図を隠し、かつ犯人に目撃されても疑われないようにするために、ポケットに入っていたつけ顎ひげをつけ、拳銃を用意して、〈オペラ・ハウス・ブロック〉にある事務所から注意しながら出ていった。彼は裏道に飛び込むと、馬小屋の脇を忍び足で進んでいった。探偵というものはいつも注意深くあらねばならぬのだ。

煉瓦工場のなかの使われなくなった煉瓦窯はかっこうの隠れ場所だった。煉瓦窯はこれから焼く煉瓦で作られ、焼き上がったら、窯を壊して煉瓦を運び出し、売り払うのである。窯の上部は、一センチほどしか厚さのない板を柱の上の横木に渡してあるだけだった。

窯の柱の一つに立てかけてあるはしごを使って、屋根に上ることができた。ファイロ・ガッブ君はがんばってみたものの、暗くなってきたので窯から犯人の指紋を発見することはできなかった。よく犯人があわてて逃げるとき落として、かっこうの手がかりになったりするボタンも見つけられなかった。古い馬の蹄鉄と壊れたパイプを見つけただけだった。そのパイプがそこに捨てられたのはおそらく数年前だと思われるので、これもまた価値ある証拠とは思えなかった。

ガップ君は次ににわとり小屋に注目した。見るからにへたくそな手作りのにわとり小屋だった。ファイロ・ガップ君はにわとり小屋に入ってあたりを見回した。ランタンの光であちらこちらを照らして、よく観察した。小屋の屋根はかなり低かったので、止まり木を避けるために前屈みにならなくてはいけなかった。にわとりの尾が彼の帽子を何度もこすった。ブラシをかけるところだったので、ちょうどよかった。何羽ものめんどりと二羽のおんどりが、安眠を妨げる侵入者にぶつぶつ文句を言い、止まり木に沿って移動した。ガップ君は再び外に出た。簡単に泥棒が侵入して犯行に及べるのは明らかだった。にわとり小屋に入ってにわとりをつかまえ、逃げればいい。

どうして犯人はにわとりを十羽盗んでいかなかったのだろう？　ガップ君は門の掛け金をかけながら考えた。

ガップ君の立てた説では、この泥棒はにわとり小屋を襲おうとやって来たのだけれども、あまりに不用心なのにびっくりしてしまった。とても簡単ににわとり小屋に忍び込め、にわとりを盗むことができたので、一度に八羽も十羽もにわとりを盗んで、すぐに気づかれて用心されるのもばかばかしいと思った。たった一羽だけ盗むならいなくなったことに気がつかれないかもしれないし、たとえ気づいてもネズミや猫やイタチの仕業だと思うかもしれない。そうすればまた何度もやって来てまるで銀行から金を引き出すように肉が必要なときに欲しいだけにわとりをもらうことにしたのだ。この説は我ながらよくできていたのでガッブ君は、あとは辛抱づよく待てば犯人を逮捕できるぞ、と考えた。泥棒はまたにわとりを狙ってやって来るにちがいない！

ファイロ・ガッブ君は、泥棒を待ち伏せるのに有利で、しかも自分の姿が見られない場所を探してあたりを見回した。その彼の目に煉瓦窯の粗末な板屋根がとまった。最高の場所だ。彼は窯の内側のはしごを登り、厚板を一枚押し上げて開いた穴から屋根の上へ窮屈そうに通り抜けた。そしてぐらぐらする板の上を慎重に這っていき、屋根の端に到達した。ここで板の上に平らに這いつくばって待った。

何も……本当に何も起こらなかった！　なにしろ近くに池があったから、やまほどの蚊が頭の周りをうるさく飛び回り、首やら手やらを刺していった。しかし彼は隠れ場所が見つかってしまうので、叩いて殺そうとはしなかった。さらに四時間たったがまだにわとり泥棒は現れなかった。そして東の空から朝日が一条差し込んで、ようやく彼は降りて、すっかり堅くなった体をぎくしゃくとさせながら、短い仮眠を取りに帰っていった。

次の晩、通信教育探偵は、さっそく現場の地形の予備調査を行った。彼は日が沈んであたりが闇に包まれてからやって来て、まっさきに煉瓦窯の屋根にのぼった。今回は赤い口ひげと白い頬ひげ、そしてウールの帽子で変装をしていた。さらに二丁の大型拳銃を、ベルトにさしていた。

ファイロ・ガッブ君が窯の屋根にのぼって這いつくばったときは、まだにわとり泥棒には時間が早すぎた。だから彼はちょっとのあいだだったら眠ってもいいだろうと思った。

彼はとても眠かった。眠くてまぶたとまぶたがくっつきそうになった。そこで彼は腕を曲げて頭の下に入れ、愛するシリラのことを考えたらすぐ、まるで穴のなかに引き込まれていくように夢の世界へと旅立った。彼は悪夢を見ていた。夢のなかで四十人のにわとり泥棒団がガッブ君を捕まえ、合衆国最高裁判所法廷へ意気揚々と引き出した。そして〈にわとり泥棒協会〉の業務を妨害したかどで有罪を宣告され、自分で自分を溶かすよう命じられたのだ。

その夢は、自分を溶かそうと四苦八苦する苦しい夢だった。テレピン油では皮膚が溶けただけ。アルコールでは何の効果もなし。さまざまなラベルが張られた巨大な大樽が立ち並ぶ長い部屋のなかにいた。樽によじ登ってはそのなかに出たりして入ったりして法廷の命令に従おうとするのだが、どうやっても体は溶けなかった。すると突然、彼は自分の体がゴム製であることに気がついた。そしてゴムはベンジンで溶けることを思い出した。大樽を片っ端から調べて、ベンジンの樽を探し回った。

もう何キロも歩いていた。時々彼は空中に飛び出して数キロも飛んだりした。ようやくベンジンの大樽を見つけた。そのなかにどっぷりつかるとどんどん体は溶けていった。ようやく義務を果たした気分になった。

ファイロ・ガッブ君がぐっすりと眠っていたその頃、二人の男が煉瓦窯の屋根の下をこそこそと移動していた。二人はあたりを慎重に見渡すと、崩れた煉瓦の上に座り、壊れかけの窯に背中をあずけた。二人は座りやすいように煉瓦をちゃんと並べなおし、そして座ってからそのうちの一人がウイスキーのボトルをポケットから取り出し、ぐびりと一口やってから、相棒にすすめた。

「いらない！」と、その相棒は言った。「自分のシマに着くまでは、酒は飲まない。おまえもそうしろ。飲むやつは馬鹿だ、ウィクシー。おまえは何かっていうとすぐ酒を飲むが、おまえが酔っぱらって、何かあったらどうするんだ？　面倒みろっていうのか？」

「何かあったらだって？　何があるんだよ」と、ウィクシーは言い返した。「誰もつけてきてねえよ。気のせいだ。びびってんじゃねえか、サンドロット？」

「びびってないさ、余計なお世話だ」と、サンドロットは言った。「俺は肝っ玉が太いからな、誰かさんみたいに酒で景気をつける必要はないんだよ。話は変わるが、おまえ、ビューローでもあの男を見なかったか？」

「あの白いひげを生やしたやつか？」

「そうだ。それにダーリングポートにもいただろう？　ジョリエットでは、東へ行くって言ってたが、俺たちをつけてきてるんじゃないか？」

「俺たちと一緒で、放浪してるんだろうさ。俺たちも東へ行くってやつに言っちまったんじゃねえか？俺たちみたいにいい連れが見つからないか、俺たちに見つかりたくなくて、行き先を変えたんだろうよ、俺たちだって……おい、サンドロット」と、彼はぐだぐだと言った。「てめえ、あの白ひげのじじいが、俺たちをつけてきてるって、ほんとに思ってんのか？　あのじじいは探偵だとか言い出すんじゃねえだろうな？」

「そうかもしれないだろう。現に、俺たちは何度もあの男を見かけているし、俺たちから隠れるようにしていた。あの男をまきたいんだ。まかないとやばいんじゃないかと思ってる。だから、おまえが飲んだくれてへべれけになって歩けなくなったところにあの男がきたら、俺はおまえをおいて逃げるからな。あいつが何かちょろまかす程度で、大したことをしないなら話は別だが。コソ泥くらいなら、仲間にしてやってもいい。だが万一……」

「うるせえ、それ以上言うな！」と、ウィクシーは怒った。「確かにあれは人殺しだよ。俺たちが権利を主張したら、あのシカゴのにわとり《チキン》野郎になぐられるなんておかしいじゃねえか。仕事を持ちかけたのは自分だから、分け前を半分よこせなんて言いやがって。そんなやつは殺されたって文句は言えねえはずだ」

「まあ、どうしようもないやつだったが」と、サンドロットは答えた。「とにかくおまえはやつを殺したんだ。石でなぐってな。忘れていないよな、ウィクシー」

「自分一人だけ助かろうとしても無駄だぜ」と、ウィクシーは怒って言った。「俺が縛り首なら、てめえも縛り首さ。岩でなぐったのは俺だが、俺がなぐる前に、てめえが首を絞めて殺したんだからな」

「くだらない話はよそう。やつは死んだ。俺たちは逃げている。ただ逃げ続けるだけだ。あんなに深く沈めたんだ、死体だって見つからないだろう」

「そう言ってるだろ。あんな白ひげのじじいにびびるなんておまえもまぬけだよ。このまま野原を突っ切ると、ロック・アイランドまで六十五キロもある。汽車に乗っちまったほうがいいんじゃないか」

「おい」と、サンドロットは脅すように言った。「おまえが酔っ払いだろうと素面だろうと、俺に大きな口を叩くな。俺のやり方が気に食わないなら、さっきの線路まで戻って、一人で行け。俺は別の線路に出るまで野原を歩く。川に当たって船があったら、それに乗ってそのまま行くさ。俺たちがにわとり野郎を殺したことは誰も知らない。シカゴのどこにもいないんだ。誰も知らないんだ。だけどサルだけは、俺たちがあの晩三人で仕事をすることを知っていた。にわとりが戻らなかったら、何かあったと思ってるだろうな」

「お宝を手にして、昔と同じく自分を置いてどこかに行っちまったんだ、って思ってるだろうさ」と、ウィクシーは言った。「そう思ってるに決まってる」

「そうかな？」と、サンドロットは言った。「やつとあの女は、スミスの姉御のとこに下宿していたろう。スミスの姉御は、にわとりが金欠のときは金を貸していた。やつが俺たちと仕事をするって言ったから、貸したんだと思うぜ。にわとり野郎はスミスの姉御に百ドルの借りがある。やつが戻ってこなかったらどうなると思う？　サルは、にわとりに置いていかれてもう金がないと言うだろう。そうなればスミスの姉御は……」

「どうするって言うんだよ？」と、ウィクシーは尋ねた。

「国中の悪党に、にわとり野郎を探せと言うだろう。わかるだろう？　そして行方知れずということになったら……」

「そんなことでびびってんのかよ」と、ウィクシーは馬鹿にしたように言った。

「いいや、やばいんだ。スミスの姉御は、貸した金が十セントだろうがとことん追いかけるって話をよくきいた。たぶんにわとりは、あの晩、借りた金を耳をそろえて返すって約束したんだ。したにちがいない！　それにやつはサルにあきあきしてた。スミスの姉御も気づいていたはずだ。だからあの野郎があの晩戻らなかったら、探しているはずだ。絶対に！」

「びびりやがったな」と、ウィクシーは酔って言った。「肝っ玉が最初からないんじゃねえか。だからおばけが見えるんだ」

「わかったよ」と、サンドロットは身を起こした。「俺にはおばけが見える。それでいいさ。じゃあ、俺は一人で行く。おまえは……」

「あばよ！」と、ウィクシーはぶっきらぼうに言って、酒瓶の最後の一滴を飲み干した。「とっとと行っちまえ、サンドロット！　あばよ！」

サンドロットは一瞬躊躇したものの、立ち上がってウィクシーを一瞥したあと、煉瓦工場の乾燥場をずんずん歩いて行き、闇のなかに姿を消した。ウィクシーは瞬きをし、空瓶を手でもてあそんだ。

「臆病者め！」と、彼はぶつぶつ言った。「肝っ玉がちいせえ。暗いのが怖いんだ。おばけが怖いんだ。びくびくしやがって。俺は怖くねえぞ」

彼はふらふらと立ち上がった。

「サンドロットの臆病者め！」と、彼は言い、臆病者サンドロットに当てつけるように空瓶を放り投げた。瓶はがちゃんと割れた。

ファイロ・ガッブ君はぐらぐらする板の屋根の上でむくっと頭をもたげた。そのとき彼は、自分の肉体はベンジンで溶けてなくなってしまい、霊魂だけになってしまったと思い込んでいたのだ。しかし意識がはっきりとしてくると下の騒音に気がついた。ウィクシーは、窯からわら束の上に崩れ落ちていた二、三十個の煉瓦をどかしていた。そのわらは前の冬に、新しい煉瓦が霜でやられて乾燥するのを防ぐために使われたものだった。彼はベッドを作っていたのだ。作りながらぶつぶつ独り言を言っていた。

ファイロ・ガッブ君は屋根の板の割れ目に目をあてて下をのぞき込んだ。真っ暗だったので何も見えなかった。

ガップ君はウィクシーがわらを広げている音、そしてすぐに大きな寝息をきいた。ウィクシーはどんなときでも大胆にぐうぐう寝る男だった。ガップ君はどうやって屋根から降りようかと考えた。寝ている男はすぐ下にいた。はしごは優に十メートルは向こうにある。ちょっとでも動けば、がたがたの板は音を立てるだろう。下を見て、ガップ君は窯のてっぺんが今、自分が寝転がっているところから数メートルのところにあるのに気がついた。そして壁が一部が壊れていて巨大な階段のようになっていた。

ガップ君はベルトからピストルを引きぬいた。あのにわとり泥棒が下にいる。捕まえてやるつもりだった。細心の注意を払って彼は脇の厚板を横へずらした。そして穴からひょろ長い足をそっと降ろし、窯のてっぺんを探った。しっかりした感触を確かめると、その穴からそろそろと降りていった。

約二メートル向こうで横木が柱と柱のあいだを通っていた。そしてその真下に窯の段ができていた。ガップ君はランタンに明かりをともし、その横木に光を当てた。そこに飛びつくことができれば下の段へと飛び降りることもでき、窯の縁を歩いて降りるという危険を避けることができる。彼はランタンをポケットにしまい、両手を突き出し、闇に向かってジャンプした。

一瞬だけ彼の指は横木をつかんだ。しっかりつかみ直そうとした。次の瞬間眠っているウィクシーの上にまっさかさまに落下した。彼は殺人犯の腹の上を直撃した。ウィクシーは「うおおお！」と思わず悲鳴を上げた。

ファイロ・ガップ君はその瞬間わけもわからずウィクシーにつかみかかった。しかしまったく抵抗をしない様子からこの男は意識がないとわかったので、通信教育探偵は事情を把握して立ち上がった。彼はランタンのカバーを外し、光をウィクシーに当てた。

殺人犯は仰向けにひっくりかえっていた。目を閉じ、口はぽかんとあいていた。ガップ君はウィクシーの胸に手を当てた。まだ心臓は動いている！　この男は死んでいない！

片手にランタン、そしてもう片手に錆びた缶を持って、ガップ君はあわてて池へと向かい、水をくんでもどってきた。こんな非常事態でも彼は冷静沈着だった。彼はランタンを窯の棚に置き光がウィクシーとガップ君を照らし出すようにした。そして拳銃を抜いてウィクシーの頭に突きつけたまま、意識不明の男の顔に缶の水をぶちまけた。ウィクシーはごそごそと身動きをした。彼は長いため息をつくと目を開けた。

「逮捕する！」と、ファイロ・ガップ君は厳しい声で言った。「ちょっとでも動いてみろ、僕は探偵だぞ。動いたら撃つぞ。撃たれるのがいやなら両手をあげろ」

ウィクシーはランタンの強い光で目をしばたたかせた。彼はうめいて片手を腹にあてがった。

「手をあげるんだ！」と、ガップ君は言った。するともう一回うめきながらウィクシーは両手をあげた。彼はまだ仰向けに寝っ転がったままでまるで体操をしているようだった。すぐにその両手は地面にたれてしまった。

「立ち上がったほうがよさそうだね」と、ファイロ・ガップ君は言った。「寝たままで両手をあげるのは難しいんでしょ」

ガップ君の手を借りて、ウィクシーは上半身を起こした。ガップ君はずっとウィクシーの頭に拳銃を突きつけていた。

「さて」と、ガッブ君は、捕まえた犯人をようやく思い通りの姿勢にしてから言った。「何か言いたいことはあるか?」

「俺は何もやっていませんよ、何かはわからねえけど」と、ウィクシーは言った。「さっぱりわけがわかりませんや。でも何もやっちゃあいません。誰か他のやつがやったんですよ」

「僕の知ったことじゃないよ。君がやってないなら、他の誰がやったと言うんだい。君はにわとりの償いをすべきだ。それから捜査にかかった必要経費もね。早ければ早いほうが君のためだぞ」

ウィクシーは真っ青になった。ファイロ・ガッブ君がにわとりのことを言ったのでなおさらだった。

「俺はにわとりの野郎を殺してねえ!」と、彼はわめいた。「俺はやってない!」

「君がにわとりを殺したかどうかは問題じゃない」と、ガッブ君は冷静に言った。「にわとりは姿を消した。それが最期だったというのが僕の考えだ。そしてスミス夫人はその代償を求めている」

「あの女に頼まれたのかよ?」と、ウィクシーは震えながらきいた。「スミスの姉御がおまえに頼んだのか?」

「その通り」と、通信教育探偵は言った。「代償を支払うか、牢屋に行くか。どっちがいいんだ?」

ウィクシーはこの背の高い探偵をじっと値踏みした。

「いいかい。おまえさんに五十、渡してやって手打ちってことでどうだい」ここの五十とは五十ドルのことだった。

「それならスミス夫人は満足するだろうね」と、ガッブ君は五十セントを思い浮かべて言った。「でも僕は満足しないよ。僕も時間を取られたんだから費用を払ってもらわないと。五十の十倍でも少ないぐらいだよ。もし捕まえるまでもっと時間がかかったら、もう少し請求していたところだ。それだけ払ってくれるんだったら結構。払ってくれなくてもそれはそれでいいよ」

ウィクシーはファイロ・ガッブ君の顔をじっと観察した。この壁紙張り探偵の鳥のような顔には一片の哀れみの情もなかった。実際ガッブ君は厳しい顔をしていた。まったく同情の余地はなかった。たった五ドルでは、一流の通信教育探偵が二晩もかけた捜査の費用としては少なすぎる。これより安い金額だったら、にわとり泥棒を牢屋に入れてやるつもりだった。一方ウィクシーは、三人組で犯罪を犯し仲間割れでにわとりを殺してしまい、自分の分け前三分の一と、にわとりの分の三分の一のそのまた半分を手に入れはしたものの、シカゴの女フェーギン〔ディケンズの小説『オリバー・ツイスト』に登場する故買屋〕であるスミスの姉御の恐ろしさはよく知っていた。五百ドルで命を買えるなら安いものだった。

「わかったよ」と、彼はいきなり言った。「あんたの勝ちだ。ほらよ」

彼は手をポケットに突っ込むと、ぶ厚い札束を取り出した。ファイロ・ガッブ君の拳銃の銃口が手の届かないところでぴたりと狙いをつけている前で、彼はぱりぱりの五枚の百ドル札を勘定した。彼はへらへら笑いながら金を差し出した。ファイロ・ガッブ君は受け取ったが、それを見てもわけがわからなかった。

「これは何？」と、彼はきいた。するとウィクシーは突然怒り出した。

「おい、なんだって！」と、彼は叫んだ。「取引は取引じゃねえか。さっきは五百ドルで手を打つって言っただろう。もっと俺から巻きあげようってわけか！　もうびた一文払わねえぞ！　ブタ箱に放り込みたいんだったらやってみろよ。何の証拠もないのはわかってんだろ。にわとりの野郎の死体は見つかったのかよ？　ええと、遺体とか言うんだったっけな？　なあ、五百で十分だろう？　にわとりの野郎はスミスの姉御から百五十以上は貸りてねえはずだ……」

「僕は思うんだけど……」と、ファイロ・ガッブ君が言いかけると、

「うるせえ」と、ウィクシーは言った。

「五百ドルだとちょっと……」と、ガッブ君は言うのだが、

「みんなてめえにやるよ。なにしろ俺の首がかかってるんだ」と、ウィクシーはきっぱりと言った。

「そのなかから好きなだけスミスの姉御に渡してくれ。残りは自分の取り分にしろ。それ以上はやらねえよ」

ファイロ・ガッブ君はわけがわからなかった。いろいろ考えてみたが、さっぱり見当がつかなかった。するとと突然ひらめいた。このにわとり泥棒は、彼やスミス夫人が知らない何かを知っているのだ。盗まれたにわとりはきっと珍しい、みんなが血眼になって探すような種類なのにちがいない。だったら納得だ。泥棒はにわとりの価値分の金を支払っただけで、スミス夫人はそれを知らなかったからあんな値段を言っていたのだ。ガッブ君は金をポケットにしまった。

「わかったよ」と、彼は言った。「だったら僕も納得だ。にわとりはすごいやつだったんだろうね？」

「にわとり野郎はタフな雄だったよ。それがやつの信条さ」と、ウィクシーはよろめきながら立ち上がった。

「雌だと思っていたよ」と、ガッブ君は言った。「スミス夫人はめんどりだって」

ウィクシーは弱々しく笑った。

「笑えねえよ。やつの名前が『メンドリー』だから、みんなやつを『にわとり』って呼んでたんじゃねえか」

ファイロ・ガッブ君は口をあんぐり開けた。今、相手にしている男は頭がおかしいにちがいない。ウィクシーは開けた乾燥場のほうへと歩いていった。

「じゃあな」と、彼はファイロ・ガッブ君に言った。「スミスの姉御によろしく伝えてくれ。それから」と、彼は付け加えた。「サルに会っても、にわとりに何が起きたか教えるなよ。誰にもにわとり野郎のことは言うな、わかったな？　サルにはにわとりはにわとり小屋から逃げ出した、とでも言っておけ」

「サルって誰だい？」と、ガッブ君は尋ねた。

「スミスの姉御にきけ」と、ウィクシーは言った。「教えてくれるだろ」そして彼は闇のなかに消えていった。ファイロ・ガッブ君には彼が乾燥場を横切っていく足音が聞こえた。そしてその音が遥か向こうへ消え去ってから、拳銃をしまった。

「五百ドル！」と、彼はつぶやいて、スミス夫人を叩き起こした。彼女にはにわとり泥棒が払った金額のことは言わなかった。世界で一番立派なにわとりはいったいいくらだと思いますか、と彼女に尋ね、夫人はこれでは多すぎるんじゃないかと遠慮しつつ十ドルを受け取った。そして彼はサルとは誰かと質問した。

「サルって？」と、スミス夫人はきょとんとした。

「にわとり泥棒が、あなただったら知っていると言ったんです。サルさんに伝えなきゃいけないことがあって……」

「ねえ、ガッブ君」と、スミス夫人はぴしゃりと言った。「私はサルなんて人は知らないし、にわとり泥棒の伝言を伝える気もないよ。それに真夜中じゃないか。裸足だし冷えてしょうがない。あんたはおしゃべりをしたいんだろうけど、私はそんな気はさらさらないね！」

と、言って、彼女はドアをぴしゃりと閉めた。

ドラゴンの目

The Dragon's Eye

ガッブ君は四百九十ドルをメッダーブルック氏に届けてご機嫌だった。将来の義理の父親は彼を大歓迎してくれた。

「思った以上だぞ、ガッブ君。きちんと金を払ってくれるやつとはいい友達になれそうだ」

「僕はできるかぎりのことをしているだけです」と言うガッブ君は、メッダーブルック氏が機嫌がいいので嬉しかった。「残りの一万一千二百六十ドルも、早くお支払いできるといいんですが……」

「計算が合っていないな」と、メッダーブルック氏は言った。「君の借金はあと一万二千ドルだぞ、ガッブ君」

「一万一千七百五十ドルだったでしょう」と、ガッブ君は言った。「そして今、四百九十ドル払ったんですから……」

「ああ！〈ホントガッカーリ金鉱〉から配当があったんだ」

「ええっ」とガッブ君はこわごわ質問した。「てっきり配当というのは、株主へお金が支払われるものだと思っていたんですけど」

「たいていはな。普通はそういうことになっている。しかし今回は十パーセントの逆配当ということで、株の以前の持ち主へ支払われることになったのだ。二番抵当権という理由でな。こういう場合」と彼は説明した。「先の所有者が権利放棄をしないかぎり、君はわしに支払い義務が生じる」

「ああ！」と、ガップ君は言った。

「君は運がいい。わしが会社に働きかけて、配当は十一遡及パーセントではなく十累積パーセントにしたのだ。でないと君はわしに一万三千ドルの借りを作るところだったんだぞ」

「それはどうもありがとうございます」とガップ君はていねいに礼を述べた。「ご親切に感謝します」

彼はしばらくもじもじして立っていたが、メッダーブルック氏はまるで心配事に疲れ果てた大投資家のように突っ立ったままだった。

「もしかして」と、ガップ君は思いきって言ってみた。「シリラさんから電報が来ていたりはしませんん？」

「ああ、そうだ、あるある」と、メッダーブルック氏は電報をポケットから取り出した。「料金はたったの一ドルだ。わしが二ドル払ったのだからな」

ガップ君は大喜びでお金を払い、電報を読みふけった。その内容は……


喜んで！　肉はすべて我慢中。牛肉、豚肉、ラム、マトン、子牛、チキン、豚足、ベーコン、細切れ、コンビーフ、鹿肉、熊肉、カエルの足、オポッサム、カタツムリのフライも。体重はたったの四百二十五キロ。ガビーに心からの愛を。

この電報を読んだガッブ君は物思いにふけりながらこう言った。「シリラさんが、せめて今週の謝肉祭のあいだだけでも、リバーバンクに帰ってこられればいいのになあ」

「あの子だったら入場料二十五セントでお客が詰めかけるだろうなあ」と、メッダーブルック氏は言った。

「僕が言っているのは、せっかくだから彼女にお祭りを楽しんでもらいたいのに、ということなんです」と、ガッブ君は言った。しかしこれは本音ではなかった。彼は本当は、自分が謝肉祭の公式探偵としての仕事に当たるために新調したかっこいい変装を、彼女に見てもらいたかったのだ。

〈第三回リバーバンク謝肉祭〉の二日目は、ベーコンをちりちりに炒めることができるぐらい暑い日だった。レモネード、アイスクリームそしてアイスクリーム・コーン屋台担当のご婦人方は大喜びだった。反対に〈リバーバンク・フリーメーソン・ロッジ　P&G・M　第七百八十八号〉の委員会は、ゆでたフランクフルトソーセージ（いわゆる「ホットドッグ」）を売っていたのだが、がっかりしてうめき声をあげた。熱い食べ物が欲しくなるような日ではなかった。しかしこれが大謝肉祭の天気というものだ。

会場は一時半に開き、素人サーカスは二時半に始まった。しかし探偵のファイロ・ガッブ君は午前十時には準備万端整えて、会場にやって来ていた。シカゴの衣装屋のほうでいくつかとんでもない手ちがいがあったおかげで、ガッブ君の変装用衣装は謝肉祭の初日には間に合わなかった。そういうわけでガッブ君は、会場に集まって来る悪党どもが彼の顔を見覚えて、かの有名な通信教育探偵を警戒してしまわないように、初日はわざと欠席したのだった。

〈リバーバンク無料病院のための第三回謝肉祭およびサーカス組織委員会〉が、〈ウィルコックス・ホール〉で最初の集会を開いたときに、ガッブ君もそこにいた。他のリバーバンクの住民と同じように、彼もこのすばらしい目的のためにできるかぎりの協力をしようと思っていた。最初は公式壁紙張り職人として協力しようと思っていたのだが、もっとすばらしい申し出があった。〈ピーナッツと警察保護協議会〉の議長ビーチ氏が、ガッブ君に公式探偵の座を提供してくれたのだ。ガッブ君は喜んで引き受けた。

　謝肉祭の準備期間中、ガッブ君はスリや悪党どもを捕まえるさまざまな方法を考えた。最後に彼が選択したのはアリ・ババに変装することだった。確かアリ・ババは四十人の盗賊と何か関係があるはずだ。ぴったりな変装だと思った。

　いつも注文する〈日の出探偵事務所〉の用具販売部門に、今回も変装の注文を出した。その内容は星模様がちりばめられた高い円錐形の帽子、黒い三日月がちりばめられた真っ赤なハバードおばさん［『マザー・グース』の登場人物］風ガウン、小さな金属の筒と杖だった。この金属の筒には数百枚の一見何も書いていない紙が付いていて、それを細くまるめて金属の筒のなかに押し込んで三十秒すると、紙の上にいろんなキャラクターが浮かび出てくるのだ。子供でもできる手品の小道具だから、当然ファイロ・ガッブ君だってできた。

　二日目になってようやくビーチ氏もガッブ君のことを思い出した。そして一八六七年にシベリア大使を務めていたフィリペティ将軍の義理の娘のフィリペティ夫人が、ガッブ君にある頼み事をした。フィリペティ夫人は、「十三番」の屋台でホット・ワッフルを売っていた。この屋台はリバーバンクの上流社会の十七人のご婦人方の後援を得ており、彼女たちが自らお客にか細き手でホット・ワッフルを渡していた。ワッフルを焼くのは六月末ではけっこう暑い仕事だったが、それはこのために雇われた三人の黒人女性が担当していた。そして「調和」と「満足」というフィリペティ夫人お気に入りの二つの言葉を満たすように、その三人の黒人女性はトルコ人奴隷の衣装をつけさせられていた。そしてフィリペティ夫人とその仲間はハーレムの美女の格好をしていたのだった。

フィリペティ夫人の衣装を見るに、このハーレムの美女の衣装はかなり高価らしかった。彼女はシルクやら、金のレースやら、ぴかぴか光る金属をどっさり使って、芝居の衣装よりもずっと立派に仕上げていた。しかしなによりもその衣装のなかで光っていたのが彼女のターバンだった。まさに豪華そのものといった作りで、真冬だったらさぞや暖かい帽子だろうが、なにしろ謝肉祭の季節である。さらにその正面の真ん中、額のすぐ上のところにフィリペティ夫人は〈ドラゴンの目〉という異名をとる、値段もつけられないようなルビーがはめ込まれたブローチをつけていたのだ。このルビーは、シベリア副摂政によって処刑されようとしていた無頼漢〈ジンドのダゴシュ〉を、老外交官フィリペティ将軍が取りなして助けたお礼としてもらったものだった。

この〈ドラゴンの目〉はレモン大で、重さはだいたい五百グラムのバターと一緒だった。だからこれを「調和」と「満足」させるためにはかなり大きなターバンが必要だった。フィリペティ夫人は棚のようにつきだしている胸の上に、ソーサーよりちょっと小さいくらいの鏡をピンでとめた。ちょいとこれを上に向けておけば、目を下にやるだけで、フィリペティ夫人はターバン全体の姿を見ることができた。そして鏡に映して、〈ドラゴンの目〉が無事かを確かめていたのだった。

「ああ、ビーチさん!」とフィリペティ夫人が叫んだので、人混みのなか屋台の前を通り過ぎようとしていたビーチ氏は立ち止まった。「ガップ君はどこにいらっしゃるかご存じ？」

「ガップ？　ガップですって？」と、ビーチ氏は言った。「ああ！　あの壁紙張り探偵の？　いいえ、知りませんが、どうかしました？」

「なくなってしまったのよ！　〈ドラゴンの目〉がないの！」と、フィリペティ夫人は嘆き悲しんだ。

ビーチ氏は大いに驚いたものの、冷静を保とうとした。フィリペティ夫人によると、彼女はターバンを脱いで屋台の奥にある椅子の下に置いたのだという。少したって彼女がターバンを確かめると、価値ある〈ドラゴンの目〉がなくなっていたのだ。

「まったく、これは……想定外ですな」と、ビーチ氏は言った。「これは……うーん、不幸な出来事です。しかし起こり得ないことではありません。さて、フィリペティ夫人、このことは口外しないでいただきたい。すぐにガップ探偵に捜査させます。お任せください。安心して！　我々が解決しますから」

「絶対〈ドラゴンの目〉を取り戻してちょうだい」と、フィリペティ夫人は目をこすりながら言った。「私のターバンが盗まれたなんて最悪ですわ、ビーチさん。〈ドラゴンの目〉を取り戻してくれた人には百ドルの賞金を出します。これで私の衣装の『調和』が崩れてしまったわ。何をかぶっても『満足』できるわけがないもの」

「いつも通りおきれいですよ。でも何かかぶりたいのなら、紙帽子の屋台でトルコ風の帽子を二十五セントで買えますよ」

「ご親切にどうも！」と、フィリペティ夫人は軽蔑したように言った。「でも私は二十五セントの帽子なんてかぶりませんことよ！」

二十分もすると実行委員会のために働いているボーイスカウトの子供たちが、主要な十箇所に次のようなポスターを掲示した。

ファイロ・ガッブ君、本部に連絡されたし。　警察保護協議会議長ビーチ

そして管理委員会の委員たちが一人ずつ、泥棒が目撃された現場をまわっていった。

フィリペティ夫人の屋台の隣はエチオピア人の的あての店だった。カウンターから十メートルほど後ろに網が張られ、水がいっぱい入ったキャンバス地の水槽があり、その上に渡された木に一人の黒人が座っていた。網の正面には小さな的があり、ゲームをやる人がその的に野球のボールを当てると、この黒人がいきなり水のなかに落っこちるのだ。料金は三投で五セントだった。

リバーバンクには野球が得意な人間がけっこういたので、このエチオピア人は何度も何度も水に落ちていた。水は冷たかったが、リバーバンクのエチオピア人にとってはこんなに風呂に入れるのは願ってもない贅沢なので、何度水槽に落ちても気にしていなかった。だからこの的あてを主催している〈免税消防士協会の七人委員会〉は、エチオピア人をどんどん交代させていた。一人が横木に座っているあいだ、他の三人はフィリペティ夫人の屋台の裏で水着のまま、だらだらと時間をつぶしていた。

ビーチ氏は、これらの黒人たちにそっと質問をした。

「ターバンだって？」と、そのなかの一人が答えた。「ターバンなんて知らないよ。何にも見てねえ。何にもしてねえ。ただここに座って、さいころばくちをやっていただけだよ」

「でもここにいたんだろう？」と、ビーチ氏は言った。

「へえ、俺たちはここにいましたぜ」と、一番色黒の黒人が答えた。「俺たちはずっとここにいましたですよ。でもここにいたあいだじゅう、ターバンなんて見ませんでしたよ。誰もやってこなかった。俺たちだけでさ。ずっとここにいたけれども」

「なるほど、ではどうしてこの屋台の板が動いてがたがたしているのか教えてもらえるかな。ずっとここにいたのだろう」と、ビーチ氏は言った。

「動かしていませんぜ」と、黒人と白人の混血の男は言った。「内側から押されたせいでがたがたになったんですぜ。何度も何度も押されていたから。おいらは見ていて知っています。でもターバンなんかありませんでしたぜ、絶対に！」

ビーチ氏はすごすごと去っていった。探偵の仕事は彼の手には負えなかった。彼の専門は石炭であって、犯罪ではなかった。しかしフィリペティ夫人の屋台を通りかかったときは元気づけるように彼女にこう言った。

「大丈夫ですよ。我々は手がかりを追跡中です」

「ああ、ありがとうございます！」と、フィリペティ夫人は言った。彼女は頭を緑色の絹のハンカチで包んで、「調和」と「満足」をなしとげていた。

「明日までにはターバンと宝石を取り戻せますよ」と、ビーチ氏は苦し紛れに景気のいいことを言った。

しかしファイロ・ガッブ君は、自分を本部に呼び出すポスターが張られていることさえ気がついていなかった。夜になっても彼は現れなかった。そしてビーチ氏は家に帰る途中で、警察署に立ち寄った。

もう真夜中を過ぎていた。しかし執行官ホイテッカー氏はまだ業務中だった。彼は謝肉祭のあいだは一睡もしていなかった。

ビーチ氏はターバンと〈ドラゴンの目〉が行方不明になった事件を説明した。翌朝早くから執行官自ら捜査にあたった。午後三時までに、彼はいくつかの発見をした。板が内側から押されていたと証言した黒人と白人の混血の男は、フィリペティ夫人の屋台でワッフルを焼いていたコックの夫であることが判明した。その男はかつて投獄された経験もあることがわかった。ほんの数分間だが、この混血の黒人が一人でワッフル屋台の裏にいたこともわかった。そういうわけで執行官はこの黒人を逮捕した。

彼がなるべく目立たないようにと、黒人を裏道を通って会場から連行していたときのことだった。まるで魔法使いみたいなへんてこな格好をした生き物とすれちがった。そいつは裏口のところに立ってのんきに、「占いだよ、十セントだよ！　占いだよ、十セントだよ！」と言っていた。この魔法使いは背が高くやせていて、長くて白い顎ひげを生やしていた。ハバードおばさん風のガウンを着て、とんがり帽子をかぶっていた。執行官が囚人を連れて通り過ぎようとしたとき、その魔法使いは二人に気づき、のんきに声をかけてきた。それはかの壁紙張り探偵、ファイロ・ガッブ君が仕事をしている姿だったのだ！

ファイロ・ガッブ君は変装用衣装を受け取ると、謝肉祭会場の裏口へとやって来たのだった。彼は会場をあちこち見てまわったのだが、残念ながら悪人を発見することができなかった。謝肉祭が成功するかどうかは、すべて彼の両肩にかかっていると信じていた。ある若者が怪しいと思って安全な間隔をあけてそのあとをつけていった。そいつが止まると彼も立ち止まり、歩き始めるとまたついていった。ガップ君はその尾行に熱中するあまり、本部から呼び出しのポスターが張ってあるのに気がつかなかったのだ。何分かおきにガップ君は立ち止まって、手品の筒を使って占いもしていた。おかげで二ドル六十セントもうかった。

執行官は群衆が騒がないように、なるべく目立たないようにして囚人を連れて行こうとしたのだが、ちょうどこの魔法使いとすれちがうときに声を耳にして、振り返った。

「ここにいたのか！」と、ある声が言った。「やつを会場から追い出せ！」

「ここにいたのか！」と、また別の声がした。「ここから出て行け。受け取った金を残らず出せ。さあ早く。玄人はこの会場では営業が許可されていないんだぞ」

その声は、謝肉祭のために臨時採用された警官のヘンリー・P・クロスと、警察副執行官のサム・グリーン・ジュニアだった。彼らは魔法使いに向かって話しかけていたのだ。

「シーッ！」と、魔法使いは謎めいた声で言った。「大丈夫です。興奮しないで。大丈夫ですから！」

「俺が追い出してやる！」と、クロス氏が言った。「会場から放り出してやるからな。薄汚い玄人め、病院のチャリティをやっている場所に忍び込んで金儲けをしようとしてやがる。いいか……」

「ちょ、ちょっと待ってくれ！」と、グリーン氏が気を遣って言った。「それよりもまず警察に身柄を引き渡したほうがいいんじゃないか？　冷静になれよ、クロス。俺に任せろ」

「怪しい者じゃないんです！　落ち着いて！」と、魔法使いはささやいた。「僕はここの人間ですから」

「ふざけるな！」と、クロス氏はわめいた。「おまえがここの人間だって！　赤ん坊だってだまされやしないぞ！　嘘をつくな！　占いをして金を受け取っただろう。〈第二バプティスト教会婦人援助連盟〉

だけが、ここで占いを許されているんだ。その許可はもらっていないだろう？」

執行官は引き返した。

「いったいどうしたんだ？」

「玄人ですよ」と、グリーン氏が言った。「シカゴから来たふざけたやつが、このチャリティのお祭りで金儲けをしようとしていやがった」

「わかりました、本当のことを言いますよ」と、ガップ君はまじめに言った。「僕は悪党なんかじゃない。ビーチさんにきいてみてください。ビーチさんをここに呼べばわかりますよ」

クロス氏とグリーン氏は顔を見合わせた。

「つまりビーチさんに許可をもらって占いをしていたのか？」と、クロス氏は尋ねた。

「そう、そういうことです」と、ガップ君は言った。「ビーチさんを呼んでください」

「ビーチさんを呼んでこい」と、グリーン氏は言った。「ビーチさんがこいつを追い出してくれるだろう」

「俺が見張っているよ」と、執行官は言った。「こいつが逃げだそうとしたら、なぐりつけてやる」

クロス氏とグリーン氏は、急いで行ってしまった。そして執行官は脅すように、自分の警棒をひねくり回していた。混血の男はずっとこの口論が終わるのを立って待っていたが、草の上に座って木にもたれかかってしまった。ガップ君も、逃げはしないと言わんばかりに、同じように座って同じ木にもたれかかった。執行官はちょっと離れたところに立っていたが、二人を鋭い目でにらみつけていた。

「なあ、シカゴの兄さん？」と、混血の男は低い声で草の葉をむしりながら尋ねてきた。「助けてくれないか？」

「どうしたんです？」

「ちょっとまずいことになってね。尻に火がついているんだ。悪いけどあんた、これを預かっておいてくれないか？」

「いいですよ」

「ほら、受け取ってくれ！」と混血の男はささやいて、〈ドラゴンの目〉をするりとファイロ・ガッブ君の手のなかに滑り込ませた。

執行官が近くに寄ってきた。

「連中は俺を牢屋にぶち込むつもりだ」と、この混血の男は声を張り上げた。「でも俺は何もやっちゃいないんだ」

「そのルビーが取り戻せたら釈放してやる」と、執行官は意味ありげに言った。「さらにおまえの犯行だと証明できたら、刑務所行きだ」

クロス氏とグリーン氏が、ビーチ氏を伴って戻ってきた。

「あの男ですよ」と、クロス氏は魔法使い姿のガッブ君を指さした。

「私はあんな男は知らないぞ！」と、ビーチ氏は言った。「おい、どういうことだ？　いったい……」

壁紙張り探偵は立ち上がって、ビーチ氏の耳元にかがみ込んだ。彼がなにごとかささやくと、ビーチ氏の態度はがらりと変わった。

「なんだ！　いったいどこに行ったのかと……なるほど……わかりました！　わかりました！　大丈夫

だよ、クロス君。大丈夫だ、グリーン君。大丈夫、執行官！」そして彼はガップ君のほうを向いて、「ずっと君を捜していたのだよ、探偵君。ポスターを張っておいたのに。さあ、聞いてくれ。フィリペティ夫人のターバンが屋台から盗まれたのだ。それにはとても大きなルビーがくっついていた。〈ドラゴンの目〉と夫人は呼んでいた。で、そのターバンが盗まれたのが……」

「僕は真実を知っています」と、ガップ君は言った。

「じゃあ、持ってきてくれないか？」と、ビーチ氏はむっとしながら言った。「君は役に立つと思っていたのに。こんなところで十セントの占いなんかして、時間の無駄だ。私たちは〈ドラゴンの目〉がなくなって大あわてなんだ。さあ、持ってきてくれ」

「そのルビーについては、もうこれ以上捜査をする必要もないでしょうねえ」と、ガップ君はのんびりと言った。「だってこの魔法の探偵の筒から、何でも欲しいものが出てくるんですから」

「馬鹿か、あんたは！」と、ビーチ氏は言った。「頭がどうかしちゃったんじゃないか！」

「占いの通常料金は十セントですけれど、今回は特別料金です」

彼は魔法の筒を耳に当ててなにか聞いていた。

「筒の精霊によると、〈ドラゴンの目〉は僕のポケットのなかに入っているそうです。この黒人にきけば、ターバンのありかもわかるそうですよ」

「本当か！」と、ビーチ氏は叫んだ。「ガップ君、すごいぞ！」

この黒人は捕まって、ターバンの隠し場所を白状した。そしてすぐにビーチ氏、クロス氏、そしてグリーン氏はそれをフィリペティ夫人に返却した。彼女の頭の上には、再び〈ドラゴンの目〉が輝くターバンがそびえ立った。これで彼女も「調和」と「満足」を取り戻したのだった。

「ガッブ君」と、ビーチ氏は言った。「フィリペティ夫人にお引き合わせしよう。君はまるで魔法使いだな」

「ええ、本当に」と、フィリペティ夫人は言った。「あなたの探偵能力には本当に『満足』していますわ。まさしく魔法のようにすべてが『調和』していますわ」

じわりじわりの殺人

The Progressive Murder

ファイロ・ガッブ君は、メッダーブルック氏に百ドルを支払った。〈ドラゴンの目〉を取り戻したお礼としてもらったものだ。しかしメッダーブルック氏はあまり嬉しそうではなかった。

「これは帳簿につけておこう」と、彼は不承不承言った。「しかし完済には遠いな。〈ホントガッカーリ金鉱〉の株での借金はまだ一万一千九百ドルもある。この調子だといつになったら払い終わることやら。いつまた株に十累積パーセントの配当があるかわからない。そんなことになればまた借金が増える。もっとがんばってもらわないと、今朝娘から届いた電報を見せる気にはならないな」

「何かいい知らせでもあったんですか?」と、ガッブ君は飛びついた。

「かなりいい知らせだ」と、メッダーブルック氏は言った。「〈ホントガッカーリ金鉱〉の株と同じぐらいいいい」

「シリラさんはなんて言ってきたんです?」と、恋に夢中の壁紙張り探偵はきいた。

「ええと、今回は、わしは二ドル五十セント、この電報に支払った。一ドル二十五セントくれれば電報をやろう。そうすれば最初から最後まで読めるぞ」

ガッブ君は恋する人間だけが知る胸のときめきを感じながら、メッダーブルック氏に言われた通りの金を支払って、シリラからの電報を読みふけった。それによれば……

大ニュースよ！　魚料理も我慢中。タラ、ニベ、ヒラメ、カレイ、フカヒレ、スズキ、マス、ニシン（ひもの、塩漬けの燻製《キッパー》、燻製、生も）、タラの燻製、パーチ、カワカマス、小カワカマス、ロブスター、オヒョウ、それからウナギのシチューも。現在の体重はたったの四百二十キロ。ガビーに愛をこめて。

「感動しただろう」と、メッダーブルック氏は、ガッブ君が電報にキスしている姿を見ていった。「しかしシリラの次の電報に金を払う……読むときは、もっと感動するにちがいないぞ」

「そう信じています」と、ガッブ君は言って、うきうきしながら〈オペラ・ハウス・ブロック〉にある自分の事務所へ帰っていった。

ガッブ君の探偵としての評判があがるにつれて、壁紙張りの仕事も繁盛していた。そして彼はマーフィー夫人の下宿を出て、〈オペラ・ハウス・ブロック〉の二階に部屋を借りた。そこは元判事のギルロイ弁護士の事務所や、C・M・ディルマン不動産の近くだった。ドアにはこう看板がかかっていた。

ファイロ・ガップ
探偵事務所

壁紙張りも承ります

その朝、ガップ探偵が事務所に着くとすぐ、ガブリエル・ホステッターが、抜け目のなさそうな笑みを浮かべて事務所のドアを開けた。

ガブリエル・ホステッター御大は猫背の老人で、長くて白い顎ひげをピンと尖らせていた。彼は古くさい変型八角形の金縁めがねをかけ、頭の上には一八六五年からこのかた見たこともないような、仰々しい古くさいシルクハットをのっけていた。彼がいつも着ているフロックコートは、かつては黒かったのだろうが、今では灰色がかった緑色に変色していた。彼は町一番のお金持ちなのだが、一ドル銀貨をあまりにも力いっぱいぎゅっと握りしめて離さなかったので、そこに刻まれている白頭鷲がギャーギャー鳴いて苦しがったとまで言われていた。

彼はおそるおそるファイロ・ガップ君の事務所のドアを開けた。彼はそこにマホガニーのデスクやファイル・キャビネットが並んでいると思っていたのだろう。前に探偵事務所に行ったときには、そういうものがあったからだ。この部屋で見たのは、背が高くてやせている男が胸当て付きの白いオーバーオールを着て、ひっくりかえした壁紙の束の上に座り、片手で糊のバケツをかきまわし、もう片手でハムサンドイッチを食べている姿だった。

「場所をまちがったようじゃ」と、ゲーブ御大は言った。「探偵事務所だと思っていたんじゃ。すまん！　すまん！」

「僕が探偵です」と、ガッブ君は、サンドイッチの固まりをゴクリと飲み込んで、オーバーオールで手を拭いた。

「君が何だって？」

「僕が探偵です」

「君がだって？　すると今は変装しているのだね」

「変装ですって？」と、ガッブ君はわけがわからないように言った。「ああ、壁紙張りのことですか？　いいえ、これは変装じゃありません。探偵だって言っても、まだまだ駆け出しですから、食べていくためには働かなくちゃ」

「ふーむ！　探偵業はあまりもうからないか？」

「実を言うとそうなんです」

「なるほど、それなら君に仕事を頼めるな。君の腕が落ちないように練習の意味も込めて、ちょっとした捜査をしてもらえないかね？」

「料金はいただきませんと……」と、ガッブ君は疑わしげに言った。

「料金だって！」と、ゲーブ御大は叫んだ。「腕を磨いて頭を鍛えるのに金がほしいだと？　君にせっかく訓練の機会をやるのだから、君のほうが金を払うべきじゃ。さもないとわしは割が合わないじゃないか？」

「まだ何を調べるのかよくわかりませんが、僕にとっていい練習になるんだったら、払ってもいいですけど。でもちょっとしか払えませんよ」

「それはわかっとる。さて、わしの事件だが……どんな事件だったら君は金を払うかね？」

「ええと」と、ガッブ君は考え考え、言った。「たとえば、本当の重大殺人事件を捜査できるんだったらいいですね」

「ふーむ！　そんな事件だったらいくらぐらい払う？」

「ええと、よくわかりません！」と、ガッブ君はさらに考え込み、「もしそれがかなりの難事件だったら、一日一ドルだったら払ってもいいかな……殺人事件でしたらね」

「わしのこの事件は」と、ゲーブ御大は部屋のなかに入ってきながら、「難事件じゃ。一日一ドル二十五セント払えば、君に捜査させてやってもよいぞ」

「まあ、殺人事件でしたら」と、ガッブ君はのろのろと言った。「一日一ドルお支払いしましょう。それで一生懸命捜査します」

「一日一ドル二十五セントじゃ」と、ゲーブ御大は言い張った。

「いいえ、一ドルが僕にはせいいっぱいです」

「わかった、わしだってけちじゃない。一ドル十五セントで手を打たないか」

「一日一ドルです」

「一ドル十セント」

「一ドル」

「もう事件の話をしようじゃないか」と、ゲーブ御大は言った。「たった十セントのちがいだ。君は五セント上乗せして、わしは五セントまけよう。一ドル五セントで決まりにしよう。どうじゃ？　これで公平だ。君もいいじゃろう。わしはかなりまけたんだから」

「いいでしょう、わかりました。では事件の話に入りましょう。で、誰が殺されたんですか。いつ殺されたんですか、どうして殺されたんですか？　最初はそのへんを教えてください」

「一日目の代金として、まず一ドル五セントを払ってくれれば教えてやる」と、ゲーブ御大は言った。

ガップ君はポケットからお金を取り出した。「はい、二ドル十セントです。これで二日分です。さあ、始めてください」

彼はノートを取り出して、鉛筆の先をなめて待ち構えた。

「これが難事件だと言う理由は」と、ゲーブ御大はゆっくりと、言葉を選びながら話しはじめた。「実はまだ殺人が完了していないのだよ。行われている途中なのじゃ」

「今現在？」と、ガップ君は興奮して叫んだ。「どうしてこんなところでのんきに座っているんです。今すぐ……」

「いや、あわてる必要はない」と、ゲーブ御大は言った。「その殺人事件の被害者のところへすぐに行きたいなら、被害者はここにいる。わしがその本人じゃ。わしは殺されつつあるのじゃ。ゆっくりと殺されている途中なのじゃ。刻一刻と死に向かって前進している。しかしわしだって殺されたくはないし、そいつにも殺人を犯して縛り首になってほしくないのじゃ。そんな事態になってほしくない。それは人間の性に反することじゃ」

「反していますね」と、ガッブ君は言った。「自分を殺す犯人に復讐したいと思うのは仕方がないことです。誰かが僕を殺したとすれば、同じ気持ちになるでしょう。で、どうやって殺そうとしているんです？　遅効性の毒物ですか？」

「銃撃じゃ」と、ゲーブ御大は言った。「銃で撃ち殺そうとしているのじゃ」

通信教育探偵はゲーブ御大をびっくりして見つめた。

「銃で撃ち殺すんですって！」と、彼は叫んだ。「警察には届けたんですか？」

「君のところに相談しにきたじゃないか？　警察に届けたりしたら、そいつはいよいよ本気になって、一発でわしのことを仕留めるかもしれん」

「どうやって撃ち殺そうとしているんですか？」

「一寸刻みにな。そう、じわりじわりと。毎回わしを撃つたびに。ときにはわしの家の窓を突き破ったり、ときにはわしが町を歩いているときに」

「それでまだ当たってないんですか？」

「当たったかって？　やつが的を外すわけがないだろう。毎回命中させておる。わしに命中させない日はないのじゃ。二、三発命中させる日もあるぞ。それがわかっていたら、もう今頃は死んでいるはずじゃ」

ファイロ・ガッブ君は、何がなんだかわからずにノートをなで回した。

「何を使って……そいつは撃ってくるんです？」と、尋ねた。

「よく知らんが、豆鉄砲じゃろう」

ファイロ・ガッブ君はノートをバタンと閉じてポケットにしまった。

「そういうことでしたら、その二ドル十セントはもうさしあげますから、これ以上僕の時間を無駄にしないでくれませんか」と、彼はむっとして言った。

しかしゲーブ御大はその場を動こうとしなかった。

「何か問題か？」と、老人はきいてきた。

「僕はまぬけかもしれませんが」と、ガッブ君は辛辣に言った。「でも誰かが誰かを豆鉄砲で殺そうとしている、と考えるほどまぬけじゃありませんよ」

「君は大砲で撃たれたことがあるのかね？」と、ゲーブ御大は顔色も変えずに尋ねた。

「いいえ、でも今まで豆鉄砲で殺人をしようとした人間はいません」と、ガッブ君は言った。

「もし十三インチ口径の大砲で撃たれたことがあるなら、君もわかるじゃろう。なにしろ十三インチの大砲の弾があたったら、粉々に吹き飛んでしまうじゃろうからな。だが一インチ口径の大砲の弾に当たったら、一、二分は生きていられるじゃろう。それが十三インチ口径の大砲に撃たれたときと、一インチ口径の大砲に撃たれたときのちがいじゃ。ライフルの弾だったらまた話は変わる」

「これから壁紙張りの仕事があって、出かけなくちゃいけないんです」と、ガッブ君ははっきり言った。

「君は今、探偵の仕事をしておるではないか」と、ゲーブ御大は言った。「で、さっき言ったように、ライフルの弾丸はまたちがう。おそらく最初の一撃で死ぬじゃろう。もしかしたら息が絶える前に三発か四発は我慢できるかもしれん。しかし撃たれ続けていたら遅かれ早かれ殺されるに決まっておる。おそらく五発が人間が耐えられる限度じゃろう。わしはそう思う。

「そして次は小型の二十二口径拳銃じゃ。あれは心臓にさえ当たらなければ、犯人は死ぬまでに二十五回は撃てるじゃろう。だがどっちにしろ死にはする。撃たれたら、あとは時間の問題じゃ。

「もちろん」と、老人はガッブ君の言い分を認めるように、「君も豆鉄砲では十三インチ口径の大砲みたいにあっという間にわしを殺せるとは思わないじゃろう。まぬけでもないかぎりな。しかし原理原則は同じじゃ。撃って撃って撃って撃ち続ける。君はこういう詩を知っておるかね……。

水滴を垂らし続ければ
堅き岩をも貫く……

「豆鉄砲を持った殺人犯もこれと同じじゃ。

「それからこの方法のすばらしいところは、誰も殺人を犯しているとは気がつかないことじゃ。捕まって何をしているときかれても、単に『いや、何も。豆鉄砲で遊んでいるだけさ』と言えばすむのじゃ」

「まあそうかもしれません」と、ガッブ君は同意した。「理屈は合っているようですけど。でも僕はあなたが死ぬのを待ってから、そいつを捕まえることしかできません。あなたが死ぬまでは殺人事件じゃないんですから」

「ちがう？　ちがうかね？」と、ゲーブ御大はあざけった。「わしが死ぬまで待つと。そしてそいつを捕まえようと腰を上げるのか。わしがやれる手がかりはいらんのかね。探偵は死体から手助けをしてもらえるものかな？」

「いえ、そんなことはないですけど」と、ガッブ君は認めた。

「わしにはそいつに心当たりがある」

「誰です？」

「この事件の調査を続けるか？　金を支払うか？」と、ゲーブ御大はきいた。

ファイロ・ガッブ君は慎重に考えた。

「ええ、いいでしょう」と、彼はようやく言った。「引き受けます。あなたを殺そうとしている人物は誰なんですか？」

「ファリントン・ピアース、〈農民市民銀行〉の出納係じゃ」と、ゲーブ御大は言った。彼の目は恨みと抜け目なさでぎらりと輝いた。そして身を乗り出してこうささやいた。「わしの義理の息子なのじゃ。やつがわしを殺そうとしているのはな、わしの財産が目的なのじゃ。わしの娘が相続すれば金はもらえるし、銀行の頭取になれるのじゃ」

「彼が豆鉄砲を撃つのを見たんですか？」と、ガッブ君は言った。

「いいや！」と、ゲーブ御大は言った。「豆一粒も見たことがない。当たったときにひりひり痛むのを感じただけじゃ」

「もしかしたら豆鉄砲じゃないのかも。サイレンサーをつけた二十二口径拳銃かもしれません。それとも殺傷能力を発揮するに十分な距離まで近づくのが怖かったのかもしれません。僕には豆鉄砲で人を殺そういう人間がいるとは思えませんから」

「ふーむ！　その点は君が正しいかもしれん。わしは思いもつかなかった。あり得ることじゃ」

「探偵はあらゆる可能性を考えなくてはいけません」と、ガッブ君はあっさりと言った。「僕だったらもっと用心するところですね」

「そうしよう！」とゲーブ御大は言った。「よくわかった。やつが君の言うように撃ってきたら冗談ではすまないからな。わしはすべてを君に任せる。よし、こうしよう。一日だけは無料でいいから、がんばってこの事件を捜査してくれ。わしはすべてを君に任せる。ただ定期的に発見したことを報告してくれればいい」

「〈日の出探偵事務所〉の探偵養成通信教育講座の卒業生はみな定期報告を提出するのを習慣にしています」と、ガッブ君は言った。「まずは講座第三回と第四回に従って、ファリントン・ピアース氏の尾行から開始しましょう。毎日報告書は出します」

「わかったことはみんな残らず報告してくれよ。特に夜を気をつけてくれ。一番よく撃たれる時間じゃから」と、ゲーブ御大は言った。

「ずっと見張ります」と、ファイロ・ガッブ君は言った。「壁紙張りのほうでは助手がいますから、彼にこっちの仕事をやらせます。僕は今すぐファリー・ピアースを尾行しましょう」

ゲーブ御大は、ガッブ君と握手をして出ていった。ドアが後ろで閉まると彼はくすくすと笑った。そして家に帰るあいだずっとにやにや笑いっぱなしだった。上手いかけひきをやって、かなりの金を節約できたと思ったのだ。その一方でファイロ・ガッブ君は、付けひげとかつらをポケットに入れて出かけた。

銀行の道路を挟んで向かい側には、グラミルの葉巻屋があった。そこでは町の怠け者たちが、何の用事もないときにはとぐろを巻いていた。ファイロ・ガッブ君は店に入って葉巻を一本買うと、正面の窓際でぐだぐだできる場所を占めた。彼は銀行の入り口が見える場所を確保したかったのだ。そして待った。三時十五分になると、ファリー・ピアースが銀行から出てきた。

「お気楽な身分のやつが出てきたよ」と、のらくら者の一人が言った。「ファリー・ピアースだ。もう仕事は終わりであとはひまなんだ」

「時間が余ってしょうがないだろうな」と、ファリー・ピアースよりもさらにもっと暇な別ののらくら者が言った。「朝昼晩ずっと働けたほうがずっと幸せだと言っているそうだ」

「奥さんはどうするんだよ?」と、最初の男が尋ねた。

「それなんだよ」と、二番目が言った。「やつは給料はみんな使っちゃうし、奥さんはもっと金使いが荒いらしいぜ。ゲーブのじいさんは自分の家族がそんなふうに金を使うところを見たら、頭にきちゃうだろうな。なにしろけちだから」

「ファリーとその奥さんの評判はどうだ?」と、一人目がきいた。

「ゲーブじいさんは怒り心頭だそうだ。娘を離婚させたいらしい」

「誰にきいたんだ?」

「俺の娘だよ。娘はやつのところで働いているんだ。娘の言うことにゃ、ゲーブのじいさんは着々と手を打っているらしい。じいさんはファリーを監視する人間を見つけるつもりだそうだ。あまり金をかけないで証拠を見つけたがってるんだってさ。でもゲーブのじいさんが金を出し惜しみするんだったら、離婚するような証拠は見つけられないだろうな」

「俺もそう思う。ただで働く探偵なんて、きいたことがないからなあ。少なくとも今年は」

「来年になってもいないさ」と、別ののらくら者が答えた。この冗談に連中は声を上げて笑った。

しかしファイロ・ガッブ君は笑えなかった。ガッブ君は顔が真っ赤になるのを感じていた。やせぎすの両手を握ったり開いたりして監視していると、ファリー・ピアースは銀行の角を曲がって向こうへと消えていってしまった。この瞬間ゲーブ御大を豆鉄砲で殺してやろうと思っている人間は、ファイロ・ガッブ君その人だった。ファリー・ピアースを尾行しろだって！　あのけちな老いぼれは話をでっちあげて、リバーバンクで唯一きちんと学校を卒業した探偵に、義理の息子を尾行させて、しかも毎日報告するよう求めたのだ！　離婚の証拠？　殺人事件の捜査をしていたと思っていたのに、ただでスキャンダルのたねを探そうとしていたなんて！　また怒りがこみ上げて顔は再び紅潮した。ポケットに突っ込んだ手に、付けひげとかつらが触れた。たまたまこの雑談のおかげで、ファリー・ピアースを尾行していた自分が馬鹿にされているということに気がついたし、もうファリー・ピアースを昼も夜も尾行しなくてもよくなった。彼は事務所に戻ってオーバーオールを着、壁紙張りの仕事に出かけた。

六時に彼は家路についた。通りを一ブロックほど歩くと、グラミルの葉巻屋で雑談していたのらくら者に行きあった。

「なあ、きいたか？」と、ファイロ・ガッブ君に言ってきた。

「何を？」

「きいていないのかよ？　町中この話で持ちきりだぞ。ファリー・ピアースがゲーブ・ホステッタージいさんを殺したそうだ。俺たちが銀行からやつが出てくるのを見てから二十分もしないうちに。撃ち殺したんだってよ。最初の一撃で。すげえな！　まるで豆鉄砲みたい小さい拳銃で即死だそうだ。ちょうど急所に当たったんだろうな」

「その拳銃を見たかい？」と、ガップ君はびくびくしながらきいた。

「いいや、見てない」と、そいつは言った。「でも仲間からきいた。『小さな豆鉄砲みたいなので即死』だそうだ。何がそんなにおかしいんだ？」

「知りたいかい」と、ガップ君は言った。「ゲーブ・ホステッターさんは即死でもなんでもないよ。彼は時間をかけてじわりじわりと殺されていったんだ。まるで水滴が石をうがつようにね」

しばらくそののらくら者は目を丸くしてガップ君を見つめていた。そして笑い出した。

「馬鹿じゃないか！」と、彼はあざ笑った。「どうかしてるぜ！」そして反論しようと四苦八苦しているガップ君を残して、とっとと行ってしまった。

マスター氏の失踪

The Missing Mr. Master

ある晩、ガッブ君はメッダーブルック氏からまるで請求書のような短い伝言を受け取った。「P・ガッブはJ・メッダーブルックに一万一千九百ドルの借りがあり。お支払い願う」とあった。というわけで、彼は帽子をかぶってメッダーブルック氏の豪邸へと歩いていった。

「早く金を返してもらいたいのだ」と、メッダーブルック氏は言った。ガッブ君が〈ホントガッカーリ金鉱〉の株の支払いにあてられる持ち合わせは今、全然ないのだと説明しても、「君がシリラのことを好きなのは知っているぞ。今日娘から届いた電報だと、娘が三百キロまでやせて、見せ物小屋のドーガン氏が契約を破棄するまでもうほとんど時間がないそうだ。もしこの電報を読みたいのなら、代金の半額を払ってくれ。三ドルだ」

ガッブ君は、恋に落ちた者なら誰でもやるとは思うが、メッダーブルック氏に一ドル五十セントを支払って、シリラからの電報を読んだ。それによると……

愛は勝利する。穀物類すべてを我慢中。オートミール、米、でんぷん、ふくらませた小麦、コーンフレーク、挽き割りトウモロコシ、挽き割り小麦、強化小麦、クリーム・オブ・ウィート［麦がゆの商品名］、グレープナッツ［シリアルの商品名］、ゆで大麦、ポップコーン、小麦粉ペースト、米粉も。体重はたった四百十五キロ。ガビーのことばかり考えている。

ガッブ君はちょっと躊躇したが、こう言った。

「僕が言うのもおこがましいかもしれませんが、メッダーブルックさん、電報の料金はもう少し安くなりませんか。これなんて上の隅のところに『発信者支払い済み』ってはんこが押してあるじゃないですか」

「ああ、電報配達の少年がまちがえたと言っていた」と、メッダーブルック氏はあわてて言った。

「それに、二キロちょっとやせたという知らせに一ドル五十セント払うのは高すぎると思うんです。五百グラムで三十セントというのは法外です」

「そうだな、君とけんかはしたくない。こういうことにしないか。五百グラムあたり二十五セントの定額制ということで」

「愛する人からの便りだとしたら公平で手頃な値段ですね」と、この件は丸く収まった。そして彼は事務所に戻った。

その晩、彼は簡易ベッドの隅に座って上着を脱ぎ、ベストを脱ぎ、ズボンを脱いで、裸足になってのびをした。仰向けになって枕で後ろをささえ、巻いた壁紙を足置きにした。彼は第十一回講座に夢中になっていた。その鳥のような顔は真剣だった。時々足の先にハエが止まるので足の指をもぞもぞさせていた。さらに何匹も一緒に足の先にハエが止まったので、十本の足の指を同時にもぞもぞさせた。

トランク、ニスが塗られたオーク製の洗面台、そして簡易ベッドがあるこの部屋は、室内装飾の店兼住居だった。そしてここはファイロ・ガップ探偵の事務所でもあった。その証拠に、ずらりと並んだフックに探偵が使うさまざまな変装がぶら下げられ、壁には雑誌から切り取られたウィリアム・J・バーンズ〔アメリカの私立探偵。一九二一～二四年にFBIの前身、捜査局の長官を務めた〕の肖像画が飾られ、さらには「P・ガップ、〈日の出探偵事務所〉探偵養成通信教育講座を修了したことをここに証明する。日当もしくは請負にて。期間は条件次第」という証明書まで張られていた。

ガップ君の簡易ベッドの上には、今日のシカゴの朝刊がのっかっていた。二段抜きの見出しには「妻、五千ドルの賞金をかける」とあった。この記事を読んで、壁紙張り探偵はあらためて第十一回講座「誘拐および失踪事件」を復習する気になったのだ。

シカゴに住むカスター・マスター氏が謎の失踪をとげた。この記事のある一節に、ガップ君は特に注目した。

マスター夫人は、夫はまだ生きていると信じており、ミシシッピ川流域のアイオワ州のどこかの町で発見されるはずだと主張している。これらの町の警察には連絡が行き、刑事は捜査を開始した。マスター一族はサウスサイドの上流階級に属し、マスター氏は最近富豪のおじから四十五万ドルを相続したばかりである。さらにその遺言状の検認は注目を浴びた。相続に際し密封された封筒に入れられたある命令を実行すること、という条件が付いていたからである。なお、その命令を読むことが許されているのは遺言執行人とマスター氏本人だけである。

といったような内容だった。新聞は、マスター氏はもう何年も消化不良に悩まされていたが、鬱状態にはなっていないとも報じていた。彼の家庭はほぼ円満だった。洗濯用の消耗品や洗濯機の販売が彼の仕事だったが、商売は順調で、外部とのトラブルはないようだった。

彼が失踪した日の朝、マスター氏はいささか奇矯な行動をとっていた。近所の人間がたまたま窓から外を眺めていたら、マスター氏が急いで家の玄関から出て行くのが見えた。一時間後、彼が家から六ブロック離れた角に立っているところを、友人が通り過ぎた。マスター氏はかなり悩んでいるようだった。「できない！　死んでしまう。できない！」と、彼は独り言を言っていた。「無理だと言ったじゃないか」

次のマスター氏に関する情報は、〈帝国プール場〉という名前の公衆浴場兼プールの管理人からだった。十時頃マスター氏は急いでプール場に入ってきて、入場料がいくらかと尋ねた。そして大きな水泳プールに入ることにした。まず入場料を払うと、小さな更衣室で洋服を脱ぎ、水着を着ると大きなプールの端に行った。ここで彼は手すりをしっかり握ったまま、片足を伸ばして冷たい水につま先でそっと触れた。その瞬間彼は叫び声をあげて更衣室へと逃げ帰り、あっという間に洋服を着ると建物から飛び出していった。マスター氏が目撃されたのはこれが最後だった。

ファイロ・ガッブ君が第十一回講座を三回読んで、シカゴの新聞を手に取ったとき、〈オペラ・ハウス・ブロック〉の静けさが、金属の階段を上がってくる足音で乱された。

その夜の訪問客たちは、このビルは不案内のようだった。二、三歩進んではマッチの火をともしていたからだ。廊下を進みながらドアに書いてある名前を読んでいると、探偵の彼には手に取るようにわかった。そしてガップ君がランプを消して最悪の事態に備えようとしたときに、その二人の男はまた立ち止まり、マッチを擦り、ちょっと躊躇してから彼の部屋のドアをどんどんとノックした。

「どうぞ！」と、ガップ君は言いながら、ベッドのシーツをひょろひょろした脚に巻きつけた。シーツを後ろでエプロンのようにして縛り、来客を迎えようと立ち上がった。二人いた。そのうちの一人はすぐに誰だかわかった。ビリー・グリッブルというメイン街のちょうど向こう側にある〈ゴールド・スター手洗い洗濯屋〉の経営者だった。もう一人は知らない男だった。

ビリー・グリッブルは長くて円筒状の、分厚い包装紙で包んだ荷物を抱えていた。その荷物はおよそ二メートルあり、ビリーの身長と同じぐらいの長さだった。もう片一方の腕に、ビリーは別の荷物も抱えていた。そちらはおよそ一メートル四方あった。ガップ探偵のプロの目は、それらを一瞬にして観察した。ビリー・グリッブルは二つの包みを床に落とした。

「ガビーよ！」と、彼は大声で言った。「これは……」

「おいおい！」と、見知らぬ男はいらだったように言った。「ちょっと待ってくれ！　俺が説明するって言っただろう？　ええと、あんたがガップ探偵だろう？」と、彼は尋ねた。

ファイロ・ガップ君はその男をじっと見つめた。彼は、ガップ君よりも背が高くやせていた。ひげはきれいにそってあり、口と鼻の脇には深いしわが刻まれていた。髪の毛は短く刈り込まれまとめられていたので、頭が小さく見え、まるで豆のようだった。

しかしガッブ君はまったくちがうところを観察していた。彼の鳥のような目は、見知らぬ男が手に持っているスーツケースの端に釘付けになっていた。その鞄の端には黒い文字で「C・M」そして「シカゴ」と書かれていたのである。この男はスーツケースを見下ろすと突然床に置いてどすんという音をたてた。

「手がかりだ！」と、彼は言い、スーツケースを蹴飛ばした。

「こんな遅くにいらっしゃるなんて、たぶん大事なご用件なんでしょうね」と、ガッブ君はシーツをちょっと直しながら言った。「もし、仕事のお話じゃなくて社交上のおつきあいだったら、失礼してズボンをはきたいんですけれど」

「仕事だ、事件の捜査だ、ガッブさん」と、背の高い男は言った。「何も着なくていい。君が気まずいって言うんなら、俺が服を脱いでもいい。俺の名前は……」

「フィネアス・バークだ」と、ビリー・グリップルは大きな低い声で言った。

「ちょっと黙ってろ」と、見知らぬ男はむっとしながら頼んだ。「名前ぐらい自分で言える。フィネアス、というのが俺の名前だ。よく知っている自分の名前だからな。フィネアス・バーンズだ」

「バークだ。バーンズじゃない」と、ビリー・グリップルはささやいた。

よそ者は怒りで真っ赤になった。

「おいあんた、俺が自分の名前がわからないって言うのか？」と、怒って言った。「俺の名前はフィネアス・バーンズだ」

「わかった、わかった！」と、ビリー・グリップルは言った。「好きにすればいいだろう。わしのところではバークと名乗っていたと思うが」

バーク＝バーンズ氏はビリー・グリッブルをにらみつけた。

「うるさい！　あんただって何も知らないんだよ。俺の名前はバークでもバーンズでもない。俺の本当の名前はチャールズ・オーガスタス・ウィッツェルなんだからな。ガッブさん、俺はチャールズ・オーガスタス・ウィッツェルだ」

「お目にかかれて光栄です」と、ガッブ君は言った。「壁紙の束の上ですけど、どうぞお座りください」

「俺は探偵だ」と、チャールズ・オーガスタス・ウィッツェル氏は言った。「俺を紹介してくれ、グリッブル」

「ええと、彼は……その名前がなんにせよ、でもバークと言ってたよなあ……シカゴの探偵だ」とビリー・グリッブルは言った。「そう、ガッブ君、ええと、なんて名前だったっけ？」

「ウィッツェル」と、ウィッツェル氏は言った。

「ウィッツェル氏はシカゴでも一、二を争う探偵だ。失踪したマスター氏を捜しにきたんだ。知っているか？　で、この町ではまずわしのところにやって来た。そういうわけだ。いいかね？」

「その通り！」

「どうも。彼がわしの洗濯屋にやって来たときは、わしはちょうど洗い場にいて……」

「ちがう！　あんたは出かけていただろう！」

「わしは外出していた。たぶん洗い場にいて、裏口から出ていたんだろうな。ともかく、わしは外出していた」と、グリッブル氏はウィッツェル氏がいらいらしているのを見て言った。「わしが話をするのが気に入らないのなら、自分で説明したらどうだね」

「俺はグリッブルの洗濯屋に入っていった」と、ウィッツェル氏は言った。「あんたも探偵だったらわかるだろう、ガッブ。俺は洗濯屋に入っていった。カウンターがあった。俺はカウンターに近寄っていった。かがんでそこにいた女の子に話しかけた。『おい、お嬢さん』と、俺は言った。『グリッブルさんはいるかね?』『出かけてます』と、彼女は言った。ふと俺は下を向いた。探偵はすべてを観察するものだ。つまさきにスーツケースが当たっていた。そのスーツケースの端に『C・M』というイニシャルと『シカゴ』という文字が書いてあった。つまり『カスター・マスター、シカゴ』ということだ。俺が探している男だ」

「で、マスターさんは見つかったんですか?」と、ガッブ君は緊張してきいた。

「行っちまった! 鳥みたいに飛んでいっちまった! 俺はグリッブルを待った。グリッブルにマスターがここに来たかどうか質問した……」

「ちょっと待ってくれ!」と、グリッブル氏は言い、そして「ああ、わかった、わかった」

「そして『来ていない』と言われたんだ」と、ウィッツェル氏はしかめっ面で言った。「『そうか』と俺はグリッブルに言った。『やつは戻ってくる。スーツケースを取りにな』。それでグリッブルが俺を裏の事務所に隠してくれたので、待った」

「で、戻ってきましたか?」と、ガッブ探偵は夢中になってきいた。

「戻ってこなかった」

ファイロ・ガッブ君はほっとしてため息をついた。「すると僕にもまだ五千ドルの賞金を獲得するチャンスがあるわけですね」

「ガッブ、あんたには二千五百ドルのチャンスがある。俺がここに来たのも二千五百ドルのチャンスをあげるためさ。グリッブブル、あんたになんて言ったたっけな？」

「言いたければ好きに言うがいいさ」と、グリッブブルは言った。「わしがしゃべるのが気に入らないんだろう。自分で言えよ」

「俺はグリッブブルに」と、ウィッツェル氏はゆっくり言った。「『グリッブブル、この町にはグラッブという名前の探偵は住んでいないか？』と尋ねた」

「僕の名前はガッブです」

「ガッブ、そう言いたかったんだ。俺は考えた。『グリッブブル、明日になれば四十人の探偵がシカゴからやって来る。みんなマスターを捜している。俺は連中が泣こうがわめこうが関係ない。俺は連中とは格がちがう。ジョージ・オーガスタス・ウェチェスラーの活躍を読んだことのある人間なら……』」

「チャールズ・オーガスタス・ウィッツェル」と、グリッブブルが訂正した。

「俺には覚えきれないほどの偽名があるんだ」と、ウィッツェル氏はガッブ君に言った。「あんたたっだらわかってくれるだろう。あんたは探偵だ。俺も探偵だ。ウィッツェルでもウォッツェルでもウッツェルでもいいじゃないか？　俺たちだったらわかりあえるよな？」

「時間がたてばお互い理解できるんじゃないでしょうか」と、ガッブ君はていねいに言った。

「その通りだ！　で、俺はグリッブブルに言った。『ただ心配なのはガッブだ！　俺が失敗すれば、やつがマスターを発見するだろう。しかし俺のほうが有利だ。なにしろ手がかりがあるんだ』」

彼はスーツケースを指さした。

「するとグリッブルは俺に、『ガッブと協力したらどうです？』と、言った。『いいアイデアだ！』と、俺は答えた。そういうわけでここにやって来た。どうだね、ゴッブ君？」

「僕は探偵をしていないときはいつもガッブという名前なんですけど」と、ガッブ君はやさしく言った。「そうですね、通信教育講座の第一回から第十二回で習った捜査法を活用して協力できればとても嬉しいです。しかも分け前が二千五百ドルでしょう。僕は事件解決の自信があります」

「けっこう！　実にけっこう！」と、ウィッツェル氏は即座に答えた。「俺の計画通りだ。ここに捜査本部を置こう。君は自由にやってくれたまえ。俺は……ええと、帰納的探偵だからな」

「はい、シャーロック・ホームズ型の探偵ですね」

「その通り！　俺が推理をする。君は捜査してくれ。君は尾行し手がかりを追う。俺はここで待機する。わかるな」と、彼は付け加えた。「俺は面《めん》がわれているから、マスターに見られたらすぐに逃げられてしまう。すぐにな！」

「じゃあこれから契約を結びましょう」と、ガッブ君は言った。そして合意がなされた。

グリッブルはすぐに二つの包みのひもを切り、キャンバス地の簡易ベッドと寝具を取り出した。そして彼はお休みと言って後ろ手でドアを閉めて帰っていった。

ガッブ君はグリッブルが階段を降りる足音が聞こえなくなるまで待っていた。

「あのグリッブルという人は……ええと……」彼は躊躇した。「完全に信頼できる人だとは言えないんですよ。だから必要以上に信用はしないんです」

「なるほど」と、ウィッツェル氏は洋服を脱ぎながら言った。「俺も気をつけることにする。さて、もう寝てもいいかな。マスターはスーツケースに寝間着を入れていたかな。事件を追う男の帰納的頭脳を休めるのに、あればありがたいんだが」

彼はスーツケースを……奇妙なことに自分の鍵束の鍵で開けた。寝間着を見つけて着た。驚いたことにウィッツェル氏は珍しいぐらい背が高くてやせているにもかかわらず、サイズはぴったりだった。あっという間に彼はベッドに飛び込むと目を閉じた。ガップ君も横になった。

ファイロ・ガップ君はベッドのなかから、ウィッツェル氏が完全に眠ったのを確かめた。そして通信教育探偵はベッドから忍び出て、スーツケースへと這っていった。

スーツケースのなかに入っている下着にはみな、「C・マスター」という名前がはっきりとインキで書いてあった。もう一着のスーツにも、マスター氏の名前が刺繍してあった。銀が張られた身繕い道具にも、マスター氏の名前が彫り込まれていた。そしてガップ君はこれらを念入りに調べた。彼が一番注目したのは、ある一通の書類だった。水色の紙に包まれて「オーランド・J・ヒギンズの遺言状・写し」と書かれていた。

この遺言状はよくある出だしから始まっていた。しかしファイロ・ガップ君の鳥のような目が捕らえたのは、次の条項だった。

「私の甥カスター・マスターに」とこの条項には書いてあった。「四十五万ドルを贈る。しかし私の甥カスター・マスターが相続できるのは、添付の密封された封筒のなかに書かれている指示を忠実に実行したときに限る。封筒の中身は後述の遺言執行人およびカスター・マスターのみが読むことを許される。

それ以外何人も目にしてはならぬ。遺言執行人は、カスター・マスターがここにある指示を実行できたかどうかを判断する唯一の人間である」

　この書類は折り目がすり切れ、薄汚れていた。まるでマスター氏がしばらくポケットに入れて持ち歩いたのちに、スーツケースにしまったかのようだった。

　同じように注意しながら、第三回講座「居住者がいる住宅の捜索など」の指示を忠実に守って、ガッブ君はシカゴの探偵がさっき脱いだ洋服も調べた。そのすべてに「C・マスター」もしくは「C・M」そして「C・M」の頭文字を組み合わせたモノグラムが記されていた。

　できるだけ注意して、ファイロ・ガッブ君は自分のトランクをまたぎ、盆の左側から愛用の拳銃を手に取った。大きくて怖そうに見える拳銃で、およそ四十五センチの銃身の下には小さな込め矢［銃弾を装填するための棒］が付いている。一八五四年製の先込め銃で、熟れたサクランボぐらいの大きさの弾丸が装填でき、重さは舗装用煉瓦ぐらいはあった。その火器としての性能はわからない。なにしろガッブ君は一度も撃ったことがないのだ。しかし見るからに危険そうだった。ファイロ・ガッブ君の信頼する武器を突きつけられた人間は、まるで自分が完全に粉々に吹き飛ばされるような気がするだろう。ガッブ君は眠っているウィッツェル氏に狙いを定めた。両手で構えて銃身にそって狙いを定めた。

「起きてください！」と、彼は厳しい声で叫んだ。

　ウィッツェル氏は簡易ベッドの上で上半身を起こした。その瞬間、彼はまだ寝ぼけていて、今、自分がどこにいるのかわからない様子だった。そして顔に満足そうな表情を浮かべるとベッドから飛び出し、両手をガッブ探偵のほうへと差しのべた。

「すばらしい!」と、彼は叫んだ。「完璧だ! みごとなもんだ!」

「下がって!」と、ガップ君は厳しく言った。「弾が込めてあります。いつでも撃つことができるんです。下がってください!」

「最高だ!」と、ウィッツェル氏は大喜びだった。「なんてすばらしい。さあ見せてくれ。よく見せてくれ」

彼は拳銃に近づいて、片目で銃口をのぞき込んだ。かがみ込んで銃身に刻み込まれている文字を読んだりもした。

「本物の〈ブリッグズ・アンド・ボルトン〉、五十三と二分の一口径、先込め、一八五四年製だ!」と彼は有頂天になって叫んだ。

ガップ君は片手で彼を押しやった。

「いいからあっちに下がって」と、彼はびしりと言った。「撃ったら死んじゃいますよ。粉々にはならないだろうけど」

「おい、あんた!」と、ウィッツェル氏は叫んだ。「今、持っているものが何かわかっているのか?」

「拳銃です。下がらないんだったら、本当に撃ちますよ」

「これは〈ブリッグズ・アンド・ボルトン〉なんだぞ。本物だ。こんないい状態で保存されている〈ブリッグズ・アンド・ボルトン〉は初めて見た」

ガップ君は自分の腕をつかんでいる手を振りはらった。

「それがどうしたんです。拳銃ですよ。火薬も玉もつめてあります。僕があなたを狙っているってことは、つまりあなたがちょっとでも動いたら撃つってことなんですよ」

「それがどうした。〈ブリッグズ・アンド・ボルトン〉だぞ。あんたが火薬を満杯につめて引き金をひくってことは、つまりその初めて見た完璧な銃がばらばらに壊れちまうってことなんだ」

「何度も言っているけれど」と、ガッブ君は厳しく言った。「あなたが銃に鼻をこすりつけていると、撃てないんです。あっちに下がってくれれば撃てるんだけど」

「やだね！」と、ウィッツェル氏は怒って言った。

ファイロ・ガッブ君はあまり怒らない男だった。しかし彼はかなり追い詰められていて、堪忍袋の緒が切れた。

「いいか」と、彼はウィッツェル氏に言った。「後ろに下がらなければ銃が撃てないじゃないか。さもないと顔をひっぱたくぞ」

「ピストルを撃ったら爆発するぞ」と、ウィッツェル氏も怒って言った。「俺は……俺は頭をひっぱたくぞ」

「下がれ！」と、ガッブ君は脅した。「一つ！」

「その状態だったら、拳銃に五十ドル出そう」

「二つ！」

「六十ドル！」

「三……」と壁紙張り探偵は言いながら、長い銃身のための空間を確保しようと後ろに下がった。ところが運の悪いことにトランクが真後ろにあり、下がったとたんそれにつまずいてひっくりかえり、まるでジャックナイフのように体が二つ折りになった。しかし彼は冷静だった。〈ブリッグズ・アンド・ボルトン〉の長い銃身はガッブ君の両足のあいだから突き出され、ぴたりとウィッツェル氏に狙いを定めていた。

「手をあげろ！」

ただちにウィッツェル氏は両手を上げた。

「七十ドルでどうだ」

「七十五ドルなら。お金をもらったら、渡しますよ」

「いい買い物をした！」と、ウィッツェル氏は嬉しそうに言った。「これで俺の拳銃だ。なあ、俺を撃つなんてナンセンスだったただろ？」

「ナンセンスでは、この事件を表せませんよ」と、ガッブ君は顔をしかめて言った。「そんな言葉で片づけたら、それこそナンセンスでしょ。で、遺体はどうしたんです？」

「え、何だって？」と、ウィッツェル氏は叫んだ。

「遺体ですよ。どこにやったんですか？」

「痛いって、何が痛いんだ？」

「カスター・マスター氏の死体ですよ」と、ガッブ君は言いながら、ちょっと体重を片足にかけた。「しらばっくれないでください。死体はどこなんです？」

「おいおい、ガッブ探偵！　死体なんて知らないよ。俺はジョージ・オーガスタス・ウェッツラーという……」

「そうかもしれない」と、ガッブ君は言った。「たぶんそうでしょう。でもあなたの洋服はちがう。あなたの洋服は全部カスター・マスター氏の持ち物だ。問題は、『単独犯か、それともビリー・グリッブルとの共犯か？』ということです」

ウィッツツェル＝ウェッツツェル＝ウェッツツェラー氏はあんぐり口をあけた。

「マスターを殺したって！」と、彼はあきれかえって叫んだ。「しかし……でも……」

「法の名において、君をカスター・マスター氏殺害および死体遺棄の容疑で逮捕する。後ろを向いて手をあげろ。トランクから手錠を出してかけるから。向こうを向いて！」

ウィッツツェル氏は後ろを向いた……ただし頭だけはこっち向きだった。彼はずっと価値ある（というか、正確には）七十五ドル相当の〈ブリッグズ・アンド・ボルトン〉の拳銃から目を離さなかった。

「ガッブ、あんたはまちがってる。俺は探偵なんだ」

「いいえ、ちがいます！　荷物を調べたけれど、銀のバッジも付けひげも持っていないじゃないか。あなたを明日の朝には警察につきだしてやる」

「警察だって！」と、ウィッツツェル氏は叫んだ。「勘弁してくれ！　それだけはやめてくれ！」そして突然まるで神経性の発作を起こしたように簡易ベッドに崩れ落ち、泣きべそをかきはじめた。ファイロ・ガッブ君はその姿をびっくりして見つめていた。手錠をトランクから取り出すとウィッツツェル氏のもとに歩み寄り、彼の背中を銃口でつっついた。ウィッツツェル氏はまるでウナギのようにすばやく転がった。

「やめてくれ！　むずむずする！　くすぐられるのは嫌いなんだ！」と、彼は叫んだ。「俺は……いろんなことに我慢ができないんだが……俺は世界で一番神経質な男なんだ……冷たい水が一番だめなんだ」

「冷たい水はかけてませんよ」と、ガップ君は言った。「手錠は冷たい水じゃないし」

「冷たい水だと」と、ウィッツェル氏は言った。「冷たい水だと死んでしまうんだ！　ぶるぶる震えが来て、真っ青になって、鳥肌が立って、手のひらや足の裏が痛くなってくるんだ。いいか、きいてくれ。俺の主治医は、水風呂に入ったら俺は死んでしまうって言うんだ。そのショックで心臓が止まってしまうって。わかったかい？」

ファイロ・ガップ君は目を白黒させた。

「いいか」と、ウィッツェル氏はガップ君の両手を握って言った。「俺は水風呂はだめなんだ。死んじまう。わかってくれるか。そんなのは自殺だよ！　だから……俺はビリー・グリップブルとは知り合いだったんだ。やつにここで商売をさせたのは、やつを追っぱらうためだったんだ。だからやつは俺に借りがあるはずだろう？」

「そうですかね？」

「やつは洗濯屋のとなりに公衆浴場を持っている。『熱い風呂と水風呂、早朝から深夜まで、ご婦人は火曜日と水曜日のみ』ってあるだろう？　ガップさん、正直に言おう。俺はカスター・マスターだ！」

「ええと、マスター氏にかけられた賞金は……」と、ガップ君は、文法的に正しい言い方を考えて口ごもった。「発見につながる情報を提供したら、五千ドルの賞金じゃないですか！」

「その通り！」と、マスター氏は言った。「でも、このことを黙っていてくれたら六千ドル出そう。俺はマスター本人だと認める。俺はカスター・マスターだ。さあ、これを読んでくれ！」

彼はチョッキに手を伸ばし、そのポケットから一枚の書類を取り出した。「オーランド・J・ヒギンスの遺言状のカスター・マスターに関する秘密条項・写し」と書いてあった。


消化不良の治療には水風呂が一番効果的だと信じているが、同じ病気に苦しむ我が甥カスター・マスターからはずっと馬鹿にされていた。氷水風呂につかれば彼も病気が治ると信じるものである。我が遺言状の一部として、彼の相続分が贈与されるには、宣誓証人が見守るなか、三十日間、毎朝十二分間、氷水風呂に入ることを条件とする。


「清潔さもそりゃあ大切だろうけれど」と、マスター氏は言った。「しかし氷水風呂なんてあの世への最短距離だ。俺はまだ死にたくない。だが四十五万ドルの遺産をあきらめたくもない。しかしビリー・グリッブルの助けを借りれば」と言ってにやりと笑った。「すべての風呂は水風呂っていうことにしてもらえるんだ。なにしろやつの洗濯屋の設備のローンは俺が払っているんだから」

「すると僕の事務所に来たのは、グリッブルさんのところで偽の氷水風呂に入るあいだ隠れるためですか？」

「その通り！」

「六千七十五ドルを払ってください」と、ガッブ君ははっきり言った。「朝になったらその額の小切手を切ってください。でも弾丸を銃から取り出すには工具がいりますよ。弾丸は僕の手作りだったんでちょっと大きすぎました。銃に込めるのにとんかちとねじ回しを使ったんです。しっかり安全に込められています」

「そんな銃を撃とうとしたのかい？」

「やらざるを得ないときはしょうがないでしょう」

「爆発して粉々になるところだったぞ！」

「そうかもしれませんねえ。もっとも僕が銃に弾を込めたのはこれが初めての経験でしたから。〈ブリッグズ・アンド・ボルトン〉の拳銃には、まず火薬を入れてから弾丸を込めなくちゃいけないんです。でも僕は先に弾丸を入れちゃいました」

「なんだって！　なんとまあ！　とにかくこれで一件落着だ。もう一眠りするか。風呂に入るために早起きしなくちゃいけないからなあ」

ワッフルズとマスタード

Waffles and Mustard

ガッブ君が親切なメッダーブルック氏を疑ったというわけではない。ただ〈リバーバンク・ナショナル銀行〉の出納係に、〈ホントガッカーリ金鉱〉の株はそれが印刷してある紙ほどの価値もないと教えられて、非常に傷ついたのも事実である。

将来の義理の父親が知らなかったとはいえガッブ君をだましているのではないかと思うと、彼は悲しかった。マスター氏が六千七十五ドルを渡してくれたものの、ガッブ君はメッダーブルック氏に渡すのはそのうち三千ドルにした。ガッブ君は二千ドルを銀行にあずけ、さらに事務所の家具や探偵業に必要な資料や道具を購入した。メッダーブルック氏に三千ドル支払うと、借金は残り八千九百ドルになった。

メッダーブルック氏はとても喜んで、ガッブ君にこう言った。

「一気に返してくれたね。この調子でいけば全額返済もまもなくだ。しかし心配はご無用だ。新しい金鉱の株を新たに刷っているところだから、返済が終了したらすぐにそれを全部売ってあげよう。〈かわいいシリラ金鉱〉と名付ける予定だが……」

「今の借金を返したあとは、もう金鉱株を買うつもりはありません」

「それもよかろう。まだ印刷屋に注文は出していないし、君が他のがいいなら油田株でもこしらえよう。わしはどちらでもかまわん。金でも石油でももうけられることに変わりはないからな！」

「最近シリラさんからは便りはありませんか？」

「ああ、あるぞ。二ドル五十セントの便りがある」

ガッブ君がメッダーブルック氏にお金を渡して読むことが許された電報にはこう書いてあった。


よろこんで。野菜をすべて我慢中。ジャガイモ、ビート、アーティーチョーク、焼きパースニップ、フダンソウ、カブ、トウナス、コールラビ、ゆでラディッシュ、サトウダイコン、まるごとのトウモロコシ、カボチャ、マッシュルーム、サヤインゲン、アスパラガス、ホウレンソウ、生と缶詰のトマト。さらに五キロやせた。体重は現在たったの四百十キロ。ドーガンはあわてている。ガビーのことを夢見ている。


ガッブ君は嬉しそうにほっと息をついた。「たぶんシリラさんは、今では七重顎が六重顎に減っちゃったんでしょうねえ！」そして彼は事務所に戻った。もうすぐあの愛しい人が見せ物小屋の契約から解放されるのだろうなあと思った。

翌日、ガッブ君は新しくおもしろい事件の調査を始めようとしたところ、ドアが開いた。

「ガッブ君、ちょっと廊下へ出てきてくれたまえ！」

ガッブ君は目を上げると、そこで目をぱちくりしてヒギンズ弁護士を見た。

「今は仕事中なんです」と、ガッブ君は言った。「今やっている仕事が切りのいいところまで来れば、次のに取りかかってもいいんですけどね。僕はきちんきちんとやっていきたいんですよ、ヒギンズさん。探偵が事件を捜査していて、ドアに『外出中・帰宅は深夜』という掲示が出ていたら、今は来客お断りという意味なんです」

「わかった、わかった」と、ヒギンズは早口で言った。「でもこれは仕事の依頼だ。君に本物の仕事をしてもらいたい」

「今、やっているのも本物の仕事なんですが」

「探偵の仕事だ。人捜しをしてくれ。もし見つけたら二百ドル払おう。今やっている仕事は何なんだ?」

「僕はある失踪者の行方を調査しています」と、ガッブ君はまじめに答えた。「現在その手がかりを分析中です」

ヒギンズは部屋のなかに入ってきた。ファイロ・ガッブ君が座っている手の込んだマホガニーのデスクのところまでやって来て、ガッブ君が使っている道具を観察した。

「なんだこりゃ?」と、彼は言った。

デスクのスライド式の台の上には、細々とした品物がたくさん置いてあり、さらに大型で強力な顕微鏡が置いてあった。その顕微鏡を使ってガッブ君が調べているのは、黄土色のウールの端切れのようだった。

「そんなウールの端切れから行方不明者を見つけられるものかね、ガッブ君?」と、ヒギンズ氏はあきれて言った。

「ええ、たぶん。実験室に無断侵入されても、僕の探偵能力は影響されませんからね」

「まあ、そう怒るなよ。ちょっと気になっただけだ。犬の毛のなかでノミを探しているみたいに見えたものだから」

ファイロ・ガッブ君は顔を上げた。実はついさっきこのウールのなかにノミを見つけたばかりだったのだ。そしてこのウールは本当に犬の毛だったのだ。つまりガッブ君が探しているのは一匹の犬だった。そしてガッブ君は……帰納的推理法を用いて……その犬の場所を突き止めようとしていた。顕微鏡の助けを借りて、ガッブ君は探偵にとっては重要な、わずかな手がかりを探していた。しかし残念ながらガッブ君は何も手がかりらしい手がかりを見つけていない。唯一見つけたノミの存在は、この犬は過去もしくは現在ノミにたかられたことがあるという結論を導き出しただけだった。

「依頼の内容はマスタードを探すことなんだ」

ガッブ探偵はいきなり椅子を回転させるとヒギンズ氏と向き合った。

「あの遺言状に関する仕事はもうお断りです！」

「私もその場に一緒にいたじゃないか！」と、ヒギンズは笑いながら、「オハラが遺言状を作って私の依頼人は権利を失ってしまったが、ずるい手段だった。ドブリン夫人も私の請求書を受け取ったら、同じように思うだろうな。まあとにかく、ガッブ君。君は曲がりなりにも探偵なのだから、仕事を依頼されたらそれを受けるべきだろう。君は証人としてあの遺言状にサインをした。そして肌と髪の毛が黄色いからからし色《マスタード》と呼ばれてるビルトンが、もう一人の証人だったろう？　我々が必要とする情報を君は知らない。しかしマスタードは知っている。だから君は同じ証人の一人として、やつを見つけるのが義務だと思わないかね。ただで頼むんじゃない。発見してくれたらちゃんと謝礼は払う」

「彼を捜索しただけで捜査費用を払ってもらうのは無理ですか？」

「マスタードをリバーバンクに連れてきてくれたら二百ドル払おう」

「今やっている行方不明の捜索の捜索はしばらく時間がかかると思います。でもたぶん、そちらの捜索にさける時間もあるとは思います」

「頼んだぞ！　君が世界一の探偵だとまでは言わないが、ガッブ君、君には運ってものがある。不思議なお守りでも持っているにちがいない」

「探偵の捜査というものは、一般の人からしてみれば、魔法のように見えるのはよくあることです」と、ガッブ君は重々しく言った。

「わかった、じゃあ、マスタードを発見したら二百ドルだ。さて、ちょっと廊下まで来てくれないか？」

　ガッブ君はしぶしぶ顕微鏡から離れた。彼はオハラの遺言状にはもう関わりたくなかったのだが、ヒギンズ氏の後についていった。

〈オペラ・ハウス・ブロック〉の二階は、廊下を挟んで両側に小さな事務所がたくさん並んでいた。そのうちの一つがもう長年ハッドン・オハラの事務所として使われていた。彼は商法の専門家で、さらにコレクションと冗談が大好きな男だった。そしてかなり金を貯め込んでいた。彼は自分以外の誰も破ることのできない契約を結ぶことができると言われていた。

戸外でも自宅でも、さらには事務所でも……特に難しい依頼を受けているとき以外は……オハラはいつも奇妙な笑みを浮かべていた。彼はいつもどこか楽しそうだった。通りを歩いているときでも、彼は突然通りがかりの人を呼び止めて、わけのわからない言葉を話しかけると笑い声をあげ、いったい何が起きたのかと頭をひねっている相手を後に残して去っていってしまうのだ。話しかけられた相手はその後興味を失って忘れてしまうのが常だった。ところが一週間後、一ヶ月後、いや一年後になってオハラは同じ人物を呼び止めて、その冗談のオチを言い、くすくす笑いながら急いでその場を去っていくのだ。彼はそういういたずらばかりしていた。頭が切れたので町全体にいたずらを仕掛けても誰にも気がつかれなかった。労せず金を儲けた。独身で趣味は本だった。そしてたぶん彼は幸せだった。しかし死んでしまった。死んで遺言が残された。

数年間オハラは、親を失った姪のドロシーと同居していた。彼女は十八歳だったのでゴシップの種にもなりかねなかったので、オハラは遅ればせながらマラーキー夫人という老婆を雇った。

オハラは姪に子犬をプレゼントし、さらに犬小屋を庭に作ってやった。その子犬には彼自身がワッフルズという名前をつけた。彼によると、その子犬を見た瞬間、ドリーのことを思い出したからだという。その子犬はちょうどドリーが焼いたワッフルと同じ色だったそうだ。そういうわけで彼はワッフルズを買って帰りドリーにプレゼントした。少女は犬を一目で好きになった。そして犬が成長して成犬になった頃に、オハラは死んだ。

彼の遺言状は事務所の金庫のなかで見つかった。オハラと事務所を共同で使用していたマキノン老判事が、オハラが死んだ翌日に遺言状を発見したのだ。白い所定の封筒に「遺言状　ハッドン・オハラ」

と書かれていた。判事は封筒を開けた……封はしていなかったのだ……そして遺言状を取り出した。その遺言状は印刷された書式に記入する形ではなく、オハラの直筆の遺言状だった。形式通りの書式で始まり、二つの遺産贈与先が指定されていた。まず第一は、「我が姪ドロシー・オハラに。彼女は犬のワッフルズを愛しているので、アイオワ州リバーバンク、ローカスト街三四二番地の我が所有地にある犬小屋を与える」。そして第二は、「次に、我が従姉妹アルデリア・ドブリンに、我が財産の残りすべてを与える」と書いてあった。

マキノン判事はこの二つの遺贈先を読んで渋い顔になった。アルデリア・ドブリンはみなから軽蔑されているスキャンダルまみれの女性だと知っていたからだ。ドリー・オハラに犬小屋だけ残し、全財産をアルデリア・ドブリンに与えるというのはオハラの冗談だったのかもしれないが、判事は気に入らなかった。そして最後の条項を読むと、彼を唯一の遺言執行人に任命してあった。オハラのサインもきちんと記入されていた。その遺言状の日付は一九一三年七月一日で証人はファイロ・ガッブとマックス・ビルトンだった。判事は証人を両方とも知っていた。ガッブは通信教育を受けただけで自分のことを探偵だと思い込んでいるちょっと変わった壁紙張り職人で、ビルトンは黄疸にかかった浮浪者で、みんなにはマスタードと呼ばれていた。この善良な老人はため息をつくとその遺言状を封筒に戻そうとした。するとそのとき、彼は遺言状の一番下に三文字書いてあるのに気がついた。「P・T・O」とある。「P・T・O」は、英語で「Please Turn Over（裏面参照）」という略語だった。判事は紙をひっくりかえした。

そのとたん彼はにっこりした。そしてまたむっつりした。さらににやりとした。最後に彼は頭を振った。

その紙の裏には表と同じ内容の遺言状が書いてあった。一言一句同じだった。一行一行、点や丸までも二つの遺言状は紙の裏表でまったく同じだったが、一つの単語だけが異なっていた。今、判事が読んでいる遺言状では、アルデリア・ドブリンという名前がサラ・P・キンゼイという名前に置き換わっていたのだ。日付は一緒だった。証人も一緒だった。二つの遺言状が出現した。同じ紙の裏表に書かれた、同じ日付、同じサイン、同じ証人の遺言状。オハラは最後の最後までいたずらを仕掛けてきたのだった。

「冗談にもほどがある！」と、マキノン判事は叫んだ。「オハラはなんてことをしてくれたんだ！」

この前代未聞の遺言状のおかげでハッドン・オハラの遺産をめぐって訴訟になるのは目に見えていた。判事はサラ・P・キンゼイのこともアルデリア・ドブリン同様よく知っていた。彼女もけちで気むずかしい人間だった。

「いくら冗談でもやっていいことと悪いことがあるぞ、オハラ！」と、判事は言った。

関係者に告知しないわけにはいかなかった。彼はまずドリー・オハラに会いに行き、なるべく優しく遺言状の内容を説明した。彼女は最初は小さな悲鳴をあげたもの、元気ににっこりほほえんだ。

「ご心配いただかなくても大丈夫です、マキノン判事」と、彼女は言った。「私は……もちろんハッドンおじさんが財産をどうするかなんて考えたこともありません。それに……前にも犬小屋について冗談を言っていたことがあるんです。おじはいつも私に、遺言状で犬小屋を残してやると言っていました。ハッドンおじさんは冗談が大好きでしたから、マキノン判事」

「それにしてもひどすぎる！」と、マキノン判事は怒りながら言った。

アルデリア・ドブリンとサラ・P・キンゼイの受け止め方はまったくちがっていた。ドブリン夫人はマキノン判事が家から出るのを待ちきれず、急いでヒギンズ弁護士に会いにいった。そしてキンゼイ夫人は判事が帰り支度をするのも待ちきれず、まだ彼がいるというのに帽子をかぶり、バーチ弁護士のところへと急いでいった。

十時間後にはオハラの遺言状の話題でリバーバンクは持ちきりとなった。この謎を解決する手がかりはどこかに隠されているにちがいない。なにしろハッドン・オハラが念入りに仕掛けたいたずらなのだから、その手がかりはよく練られて上手く隠してあるのだろう。常識的に考えればオハラが二つの遺言状を同時に書くことはできないのだから、一方を書いたあとに紙をひっくりかえし、もう一方を裏に書いたはずである。問題なのはそのどちらを後に書いたか、なのだ。

ヒギンズ弁護士、バーチ弁護士そしてマキノン判事は、その紙の両側を顕微鏡で詳しく調べた。同じインキがどちら側でも使われていた。オハラの筆跡はどちらも同じだった。この書類のように、裏にも表にもびっしり手書きで書くと、手がくたびれて筆跡が雑になることがあるが、この場合はそういう気配も見られなかった。一流の筆跡鑑定家であっても、どちら側がハッドン・オハラの一番新しい遺言状か、見分けることはできなかった。どちらが後でもおかしくなかった。

ヒギンズとバーチはあらゆる角度から調べ尽くした。この遺言状が書かれた紙の裏表は微に入り細に入り調べられたのである。

それぞれの遺言状には同じ二人の証人がサインしていた。すなわちファイロ・ガップ君とマックス・ビルトンである。ファイロ・ガップ君に遺言状にサインしたときの状況を聞けば問題は解決するはずだ。

マキノン判事は廊下を渡ってガッブ君を事務所に呼び寄せた。

「ええ、判事さん」と、ガッブ君は言った。「僕は亡くなったオハラさんに言われた通り、二回、その書類にサインしました。僕の探偵事務所にやって来て、ちょっと来て手伝ってくれないかと言われたものですから。そうです。それは僕のサインです。それからそっちも僕のサインだと思います」

「彼は何か言っていたかね、ガッブ君？」

「こう言っていました。『ガッブ君、これが僕の最新の遺言状だ。ここに証人としてサインしてくれたまえ』。そして彼は僕の前にこの書類を出してきました。『どこにサインすればいいんですか？』と、僕は言いました。『ここ、ちょうどビルトン君の名前の下のところだ』と、彼は言いました。そこで僕は言われた通りにサインをしました」

「なるほど。そしてオハラ君は吸い取り紙で余計なインキを吸い取ったかね？」

「そうしました」

「それから？」

「そしたらオハラさんは書類をひっくりかえして、『さあ、これにもサインしてくれ』と言いました。で、僕はサインしました」

「またビルトン君の名前の下にかね？」

「いいえ、ちがいます。下じゃありません。下も何も、何も書かれていませんでしたから。ビルトンさんはまだそちら側にサインしていませんでした」

　その場のみなはそれを聞いてびっくりした。

「ビルトンがそちら側にはまだサインしていなかった」と、ヒギンズ氏は言った。「どちら側にサインをしていなかったんだ?」

「彼がサインしたほうの反対側です」と、ガッブ君は言った。

「どちら側にサインをしていなかったかわからないのかね?」と、ヒギンズ氏は言いつのった。「ドブリン夫人の名前が書いてある側か、それともキンゼイ夫人の名前が書いてある側か、どちらなんだ?」

ガッブ君は書類を手に取り慎重に観察した。何度も何度もひっくりかえした。

「わかりません」と、彼はぼそりと言った。

「つまり」と、バーチ氏は言った。「君は片側にはビルトン君がサインする前にサインし、反対側にはビルトン君がサインしたあとにサインしたということだね。しかし君はどちらがどちらかなのか区別がつかない、と?」

「はい、すみません、わかりません」

「すると」と、マキノン判事はにっこり笑って「君は両方の遺言状に証人としてサインをしたということは誓えるが、どちらが新しいのかはわからないというんだね、ガッブ君」

「その通りです!」と、ガッブ君は身を乗り出した。

「ちょっと待ってくれ」と、バーチ氏は言った。「ビルトンのサインは、片方は『M・ビルトン』となっていて、もう片方は『マックス・ビルトン』になっている。君がサインしたとき、どちらのサインだったか覚えていないか?」

「バーチさん」と、ガッブ君は言った。「マスタード・ビルトンみたいなどうでもいいやつが、自分の名前をどう書いてるかなんて、Ｍだってマックスだってメソセラだって何でもいいですよ。わかりません」

「今、マスタード・ビルトンはどこにいるか知っているかね？」と、マキノン判事はきいた。

「知りません」と、ガップ君は答えた。

三人の法律家は少し相談をし、再び判事はガップ君のほうを向いた。

「オハラ君はこの遺言状に君がサインするとき、何か言っていなかったかな？」

「『ありがとう』って。『ありがとう、シャーロック・ホームズ君』と、言ってくれました」

ヒギンズとバーチは笑った。さらに判事までもがにっこりした。そしてガップ君に戻ってよろしいと言った。

カップ君が遺言状のサインの確認のために呼ばれてから一時間かそこらした後、ドアをそっと叩く音が聞こえて、彼は読んでいた〈日の出探偵事務所〉の探偵養成通信教育講座の第四回講座の冊子から目を上げた。

「お入りください」と、彼は言った。するとドアが開き、若い女性が入ってきた。彼女はかわいらしい顔をしたけっこう魅力的な女の子だった。そして彼女がヴェールを持ち上げると目が真っ赤で、彼女が泣いていることにガップ君は気がついた。ガップ君はあわてて立ち上がった。

「どうぞお座りください、お嬢さん」と、彼はていねいに言った。「今日はどういうご用命でしょうか？」

「ファイロ・ガップさんでいらっしゃいますか？」と、彼女は座りながら尋ねた。

「はい、壁紙張りと探偵を専門にしております」

「犬、わたしの犬のことなんです。迷子になったかそれともさらわれたか……」

感情が高ぶって声を詰まらせた。

「探偵さんに犬を探すように頼むなんて、馬鹿にされても仕方がないんですけれど」と、彼女は言いながら無理に笑顔をつくろうとした。「でも……」

「探偵業において馬鹿げたことなんてありません」と、ガッブ君は優しく言った。

「ハッドンおじさんは私に、探偵さんに何か頼むときは、あなたのところに行きなさいと言っていましたから」と、若い女性は続けた。「おじをご存じでしょう、ガッブさん?」

「光栄なことに名前を覚えてもらっております。お知り合いになれたんですよ」

「私はドリー・オハラといいます！　姪なんです」

「はじめまして、どうぞお見知りおきを」と、ガッブ君は言って、重々しい調子で握手をした。

「おじは犬をくれましたの、まだ子犬のときに。そしてワッフルズという名前をつけてくれました。私はおじよりも犬のほうが好きなんじゃないかって冗談を言っていました。おじはよく……」

オハラ嬢は涙をぬぐった。しばらく言葉にならなかった。

「おじはよく言っていたんですけど」と、彼女は言葉を続けた。「おじが死んでも私は悲しまないだろうけれども、ワッフルズが死んだら私は悲しくて死んでしまうだろうって。そんなわけはありません。でもワッフルズがいなくなってしまって、本当に悲しいんです。あの子はおじの唯一の思い出だったんです。だから……あの子を探しに……ここに来たんです！」

「よろこんで犬を探すお手伝いをいたしましょう」

「まあ、本当に？」と、オハラ嬢は叫んだ。「嬉しい！　本物の探偵さんは犬探しなんかしてくれないんじゃないかって心配していたんです。もちろん費用はお支払いします……」

「でしたら、もっとも軽微な犯罪における捜査費用と同額で結構ですよ」

「そんなのだめですわ！」と、オハラ嬢は言いはった。「おじは言っていたんです。『犬がいなくなったら、ドリー、ガッブ探偵に頼め。わかったか？　彼は名探偵だ。徹底的に捜査をする。必ず犬を見つけてくれる。彼だったら犬小屋の屋根の下に首を突っ込んでノミを見つけ、ノミを見つけたらそれに合う茶色の犬も捕まえてくれる。覚えておけよ』って。『犬がいなくなったらガッブに頼め』と」

「これ以上のお褒めの言葉はありません」

「どうかワッフルズを見つけてください。犬を探すのがあなたの評判に関わらないのでしたら。ワッフルズの捜索費用はおいくらですか、ガッブさん？」

「五ドルもいただければ……」と、ガッブ君は迷いながら言った。

「もちろんですわ！」と、オハラ嬢は大きな声を出した。「もっとお高いかと思っていましたのに」

「それで十分ですよ。ところで、その犬がいなくなったときは何歳でしたか？」

ファイロ・ガッブ君はその犬の経歴を徹底的に洗いだした。オハラ嬢はワッフルズがかわいらしい格好をしている写真を二枚も持ってきてくれていた。さらに彼女が帰るときに、ガッブ君は同行してワッフルズのいた家まで行った。ヒギンズ氏が彼を廊下に呼び出して二百ドル払うからマスタード・ビルトンを探してくれと言ったときに、ガッブ君が顕微鏡でのぞき込んでいた証拠というのが、そのときに採取したものだったのだ。というわけでガップ君は廊下を横切っていった。

「ガップ君だ」と、マキノン判事は探偵をキンゼイ夫人とドブリン夫人に紹介すると、「君が二つの遺言書にサインをしたとき、この事務所にはマスタード・ビルトンはいたかね？」と、きいた。

「いいえ、判事さん。本人はいませんでした。どこかに行っていました」

「さて奥様方」と、判事は言った。「マスタードを発見するまで我々にできることはありません。オハラ氏の最新の遺言状がどちらなのか、検認しないわけにはいきません。この遺言状を法廷に持ち出せば、どちらかが古い遺言状であると認定され、もう片方が最新の遺言状として認定されます。しかしそんな事態を避けたいのです。もし財産を平等に分割することに同意されるのなら……」

「嫌よ！」と、ご婦人方は二人とも声をそろえて言った。

「マスタードを見つけないわけにはいかないな」と、判事は言った。

ガップ君は廊下に出ると、バーチ弁護士が後をついてきた。

「ガップ君、ちょっと話があるんだが！　僕からの依頼としてマスタードを見つけてくれないかね。そう、内密に見つけてもらいたい。マスタードをマキノン判事の事務所に連れてくれれば二百ドル渡そう！いいね！」

ガップ探偵は事務所に戻り、迷い犬の手がかりの分析に戻った。一つまた一つと顕微鏡で調べていった。彼はシャーロック・ホームズの五段階帰納推理法を試していた。奇妙でへんてこで、普通の探偵小説にはないような論理を使っても、彼は何の成果もあげられなかった。犬の毛のなかのノミを見ても、犬の行方はわからなかった。結局は無駄な手がかりだったのだ。ガップ君はそれらを空の封筒にかきあつめ、封をし、帽子をかぶって外出した。

階段でマキノン判事に出会った。

「オハラがまたいたずらを仕掛けたとすると……いや、やらんわけがないか」と、判事はにやりとして言った。「わしの部屋におればよかったのに。大げんかだったぞ。女二人でひっかいたり嚙みついたり大騒ぎだ。どうしてオハラが連中を困らせたがったのかわからんが、あの二人にどんな恨みがあったとしても、もう十分仕返しはしてやったはずだ」

「それに犬も行方不明なんです」と、ガッブ君は言った。「今はその犬の行方を追っているところです」

「あのお嬢さんのペットが見つかるとよいな」と、判事は言って、反対の方向へと行ってしまった。

ガッブ君は故ハッドン・オハラの家へと行った。家の裏口まで煉瓦の歩道に沿って歩いた。この場所はもうおなじみだったのだ。

その犬小屋は、台所の勝手口の向こう側にあり、つい最近ペンキを塗ったばかりだった。高さはおよそ九十センチ、長さは一メートル二十センチ、尖った屋根がついていた。入り口はアーチ状の穴で、その片側に鎖を固定するU字型の金具が取り付けてあった。犬小屋の正面の芝生は枯れて、固い地面がむき出しになっていた。探偵は犬小屋のところまでやって来ると、その周りをぐるぐると歩き回り、じっと観察した。

帰納法では失敗した……ガッブ君はいつも失敗するのだ……そこで彼は直接新たな証拠を見つけて、それを追跡しようとしていたのだ。ガッブ君は四つん這いになって犬小屋周辺を這い回り、芝生のなかに隠れた証拠を探した。彼は犬小屋の正面に来たところで、動きを止めた。

「まるで犬みたいだねえ。今度は骨を欲しがって鳴くんじゃないだろうねえ」と、マラーキー夫人が突然勝手口から声をかけた。

　ガッブ君は振り返り、むっとして彼女を見つめた。

「探偵の捜査というものは、みなさんからしてみれば奇妙かもしれませんね」と、彼は威張って言った。「わかってもらおうとも思いませんが」

「おやおや！」と、マラーキー夫人は叫んだ。「犬小屋にこんなに夢中になるとはねえ？　四つん這いになって、犬がいないと探し回るやつが探偵なのかい！　勝手にするがいいよ！　今度は小屋のなかに入るんじゃないだろうね！」

「勝手にやらせてもらいますよ」とガッブ君は言い、その通りにした。

　犬小屋の内側というか、彼が入ることのできるいっぱいいっぱいのところで、ガッブ君はマッチを擦って小屋の床を調べた。そこには藁が敷いてあった。しかし手がかりと思われるようなものは何もなく、犬泥棒は手袋を忘れていったりはしていなかった。ガッブ君は後ずさりしはじめた。ずり下がっていくと、頭に松板よりも柔らかい何かが触れた。彼は長い首をのばして見上げた。犬小屋の屋根の内側に長い封筒がとめてあった。ガッブ君は手を伸ばしてそれを取ってから外に出た。犬小屋の前の地面に座ってその封筒を調べた。

　封筒には封がしてあったが、その表にはこう書いてあった。

　　ワッフルズが家に戻ってきてから、マキノン判事に渡すこと。ワッフルズは有料道路から北へ行った、橋の入り口、イリノイ州側の川岸にある古い家畜小屋で見つかるだろう。

手がかりだ！　マラーキー夫人の馬鹿にするような笑いを後にして、ファイロ・ガップ君は飛び上がると、長い足を活かして大急ぎで長い橋のイリノイ州側へ向かった。古い家畜小屋に到着すると、そこにはマスタード・ビルトンがドアのところに座ってのんきにコーンパイプをふかしていた。

「犬を取りに来たんだろ？」と、マスタードはのんきに言った。「そろそろ来る頃だろうと思っていたよ。でも二日も待ったけどな」

「待っていたって？」と、ガップ君は言った。「この事件を引き受けたのはまだ……」

「ハッドン・オハラはあんたが俺のところに来るまでにはしばらくかかると言ってたよ」と、マスタードはけろっとして言った。「俺が遺言状にサインしたときのことだ。『俺が死んでから一日かそこらたったらな、マスタード、ワッフルズを盗み出してくれ』と、言われた。それから『犬を盗んだらイリノイ州側にある家畜小屋に行っててくれ。そしてガップが来るまで面倒をみてくれないか。たぶん一日くらいかかるだろう。ドリーにはガップに相談するようちゃんと言ってある。ガップがおまえにたどりつくようにな、俺が仕込んでおいた手がかりを見つけるまでは、一日か二日かかるだろう。でもまちがいなくやって来る。ガップはたいしたやつだから』と、オハラは言っていた。『それにまちがいは犯さない。缶詰からサーディンを盗み出したやつがいたら、ガップはそいつを探し回る前にまず空になった缶のなかを確かめる男だ。じっと座ってガップがやって来るのを待っていればいい。必ずやつはやって来る』ってな」

「今もワッフルズはここにいるのかい？」

「ほら、あそこ」と、マスタードは肩越しに指さした。「おい、いったい今度はオハラのやつ、どんないたずらをしたんだい？」

「僕と一緒にマキノン判事の事務所に来てくれ。君のためにもなるし、それに二十ドルあげよう。犬を連れてきてくれないか」

ガッブ君はヒギンズ氏とバーチ氏からそれぞれ二百ドルずつ集金して回っているあいだ、マスタードとワッフルズを自分の事務所に待たせておいた。そしてマスタード・ビルトンを彼らに引き合わせた。

「君はオハラの二通の遺言書にサインしたね」と、バーチ氏は、マキノン判事の事務所に全員が集まってから質問した。「どちらを後にサインしたのか覚えているかね？」

「もちろんですぜ」と、マスタードは言った。

バーチ氏は彼に裏と表に書かれた遺言状を手渡した。

「どちらが新しいんだ？」と、バーチ氏は熱心にきいた。

マスタードはその書類を受け取って眺めた。キンゼイ夫人の名があるほうが表を向いていた。

「こっちじゃない」と、彼ははっきり言った。

「そうか！」と、ヒギンズ弁護士は叫び、紙を裏返しにした。「するとこちら側を後にサインしたんだね！」

「いいや」と、マスタードはドブリン夫人側を見ても言った。「俺は同じときに両側にサインしやしたが、あれは月の一日でした。俺がサインした一番新しいやつは、その月の二日にしたもんだ」

「そうか、わかったぞ！」と、マキノン判事は、ファイロ・ガッブ君から受け取った封筒から取り出した書類を見ながら言った。「これのことだろう……」

遺言状……私が亡くなったあとはすべての財産を姪のドロシー・オハラに贈る……あの子がこの冗談を笑って済ませることを願いつつ。ハッドン・オハラ

「このことだろう、ビルトン？」

「そうです」と、マスタードは、ドリー・オハラにハッドン・オハラの全財産が譲られるという書類を見ながら言った。「これです。これが俺がサインした一番新しい遺言状です。俺とサム・フリッギスじいさんがここにサインしました。オハラが俺に犬を盗むように言ったのと同じ日ですぜ。じゃ、俺は犬を返してきたいと思いますんで、失礼しますよ、みなさん。ハッドンじいさんは最後まで冗談を言ってやがったんだなあ」

「ガッブ君」と、マキノン判事は突然言った。「職業上の秘密かもしれないが、この書類をいったいどうやって発見したのか教えてくれないか？」

「探偵の業務をしているときでしたよ」と、ガッブ探偵は言った。「第六回講座、三十二ページに書いてある通りに」

名なしのにょろにょろ

The Anonymous Wiggle

壁紙張り探偵ファイロ・ガッブ君の探偵としての歩みを読んでいるみなさんは、リバーバンクでは犯罪者が通りを闊歩し、悪がはびこっているような印象を持たれるかもしれないが、それは単なる誤解である。彼が名なしのにょろにょろ事件にとりかかるまでは何週間も、かつてのように壁紙張りと室内装飾という副業にいそしまなくてはいけなかった。

ワッフルズとマスタード失踪事件を解決してかせいだ四百ドルは、メッダーブルック氏に払った。さらにメッダーブルック氏に五ドルを支払って、シリラからの電報をもらった。この電報にはガッブ君もおおいに満足した。これで彼女と一緒になれる日が近づいた。あのかわいい人は減量のために必死に戦っている。そこには……

やせるにはがんばるのみ。すべての飲み物を我慢中。水、牛乳、ココア、コカ・コーラ、ビール、シャンペン、バターミルク、サイダー、ソーダ水、ルート・ビア〔アメリカで飲まれるハーブ入り炭酸飲料〕、茶、クミス〔馬乳を醗酵させた飲料〕、コーヒー、ジンジャーエール、ベヴォ〔禁酒法時代に人気があったノンアルコール飲料〕、ブロンクス・カクテル〔ジン、ベルモット、オレンジジュースから作るカクテルの一種〕、ブドウジュース、アブサン・フラッペ〔アブサンとアニゼットと氷で作るカクテル〕も我慢中。体重は四百五キロ。ガビーへシリラより愛を込めて。

リバーバンクは事件があまり起きない町だったので、ガッブ君は、ペチュニア・スクロッグズ嬢が〈オペラ・ハウス・ブロック〉にある彼の事務所にやって来て、「ガッブさん？　探偵のファイロ・ガッブさんね？　ええと、私はペチュニア・スクロッグズと申します。捜査を依頼したくてご相談にきました」と言ったときには大喜びだった。

「ぜひ喜んで」と、ガッブ君は言い、彼女に椅子を勧めた。「探偵としてどんな調査でも喜んで見事にやってのけましょう。現在のところ、十一番街のホートン夫人の台所の壁紙を張る仕事がありますが、そんなに時間はかからないはずです。なにしろ費用を節約するために、今の壁紙の上から張ってくれと言われていますから」

「人それぞれですわね」と、スクロッグズ嬢はにっこり笑った。「私だったら、きれいにはがしてから張っていただきたいわ」

「そのほうがいいと思います」

「ところで、今日はホートン夫人が台所にどうやって壁紙を張りたいかということをお話しするためにうかがったわけではありません。探偵のお仕事は、日当ですの、それとも事件一件あたりいくら、で？」

「僕の場合はさまざまです。ご都合のいいほうでどうぞ」

「じゃあ事件あたりの料金でお願いします。お値段があまり高すぎなければですけど。ところで、まず最初に言っておきますけれど、私は結婚したことがありません。まだ独身なんです」

「はい、なるほど」と、ガッブ君は言いながら、紙にその旨を記録した。

「でも結婚する機会がなかったわけじゃありませんの」と、スクロッグズ嬢はあわてて付け加えた。「私はいつも自分に言い聞かせているんです。『心の平安よ、ペチュニア、心の平安！』と」

「なるほど。僕も独り者ですから」

「あら、そんなふうに言ってはいけないわ」と、ペチュニア嬢は静かに言った。「恥じることはないんですもの」

「ええと、捜査の話に戻りましょうか……」

「ずっと私は心の平安のために独身を通してきました。でも名なしのにょろにょろからずっと手紙を送りつけられたら、もう心の平安を保つことはできません」

「そう名乗る誰かが、あなたに黒手組［セルビア民族主義の秘密結社。またアメリカでも同名の犯罪組織も存在した］のような脅迫状を送ってきたということですか」と、ガッブ君は熱を込めてきいた。

「仮名かどうかわかりませんけど、その男だか女だかわからない誰かを、私はそう呼んでいるんです。蛇と呼んでやったほうがいいかもしれません」と、彼女は付け加えた。「でもイトミミズのほうがいいかしら。これなんです」と、彼女は言いながら、黒いハンドバッグを開けた。「これが手紙第一号です。読んでください」

ガッブ君はその封筒を受け取り、住所を見た。明らかに文字を傾けて書いて筆跡をごまかしてあり、リバーバンク郵便局で投函されていた。

「ふむ！ 〈日の出探偵事務所〉の探偵養成通信教育講座の第九回講座には、脅迫状や下品な手紙の事件を解決するための原則が書かれていたっけ。さて、これは脅迫状ですか、それとも下品な手紙ですか？」

「脅迫と言えるかもしれないし、言えないかもしれません。脅してはいるんですが、こんな脅し方は今まで見たことがありません。下品な手紙だとしても、こんな言葉を使って表現するのはきいたことがありません。どうぞ読んでみてください」

ファイロ・ガッブ君は封筒から手紙を取り出して読んだ。以下のような内容だった。


ペチュニア……

どの本でもいいから十四ページを開き、ページの最初の一文を読め。言われた通りにせよ。


サインはなく、そのかわりににょろにょろした線がペンで書かれていた。ミミズに似ていないと言えなくはない。

ファイロ・ガッブ君は顔をしかめた。「この手紙の書き手の言いたいことは、よくわかりませんね。十四ページの最初に書いてあることは、本によってちがいますよね」

「そうなんです！」と、スクロッグズ嬢は言った。「そう思うでしょう。私もそう思いながら本を開いてみました。本棚に行って聖書を手に取り、十四ページを開きました」

「作家だってあなたと同じに思うに決まっていますよ」

「作家がどう思うかは知りませんけど。聖書を開いて十四ページを見たんですが、十四ページがなかったんです。十四ページ目は『翻訳者から読者への前書き』の一部だったから、落丁していても今まで不便に思ったことがなかったんだろう、と思いました。そこで別の本を手に取りました。エマーソンの随筆集の第二巻です」

「なんて書いてありました？」と、ファイロ・ガッブ君はきいた。

「何も。読めなかったんです。十四ページは本から抜け落ちていました。私は自分の本全部を確かめてみました。すると全部の本で十四ページが落丁していたんです。でも一冊だけ十四ページが残っている本がありました」

「そこにはなんて書いてありました？」と、ガッブ君は質問した。

「そこには、『一クオートの小麦粉にカップ一杯の水を加え、よくかき混ぜ、卵二つ分の卵白を泡立てて加えること』と書いてありました」

「その通りやってみましたか？」

「ええ、やってみても害はないと思いまして。何が起こるか興味もありましたから、やってみました」

「で、どうなりました？」

「何も。二日もすると水分がなくなって生地はぱさぱさになり、かびてしまいました。ですから捨てました」

「でしょうね！　かびをもらったことにはなりますけど、でもこれでは脅迫とは言えませんねえ」

「その通りです。そして、この手紙第二号を受け取ったのです」

彼女は二通目の手紙をガップ君に渡した。そこにはこう書いてあった。


P・スクロッグズ……

オッソリー教区の歴史や文化をいくら調べても、スクロッグズという名前の人物は一〇八五年以来今日にいたるまで、一人として存在しない。


最初の手紙と同じように、にょろにょろしたサインが記されていた。ガップ君は慎重に調べた。

「脅迫とは思えませんね」

「スクロッグズ一族が住んでいなかった場所にスクロッグズが存在しないと言っているのが、私を馬鹿にしているんですわ。さあ、これがその次の手紙です」

ガップ君はそれを読んだ。こう書いてあった。

ペチュニア嬢……
明日の天気：気圧の降下に従って気温は上昇、その後強い雨。その後北部中央の州と北ミズーリでは低温が予想される。

「下品な内容とは言えませんね」

「そうかもしれません。でも天気が悪くなりそうだと脅しているのは確かですよね。これを脅迫状だとは言いませんけど。でもその次にこの手紙を受け取りました」

彼女は四通目の手紙をガッブ君に渡した。読んでみるとこうあった。


ペチュニア・スクロッグズ……

メイン州の近海でシャケが豊漁。「パーマチーン・ベル」は最高の毛針だ。


ガッブ君はこの手紙を読んで頭を振った。そしてそれまで読んだ手紙の山に重ねた。これにも同じようににょろにょろのサインが書かれていた。

「探偵として申し上げれば、これらの手紙のどれ一つとして、差し出し人を法律違反で逮捕できる内容ではありません。他もこんな調子なんですか？」

「私を殺してやると言って脅したことはありません。さあ、残りはこれです！」

ガッブ君は残りの手紙を受け取って読んだ。一ダースほどあった。四十五歳の独身女性にあてた手紙としては、危険を感じさせるようなものは一つもなかった。その一部を採録してみると、

ペチュニア……

ひきつけを起こした猫は厄介な生き物で、人間を襲うこともあるということはあまり知られていない。ひきつけの原因は……贅沢すぎるえさが原因だ。ひきつけを起こさないようにするには……

質素なえさにすべきだ。

スクロッグズ嬢……

土壌が酸性になってきたら、たっぷり石灰をまいてよく耕せば効き目がある。入手が簡単な大理石くずでもよい。

ペチュニア嬢……

スウェーデン鋼は延性に優れているので、室内装飾用の鋲の製造に使われる。

「みんな大して意味はないようですね」と、ガップ君はすべてを読み終わってから言った。「事件のにおいを感じません。もし僕がこんな手紙を受け取っても、気にしません。ほっておきます」

「そうかもしれませんけど」と、ペチュニア嬢は言った。「それはあなたが男性だからですわ。大きくて力があって勇気があるから。でも女性の一人暮らしで、他人から狙われるぐらいの貯えがあったとしたら、こんな手紙を見ず知らずの他人から受け取ったらおびえるのも無理はないでしょう。この名なしのにょろにょろからの手紙を受け取るたびに、私はどんどん心配がつのっていきますの。もし『五千ドルをよこせ。さもないと命を奪うぞ』という手紙を送ってくるのだったら、彼らの意図もわかります。でも『スウェーデン鋼は室内装飾用の鋲に使われる』なんていう手紙が来たら、私は途方に暮れるばかりです」

「ご心配になるのはわかります」と、ガッブ君は同情するように言った。「僕にどうしてほしいというのでしょう？」

「この手紙を誰が書いているのか突きとめてください」

ガッブ君は手紙の山を見つめた。

「大変な仕事になりそうですね。この手紙のなかに潜んでいる暗号文を解読する必要があると思います。費用が百ドルはかかります」

「けっこうです。お支払いしましょう。私は金持ちではありませんが、多少でしたら預金もあります。自分の家もありますし、農場を貸してもいます。父は私に現金と一万ドル相当の不動産を残してくれて、無駄遣いはしていません。だからそれでけっこうです」

「わかりました。ではまずご近所さんにどんな方がいるか教えてくれませんか」

「近所の人ですって！」

「両隣です。それからお宅に一番よく来る人はどなたですか？」

「申し上げますわ！　どういうおつもりかはわかりませんが、片側にはどなたも住んでいません。反対側はカンタビー夫人のお宅です。彼女がうちには一番よくいらっしゃいますわ」

「カンタビー夫人とは僕も知り合いです。先週そちらで壁紙を張ったばかりですから」

「そうでしたの？」と、スクロッグズ嬢は穏やかに言った。「彼女は本当にいい方ですわね」

「ちゃんと確かめるまでは僕は捜査に関する意見は差し控えます。一見したところいい方のようには思えますけれど。彼女にも他の誰にも無用な猜疑心は抱かないでください、スクロッグズさん。ほとんど唯一の手がかりと言っていいものは、一番最初に受け取った手紙なのです。それによると十四ページを見よと書いてあり、あなたのすべての本の十四ページは切り取られていた……」

「料理本を例外にして」と、スクロッグズ嬢は言った。

「普通、料理本は、一般的な書籍の範疇には入りませんからね。つまり、この手紙を書いた誰かが、なんらかの理由で前もってお宅の本すべてから十四ページを切り取ったにちがいない、という結論に至るわけです」

「まあ、その通りだわ！」と、スクロッグズ嬢は叫んで、拍手した。「なんて頭がいいのかしら！」

「探偵業をしていると、探偵用の頭脳が発達するのです」と、ガップ君は控えめに言った。「カンタビー夫人を疑いたくはありませんが、手紙第一号からは彼女がまず候補にあげられます」

「ああ、そうね！　まあ！　そんなことは考えてもみなかったわ！」と、ペチュニア嬢は感心したように言った。

「我々探偵は考えるのが商売です」と、ガップ君は言った。「そして得られた結論は、あなたをからかうために、カンタビー夫人はあなたの本からページを切り取ったのです。彼女は『ペチュニアさんは十四ページがどこにもないのに気がついたら、いったいどうするかしら？　外に飛び出して本を借りに来るかもしれないわ』と、考えたのでしょう。さて、もしあなたが誰かから急いで本を借りるとしたら、いったい誰のところに行きます？」

「カンタビー夫人の家よ！」と、ペチュニア嬢は叫んだ。

「その通り！　あなたは家から急いでやって来て、『カンタビーさん、本を貸してください！』と言うはずでした。そして彼女は一冊の本を手渡し、あなたが十四ページの最初の文章を読もうとしたとき、そこには何と書いてあるのでしょうか？」

「何て書いてあるんです？」と、スクロッグズ嬢は息をのんできいた。

「おそらくそこには彼女があなたに読ませたいことが書いてあるんでしょう」と、ガッブ君は勝ち誇ったようにして言った。「では、それは何か？　もし僕が彼女の立場で手紙を書いたのだったら、遠回しに脅すような内容で、もうすぐ死んでしまうぞ、なんていうことかもしれません。それともすべてが冗談だとわかるようなばかばかしい言葉を書いたかもしれません。もしかしたら天気とか画鋲とか猫とか石灰とかシャケとか、そういったことを書いてあなたを煙に巻いたかもしれませんね」と、ガッブ君は言って、にっこり笑い、「それとも新聞の一節を書き写しただけかもしれません」

「まあ、なんてすばらしいんでしょう！」と、ペチュニア嬢は叫んだ。

「我々探偵は、〈日の出探偵事務所〉の探偵養成通信教育講座でこういうことを真夜中まで勉強するのです。で、僕の理論が正しければ、お宅に帰ってやるべきことは、カンタビー夫人のところへ押しかけていって本を借り、十四ページを見ることとです」

「そしてここに戻ってきて、何が書いてあったかを報告するんですね？」

「その通りです！」

ペチュニア嬢はにこにこ笑いながら立ち上がり、ガッブ君はドアを開けてやった。彼は嬉しくてたまらなかった。これまでのキャリアでうまくいったことがなかった帰納法の推理が、はじめて成功したのだ。彼は自分で自分に満足していた。彼の哀愁に満ちた目はペチュニア嬢にそそがれていた。そして彼はこの気の毒な女性が事件の相談に来てくれたことで満足感を覚えていた。スクロッグズ嬢が羽毛の襟巻やら日傘やら黒いハンドバッグやらをかき集めているのを待ちながら、彼は弱者に対する強者の危険なまでの哀れみを感じていた。

ペチュニア嬢はかわいらしい仕草で手を差し出した。彼女は四十五歳になっていたが、その年のわりには子猫のような感じがした。態度はまるで女の子のようで、しかも若ぶった帽子の下から長い茶色のカールした髪の毛が揺れているのがさらにそう見せていた。彼女はガッブ君と握手をすると、半分スキップ、半分きどって歩いて事務所から出ていった。

「すばらしい人だな」と、ガッブ君は独り言を言った。そして彼は顕微鏡へと向き直り、手紙のインクを調べはじめた。次の仕事はこれと同じインクと便せんを発見することだ。カンタビー夫人の家にあるのはまちがいないと確信していた。そのインクは粒子が粗く、あるところでは明るい青であり、また別のところでは深くて鮮やかな青だった。この「インキ」はランドリー・ブルー［現在の漂白剤が発明される以前、木綿の服の黄ばみには、わずかに青い染料を加えることで見た目の白さを増すという方法がとられた。そのとき使われる固形染料のこと］でできているのはまちがいないと判断した。紙はただのノート用紙だった。光沢のある表面に青い罫線が引かれ、上の左の隅には三枚の羽の下にに「エクセレント」という言葉があるメーカーの印がついていた。封筒はこの便せんを入れるのにちょうどいいサイズだった。化粧石けんとチューインガムの匂いがしっかりついていた。

「デューセンベリーだ！」とガッブ君は言い、にっこり笑った。

ホッド・デューセンベリーは、カンタビー夫人の家の近くで小さな商店を営んでいた。カンタビー夫人の容疑はさらに深まった。そしてガッブ君は帽子をかぶるとホッド・デューセンベリーの店へと向かった。デューセンベリー氏はカウンターの後ろに座っていた。

「インキを一瓶欲しいんですけど」と、ガッブ君は言った。

「またか！」と、デューセンベリー氏はぶつぶつ言った。「たった二ヶ月でインキが三瓶目だ。もっとインキを仕入れておこうと思っていたのに忘れちまってた。スクロッグズがインキを注文したときに言ったのに……」

「で、カンタビー夫人がインキを注文したときに、なんて言ったんですか？」と、ガッブ君はきいた。

「カンタビー夫人？」と、ホッド・デューセンベリーは言った。「おいおい、何を言っているんだ。今日は冗談を言うような気分じゃないんだ。おもしろくも何ともないぞ」

「別におもしろいことを言おうとしたわけじゃないんです」と、ガッブ探偵はまじめな顔で言った。

「カンタビー夫人がインキを注文して、品切れだと言ったらなんて答えたんです？」

「何も言わないよ」と、デューセンベリー氏は言った。「夫人はインキなんか注文していないからな、絶対に！　彼女はうちでは買い物をしないんだ。カンタビー夫人については他に何も知らないよ！」

通信教育探偵はショーケースにかがみ込み、がっかりしながらその中身を観察していた。ショーケースにはまさに例の名なしのにょろにょろの手紙が書かれたのと同じ便せんが並んでいた。さらにその手紙が入っていた封筒とそっくりなものもあった。

ガッブ君はデューセンベリー氏ににっこりほほえんだ。

「カンタビー夫人はあなたのところから便せんも買っていないんですね？」と、思い切って質問した。

「絶対に買ってないよ」

「じゃあ、ここにある便せんを買った人を覚えていませんか？」

「覚えてるさ。これと同じやつなら」と、デューセンベリー氏はすぐに答えた。「忘れようがないよ。なにしろ買ったのはペチュニア・スクロッグズだけだからな。ペチュニアほどひどい女は知らないよ。結婚相手を探して必死だからな、ペチュニアは」と、言って、彼はクックッと笑った。「もし俺が結婚していなかったら、ペチュニアに今頃言い寄られていただろうな。みんなペチュニアにはうんざりさ。男どもはみんな彼女を避けて通る。しかしペチュニアも負けちゃいない。聞いた話では、配管工のヒンターマンがダーリングポートから新人を雇い入れたそうだが、ペチュニアはそいつが独身だときさつけて、新しい配管工事を依頼したそうだ。そうすればその男はペチュニアの家に行かないわけにはいかないだろ。しかしそいつは逃げちまった」

「そうなんですか？」と、ガッブ君は心配そうにきいた。

「そうだよ。そいつはペチュニアのことをぎりぎりまで我慢した。でも結局仕事を放り出してダーリングポートに逃げ帰った。うわさでは、まだ何かやらかしたってわけじゃないが、彼女のことを知らない純情男をどうひっかけるか知恵を絞っているらしいぞ。悪いがガッブ君、インキは品切れだ」

「わかりました、別にかまいません。ありがとう」と、ガッブ君は言って、外に出た。彼がトラブルに巻き込まれてしまったのは明らかだった。改めてスクロッグズ嬢が彼に向かって勝ち誇ったようににっこり笑っていたのを思い出した。そして彼女が去り際にぎゅっと手を握りしめたのも思い出した。女性の陰謀におびえる気の小さな独身男であるガッブ君は、またスクロッグズ嬢に会わなくてはいけないかと思うとぞっとした。通信教育講座の卒業証書に忠実でありたいという思いだけが、この名なしのにょろにょろ事件の捜査を続ける元気の源だった。そして彼はカンタビー夫人の家へと歩いていった。勝手口へまわってそっとノックをした。カンタビー夫人が出てきた。

「こんにちは」と、ガッブ君は挨拶した。「お宅の壁に張った壁紙がちょっと心配になったので、見せてもらませんか？」

「ええ、いいわよ、ガッブさん。それはご親切に」と、カンタビー夫人は言った。「どうぞご覧になって。でもちょっと待って。今、スクロッグズさんが……」

「スクロッグズさんがいるんですか？」と、ガッブ君は言いながら、きょろきょろと逃げ道を探した。

「ちょうど本を借りに来たところなの。好みの本がなかなか見つからないみたいよ。何冊も見ているわ」

「も、もしかして、本の十四ページを見ていませんか」と、カッブ君はびくびくして尋ねた。

「ああ、そうだったわね。そのあたりを見ていたわ。もう十六冊も見たのに、まだ見ているの。『マイラの恋人と隠された秘密』を借りようかどうか迷っているみたい。『ウェルドン・シルマー』を借りに来たんだけれど、それは別の友達に貸してしまっているから。今はないときいて、がっかりしていたわ」

ガッブ君は額の汗をぬぐった。その瞬間、彼は『ウェルドン・シルマー』を手に取り、十四ページに何と書いてあるのかどうしても知りたいと思った。

「もしよければなんですけど、カンタビー夫人」と、彼は言った。「スクロッグズさんには内緒でそのマイラの本をここに持ってきていただけませんか。実は深いわけがあるんです。捜査上のことなんですけど。それに僕がここにいるっていうことは、スクロッグズさんには黙っておいてもらえませんか」

「あらまあ！　いったいどういうこと？　スクロッグズさんはあなたのことが大好きなのよ。あなたがここで仕事をしているあいだ、私にあなたのことをいろいろ尋ねてきたわ。あなたほどハンサムな紳士はいないって言ってたわよ」

カンタビー夫人ははにかんで笑うと行ってしまった。ガップ君は椅子にすとんと腰を下ろすと、顔を神経質そうにこすった。食卓を見ると、そこには一枚の便せんが置いてあった。あの名なしのにょろにょろの手紙が書いてあったのと同じ紙だ。前屈みになってじっと観察した。インディゴ染料を水に溶かした青インキで、レシピが書いてあった。その筆跡はわざとごまかしたり斜めに傾けたりはしていないが、まちがいなくあのにょろにょろの手紙と同一だった。カンタビー夫人が『マイラの恋人』をスカートのひだのあいだに隠して台所に戻ってきたときには、ガップ君はそのレシピを手にしたまま当惑しきっていた。

「ひょっとして」と、彼は言った。「これを誰が書いたかご存じありませんか？」

「ペチュニアが書いたのよ」とカンタビー夫人は即座に答えた。「何か問題でもあるの？　何も不思議なことなんてないでしょ。彼女のミンス・ミート〔ドライフルーツやナッツを酒につけた保存食。主にパイの中味として使われる〕のレシピよ」

「ミンス・ミートのレシピのなかに思いがけない謎が隠されているということもあるのです」と、ガップ君は言った。「本を見せていただけますか」

彼は本を手にとって十四ページを開いた。そのページの冒頭は文章の終わりのところで、「……振り向きもしなかった」と、書いてあった。そしてその次に来る一文は、「『あなたのような女性は愛され、慈しまれ、服従すべきだ』とシリル卿は言った」だった。

「なんてこったい！」と、ガッブ君は叫んで、本をカンタビー夫人に返した。

「どうしたの？」と、カンタビー夫人はきいた。

「スクロッグズさんは恋愛小説が大好きだという結論が得られたんです」

「大好きですって！　それどころじゃないわよ。それにペチュニア・スクロッグズほど結婚願望が強い女性は知らないわ。結婚できるんだったら彼女はなんでもやるわよ。ティム・ウェントワースのことを思い出すわ。かまどの設置や修理の店をやっていた人よ。彼が馬車で通り過ぎていく姿を、ペチュニアはそれはもう物欲しげに見つめていたわ。でも彼を呼び止めることができなかったの。なにしろ彼女の家にはかまどがなかったから。でも彼が「煙突掃除」の看板を出すとすぐお店まで飛んでいって、さっそく仕事を頼んでいたの。何でこんなことを知っているかっていうと、実は彼女の目に入った煤を取ってあげたのはこの私なんだから。彼女はずっと彼にまとわりついていて彼が屋根に登って煙突掃除をしているあいだだって、暖炉のなかに頭を突っ込んで上を向いて、ずっと話しかけていたのよ」

「なんてこったい！」と、ガッブ君はまた言った。「ちょっと用事を思い出したので、壁紙を見るのはまた今度にします」

カンタビー夫人は笑った。

「いつでもどうぞ。でもペチュニアにいったん狙われたら、逃げるのは簡単じゃないわよ」

しかしすでにガッブ君はドアへと急いでいた。カンタビー夫人を呼ぶペチュニア嬢の声が聞こえ、それが次第に近づいてきていた。彼はあわてて逃げ出した。

ヒギンズ書店に立ち寄って、『ウェルドン・シルマー』を見せてもらった。十四ページを開いてみると、その最初の文章は「あなたは謎を解く人物と結婚する運命にある」と書いてあった。ガッブ君は身震いをした。これこそが、スクロッグズ嬢がいかにも印象的に彼に読ませようとしていた、謎の文章だったのだ。一つだけはっきりしていた。『ウェルドン・シルマー』のヒロインの運命がどう決められていようとも、ファイロ・ガッブ君は、謎を解く通信教育講座出身の人物が、ペチュニア・スクロッグズ嬢と結婚しなくてはいけないなどという運命に従うつもりはさらさらなかった。彼は事務所へと急いだ。

事務所のドアのところで立ち止まり、ポケットから鍵を取り出した。鍵を開けようとしてもう開いているのに気がついた。あわててドアを開けてなかへと飛び込んだ。ペチュニア・スクロッグズ嬢が彼のデスクの椅子に座っていた。勝ち誇ったような笑みを浮かべて『マイラの恋人と隠された秘密』を膝の上にのっけていた。

「まあ、やっぱりガッブさんはすばらしいですわ！」と、彼女は甘い声で言った。「本当におっしゃった通り。ほら、これがカンタビー夫人が貸してくれた本です」

一瞬ガッブ君はまるで蛇に魅入られたフラミンゴのように立ち尽くした。

「探偵って、なんてすばらしいんでしょう！」と、ペチュニア嬢は甘い声でささやいた。「こんなにスリルに満ちた生活を送っていて！　ああ、私も！」と、彼女はため息をついた。「あなたがなんて高貴で力強く、頼りになるかと思うと……」

ガッブ君の鳥のような目はペチュニア嬢の顔に釘付けになった。しかしその手は背後でドアを懸命に探っていた。ようやくその手にドアノブが触れた。

「それに比べて、私は本当に寂しくて孤独で」と、ペチュニア嬢は言いながら立ち上がった。「でも銀行にはたくさん預金はあるし……」

バン！　ガップ君の背後でドアが閉まった。カチリ！　ドアに鍵をかけた。彼は階段まで急ぎ、そして外へと転げ落ちるようにして降りていった。一番下の段に座っていたサイラス・ワシントンにつまずいて転げるところだった。この黒人の子供はびっくりして顔を上げた。

「五十セント欲しくないかい？」と、ガップ君は早口で言った。

「そりゃもちろんだよ」とサイラス・ワシントンは答えた。「何をすりゃあいいんだい」

「ここでちょっと待っていて、そして上の階で騒ぎが聞こえたら、あがっていって探偵のファイロ・ガップの事務所の鍵を開けて、女性を外に出してくれ」

「了解！」

「彼女を部屋の外に出してから、彼女にこう言うんだ。『ガップさんはこの事件はお手上げです』って。わかった？」

「了解！」

「よし」と、ガップ君は言った。そして通りをきょろきょろと見回して、「それから『どんな女性でも変わりありません。ガップさんは一生誰とも結婚しないからです』と付け加えておいてくれ」

「了解！」

千の半分

The Half of a Thousand

ファイロ・ガッブ君は〈オペラ・ハウス・ブロック〉の自分の事務所で、膝の上に大きな緑色の表紙の本を開いて、十行ほどの一節を読んでいた。もうこの一節を二十回も読んでいたが、読み飽きることはなかった。そこにはこう書いてあった。

ガッブ、ファイロ。探偵および室内装飾家。アイオワ州ヒギンズヴィルにて一八六八年六月二十六日生まれ。ヒギンズヴィルにて小学校を卒業。一八八八年から室内装飾業に従事。一九一〇年に〈日の出探偵事務所〉の探偵養成通信教育講座を優秀な成績で卒業。

いつの日か、この短い記録が少なくともあと一行伸びることを願っていた。つまり「シリラ・メッダーブルックと結婚」という一言である。ペチュニア・スクロッグズ嬢の策略から逃れて以来、彼はシリラからの新しい電報を待ち焦がれていた。スクロッグズ嬢からもらえるはずだった百ドルがふいになったので、〈ホントガッカーリ金鉱〉株の支払いをメッダーブルック氏に渡すことができなかった。しかしメッダーブルック氏との取り決め通りに、彼は最新のシリラの電報を見るために三十七ドル五十セントを支払った。それにはこう書いてあった。

大喜び！　すべての食事を我慢中。スパゲッティ、ウサギのフライ、トリュフ、ブラウン・ベティ〔リンゴの焼き菓子の一種〕、プルーン、ハンガリー風シチュー、ウェルシュ・ラビット〔パンにチーズをかけて焼いたもの〕、トウモロコシパン、塩漬けキャベツ、フィラデルフィア風ミートローフ、ハギス〔羊の内臓などをゆでたスコットランド料理〕、チャプスイ〔肉と野菜のごった煮風のアメリカで広まった中華料理〕、そしてトウモロコシのおかゆも。七十キロほど減量。体重は約三百三十五キロ。どんどん減量中。ガビーにキスを。

というわけで、ガッブ君はにやにや笑いながら、自分のことが言及されている本を読んでいたというわけである。

この緑色の表紙の本は、『アイオワ州の有名人』第六版で、いわゆる地元の『紳士録』だった。そのなかにはじめてファイロ・ガッブ君が登場し、そしてそれを読んで、彼は大喜びしていたというわけだ。ガッブ君を笑ってはいけない。我々だって自分のことが記事になっていたりしたら、大喜びするだろう。どんな大人物だって自分のことを「一八六九年アイオワ州ドビンスヴィル生まれ」で、「一八九七年、オスカーおよびシルリア・ボッツ夫妻の娘ジェーンと結婚」し、さらにまだ「死亡」と書かれてなかったら、心のなぐさめになるだろう。自分でも「死亡」したかどうかはっきりわからない人もいるだろうから、そういうときには『紳士録』とか『アイオワ州の有名人』の最新号で確認をするのである。

ファイロ・ガッブ君の事務所のドアの外に、一人の男が立ったまま、『アイオワ州の有名人』のリバーバンクの項目の切り抜きを調べていた。彼は自分がそう見せたいと思っているほど若くはなかった。洋服は若者向きのデザインで、いわゆる「大学生スタイル」だった。しかし服そのものはかなりくたびれていた。要するに、彼はみすぼらしかった。

それにもかかわらず、彼には一種独特の人目を引く雰囲気があった。ステッキもその一つだった。とてもかっこいいパナマ帽もそれに寄与していただろう。彼の身のこなしと黒いシルクのリボンつきの金縁めがねがさらにそれを強調していた。しかし帽子を脱ぐと、部分的にはげていた。彼は赤毛をていねいになでつけて、そのはげを隠していた。

彼は小さなメモ帳を手にしていた。ここに彼は『アイオワ州の有名人』からのさまざまな切り抜きと、『紳士録』から、アイオワ州の人間に関する切り抜きを一枚だけ、張りつけていた。彼はこうしておけば便利だし無難だと思っていた。リバーバンクの有名人全員の情報をコンパクトに携帯できるし、『アイオワ州の有名人』と『紳士録』を持ち歩かなくてもすむからだ。そんなことをしたら、危険だった。何しろ彼はニューヨークの『サン』紙上では「はげの詐欺師」として有名だったからだ。

このはげの詐欺師は、〈親戚のプロ〉だと自認していた。彼はアメリカでもっともやり手の息子兼従兄弟兼甥であり、『紳士録』に掲載されている有力者の息子や従兄弟や甥にあっという間になりすますことができた。まるでカメレオンのように変幻自在で、あるときはAという頭文字で始まる人物の息子や従兄弟や甥になりすまし、またあるときはZという頭文字で始まる人物のなにかになりすます。しかし『紳士録』の十二から十四行目に登場する誰かになるのが常套手段だった。

彼が確立した詐欺の基本となる理論とは、「すべての『紳士録』掲載者はほかの掲載者を尊重する」、そして「『紳士録』掲載者は他の『紳士録』掲載者の息子、従兄弟、もしくは甥から一ドル八十セント貸してくれと頼まれたら、五ドル渡してくれる」というものだった。

はげの詐欺師の手口は簡単きわまる。リバーバンクにやって来る。そして『紳士録』でオーレイ・モーヴィス判事という名前を見つけたとしよう。そして最新版『紳士録』でバッシオ・ベーツ主任判事を捜し、この便利な本から彼の情報をいくつか仕入れておく。そしてオーレイ・モーヴィス判事を訪問する。そこでバッシオ・ベーツ主任判事のお気に入りの甥として自己紹介をする。

「この町に来まして」と、判事がバッシオ・ベーツの甥が目の前にいると思ってすっかりリラックスしているところで、彼は言う。「あなたがいらっしゃるということを思い出したんですよ。おじはよく、ヒギンズとホープマイヤーの子牛の事件のすばらしい判決のことを語ってくれたものです」

このヒギンズとホープマイヤー裁判は『紳士録』で言及されている。バッシオ・ベーツ主任判事がヒギンズとホープマイヤー裁判の判決を賞賛していると聞いて、モーヴィス判事が嬉しくないはずがない。

「おじは今までお会いする機会がないのを残念がっていました」と、はげの詐欺師は言う。「僕がリバーバンクに行くのを知っていれば、ご著書の『抵当権と不法行為』を僕にあずけてサインをもらうよう頼んだでしょうに」

『抵当権と不法行為』というのは、オーレイ・モーヴィス判事が書いた唯一の著書であると、『紳士録』には書いてある。判事はさらにめろめろになる。

「おお、それはそれは！」と、判事はお世辞にむずむずする。「で、おじ上はお元気かね？」

「年のわりには。ご存じの通り、なにしろ九十七歳ですからねえ」と、はげの詐欺師は、『紳士録』の「一八一七年六月二十三日生まれ」という記述をもとにして言う。「しかしまだ足指が痛みまして。あの年になると、なかなか治りが遅いんですよ」

「おや、それは知らなかった」と、判事は興味を示す。彼はもっと詳しい事情をききたがる。

「ああ、それはもうひどいものですよ！」と、はげの詐欺師は言う。「なにしろコーク卿の『イギリス法提要』を落としまして。このあいだの三月……いえ、四月でした。母のところにやって来たのが四月でしたから」

これはみな完全な作り話だ。しかしこれがはげの詐欺師のいつもの手なのだ。つま先のけがの作り話をしながら、彼は自分の母親の話をしはじめる。

「母は四月の初めから具合が悪くなりましてね」と、彼は言い、今度は『紳士録』にのっているなんとか博士が、主任判事のつま先のけがの往診に来たついでに、母親にデンヴァーに転地療養を勧めたと言う。そして次に、はげの詐欺師は判事に、自分はデンヴァーからシカゴへ帰る途中なのだと言う。

そしていよいよ佳境に入る。はげの詐欺師は椅子の端に座ったままもじもじしてやたらと汗をかきはじめる。まさしく金を無心するという慣れないことをしようとしている男の姿そのものなのだ。このはげの詐欺師はアメリカ最初の発汗専門学校を作ることもできるだろう。十二月で暖房もなく窓が全開であっても、自在に汗をかけるのだ。彼の頭の毛穴には、スプリンクラーか何かがしこまれているのだろう。まるで昔のインド商人がガラスの数珠を取り出すがごとく、玉のような汗を噴き出せるのだ。それを白い絹のハンカチでごしごしぬぐう。

このように汗をかきながら、彼は実に申し訳なさそうに告白する。たった一ドル八十セントが必要なのだ、と！　実はリバーバンクで下車したのは、おじがいつもオーレイ・モーヴィス判事のことを話していたからだ、本当に一ドル八十セントだけ貸してくれれば十分なのだと言う。

「しかし君！」と、判事は親切に言う。「ここからの汽車賃は六ドルだろう。それに食事代はどうする？」

「一ドル八十セントで十分なんです」と、はげの詐欺師は言い張る。「汽車賃は、あと一ドル八十セントあれば足ります。それに食事代までお願いするわけにはいきません。何セントかありますから、サンドイッチでも買うことにします」

「しかし君！」と、リバーバンクのオーレイ・モーヴィス判事は言う（そして実際彼はそう言ったのだ）「合衆国主任判事の甥が、そんな長い時間サンドイッチだけで我慢するなんて想像できんよ。さあ、受け取りなさい！　二十ドルある！　さあ、いいから受け取って！　いいから！」

　これよりもっとたくさんくれる人もいる。普通は五ドルだ。

　私のところにこのはげの詐欺師がやって来て一ドル八十セントねだったときには、実は五ドルとサイン入りの本を一冊やってしまった。翌日為替で五ドルは返すと約束していた。しかし彼の時間はたたなかったらしく、いつになっても翌日は、彼の元には訪れなかったようだ。私の手元にいまだに五ドルは届いていない。多くの人々は、彼に五ドル以上も渡すような連中は金まみれの汚職政治家にちがいないと思うことだろう。しかしうっかり自分の本や記念になる品を渡してしまうこともある。しかも「ご訪問の記念に」などと献辞まで書いてしまって。彼は私の本をいったいどうしたんだろう。知りたくてしようがない！

オーレイ・モーヴィス判事はリバーバンクの住民で『紳士録』に掲載されている唯一の人物だった。しかし『アイオワ州の有名人』にはけっこうな人数が掲載されていた。判事から二十ドルせしめたあと、このはげの詐欺師はガップ君の事務所へとやって来たのだ。

「探偵および室内装飾家」と、彼は独り言を言った。「ウィリアム・J・バーンズの息子がいたらどうだろう？　いまいちだな！　この変人探偵はバーンズのことだったらすべて知っているかもしれん。従兄弟ということにしよう。さて……俺はジャレッド・バーンズ、シカゴの人間だ。で、母親はデンヴァーに転地療養に行っている、と」。彼はメモ帳を再び取り出した。「ワッフルズ・マスタード事件か。ワッフルズ・マスタード事件。ワッフルズ！　マスタード！　覚えておかなくては」。そして彼はドアをノックした。

「ガップさん？」と、彼は声をかけた。ファイロ・ガップ君がドアを開けた。「ファイロ・ガップさんでいらっしゃいますか？」

「はい、僕です」と、壁紙張り探偵は言った。「どうぞお入りください」

「恐れ入ります」と、はげの詐欺師は言いながら室内に入った。

ファイロ・ガップ君は椅子をデスクへと引き寄せ、それにはげの詐欺師は座った。彼は前屈みになって話し始めた。「ガップさん、私はジャレッド・バーンズと申します。ウイリアム・J・バーンズは私の従兄弟でして……」と、言いかけたところに、また誰かがドアをノックした。ガップ君の客は居心地悪そうに椅子の上でもじもじした。ガップ君はドアのほうへ向かったが、そのときうっかり開いたままの手紙をはげの詐欺師の目の前のデスクの脇へと落としていった。今度の客はイタリア人のオレンジ売りだった。ガッブ君は断固としてこのイタリア人を閉め出した。そのすきにはげの詐欺師は手紙を盗み読み、予定外に彼の額からは汗が噴き出してきた。

この手紙は〈日の出探偵事務所〉本部からで、このはげの詐欺師について注意喚起をしており、しかも残酷なことにその特徴ははげであるとはっきり書いてあった。彼が金をだまし取る方法が直截に述べられていて、ガッブ君に対して「彼は現在、貴君の地方で犯行を重ねていると思われる」と、警告していた。はげの詐欺師は息をのんだ。「多数の被害者が団体を結成し」と、その手紙は続き、「彼らは〈米国カモ協会〉と称して、この詐欺師の逮捕に五十ドルの懸賞金をかけている」と書いてあった。

はげの詐欺師はファイロ・ガッブ君のほうをちらりと見やり、あわてて手紙を裏に伏せた。ガッブ君が戻ってきたときには、はげの詐欺師は両手をこすり合わせてにこにこ笑っていた。

「私の名前は、ガッブさん、オールウッド・バーンズと申しまして、私立探偵なのです。いわゆるマフィンズとマスタード事件でのすばらしいご活躍はきき及んでおります」

「ワッフルズとマスタード事件ですね」

「失礼、ワッフルズでした」と、はげの詐欺師はあわてて訂正した。「探偵史上まれに見る鮮やかな解決だったと私は思っております。我々〈日の出探偵事務所〉も名誉に思っております。わが探偵養成通信教育講座の教育方法がいかに優れているかという実例ではないでしょうか」

ファイロ・ガッブ君はこの客を憧れの目で見つめた。

「あなたは〈日の出探偵事務所〉からいらっしゃったんですか?」と、彼は聞いた。

はげの詐欺師はにっこり笑った。

「昨日手紙を出しましたから、もうすぐお手元に届くとは思うのですが、しかし今、お話ししてしまいましょう。ある詐欺師がこの地方を徘徊しているのです……」

ファイロ・ガッブ君は手紙を取り上げて、書いてあるサインを見た。そこには確かに「オールウッド・バーンズ」と書いてあった。ガッブ君は再び手を伸ばして客と握手をした……今回はさらに心がこもっていた。

「本当にお会いできて嬉しいです、バーンズさん」と、ガッブ君は心から言った。「〈日の出探偵事務所〉の方にお会いできるなんて光栄です。もし『探偵養成通信教育講座』の教科書を書いた人にお会いになったら、ぜひ……」

偽バーンズ氏はにっこり笑った。

「あれは私が書きました」と、彼は控えめに言った。

「お会いできて本当に本当に嬉しいです！」と、ガッブ君は叫んだ。そして再び客の手を握った。「なぜって……」

「はあ、なぜでしょうか……」と、はげの詐欺師は愛想よく答えたが、

「なぜって、どうしてもききたかった質問があるんです。第七回講座に『少額の窃盗事件での捜査でも同じである。その報酬は』というところなんですが、僕が困っているのは『その報酬は』というところなんです」

「そうなんですか？　ちょっと教科書を見せてくれませんか」と、はげの詐欺師は言った。

「『その報酬はこうした事件の場合は』」と、ファイロ・ガップ君は、長い人差し指でその段落を指さしながら読み上げた。「『犯人一人当たり十ドルを下回らないものとする』と、書いてあるでしょう？」

「そうですね」

「で、バーンズさん、僕はにわとり泥棒事件の捜査をして、二人のにわとり泥棒を捕まえました。これで二十ドルの報酬になりますよね？」

「ですね」

「それが正当な報酬なのに、依頼人の老人は支払ってくれないんです。ですからお手数ですが、僕と一緒にその人のところに行ってもらえませんか。そして僕の請求額は正当であり、規定の金額から言ってもこれ以上下げようがないと説明してもらえませんか？」

「もちろん、喜んで」と、はげの詐欺師は言った。

「ありがとう！」と、ガップ君は言って立ち上がった。「その老人と会うのはあなたの損にはならないと思います。なにしろこの町一番の紳士ですから。オーレイ・モーヴィス判事というんです」

はげの詐欺師は息をのんだ。頭からは汗がわっと噴き出した。

「外部の人間に僕が秘密を漏らしたって疑われないように、あなたが書いた手紙を持って行って、どういう方だか紹介します」

彼は例の〈日の出探偵事務所〉からの警告の手紙を手に取り、立ってはげの詐欺師が立ち上がるのを待ち構えていた。しかしはげの詐欺師は座ったままだった。これほど驚いたことは未だかつてなかった。彼はまるで陸に放り出された魚のように、口をぱくぱくさせた。その頭からは何百万もあろうかというほどの汗の玉が噴き出していた。ファイロ・ガップ君の顔に勝利の笑みが浮かんでいるのを見た。ガップ君が勝ち誇ったように笑っているのは、実はオーレイ・モーヴィス判事に一つ二つ言い返してやることができるからだったのだが、はげの詐欺師は、自分が詐欺師だとファイロ・ガップ君にばれているのだと思い込んでいた。彼は捕まってしまったのだ。もう観念した。

「わかった！」と、彼は声を震わせながら言った。「あんたの勝ちだ。もう手を煩わせはしない」

「手を煩わせているのは僕のほうですよ、バーンズさん」と、ガップ君は言った。

壁紙張り探偵はちょっと口をつぐんだ。その顔には恥じらいの色が浮かんだ。

「本当にすみません、バーンズさん」と、彼は後悔して言った。「恥ずかしいです。僕の仕事なんかに巻き込もうとしてしまって。たぶんもっと重要なお仕事があって、リバーバンクにおいでになったのでしょうに」

ファイロ・ガップ君は突如としてひらめいた。

「そうか！」と、彼は叫んだ。「おいでになったのは、これ」と、彼は手にした手紙を見ながら、「このはげの詐欺師の事件でしょう？」

ファイロ・ガップ君の客は、再び普通の呼吸に戻りつつあったところで、またひゃっと息をのんだ。彼はファイロ・ガップ君がそのはげの詐欺師の容貌の説明を読んでいる姿を見つめていた。そしてガップ君は視線をあげて、はげの詐欺師の顔をまじまじと見つめた。詐欺師を頭の先からつま先までじっくりと見て、ふたたびその説明を読んだ。手紙のなかの説明と目の前の男の姿を一つ一つ比較した。そのあいだ詐欺師はずっと丸めたハンカチで手のひらをぬぐい続けていた。ようやくファイロ・ガップ君は、うんとうなずいた。

「見たところあらゆる点でそっくりです」と彼は言った。「まったく同じ姿形と言っていい」

「ああ、そうだとも、そうだろうとも！」と、はげの詐欺師はがっかりして言った。

「その通りですよ！　本当にすごいです。こんなに完全な変装は今まで見たことがありません」

「なんだって？」と、はげの詐欺師はききかえした。

「あなたの変装ですよ。この手紙に書いてある特徴と驚くほど一致しているじゃないですか。生徒の立場で褒めるなんておこがましいかもしれませんが、バーンズさん、世界一の変装です。あなたは本物の探偵術の大家です」

はげの詐欺師は言葉が出なかった。ただ息をのむばかりだった。

「あなたがどなたか知らなかったら」と、ガッブ君はお世辞を言った。「あなたがここに書いてあるはげの詐欺師本人だと思うところでした」

客は話し始めようと唇を湿らせた。しかしガッブ君はその隙を与えなかった。

「おそらくこのはげの詐欺師事件の捜査をしておられるから変装されているんでしょ？」

「ああ、そう、そうだ！」と、はげの詐欺師はしわがれ声で言った。「その通り！」

「だとしたら、こうして僕のところにやって来てくださって、本当にありがたいです。僕たち探偵は普通、変装したままであちこち行ったりしませんからね」

客は再び唇を湿らせた。

「いや、実は私は……」と彼はしゃべり始めたが、かなりかすれた声だったのでほとんどきこえなかった。「実は私は……」

「ええと」と、ガップ君はさらにしゃべり続けた。「あの詐欺師の変装だってすぐに気がつかなくて本当にごめんなさい。まだ特徴の説明をよく読んでいなかったんです。ちゃんと読んでいたらまちがえて直ちに逮捕してしまうところでした。なにしろこんなにそっくりなんですから」

「ありがとう！」と、はげの詐欺師はようやく普段の自信を取り戻して答えた。「かなりやっかいな変装だったよ。私の髪はこんなに赤くないんだよ。長くて黒いんだ。それに服の趣味は地味で……だいたいが黒かダークブルーだからね。さてここに変装したままで来た理由は……」

と、ここで激しく大きなノックの音に妨げられた。

ガップ君はドアへと向かった。しかしガップ君がドアへたどり着く前に、詐欺師はぴょんと飛んで事務所のデスクの陰に隠れた。怒りに満ちた声で「ガップ君！」と怒鳴っているのは、オーレイ・モーヴィス判事だったのだ。ガップ探偵が新しい客を迎えて、振り返って判事を紹介しようとすると……なんとそこには誰もいなかった。バーンズ探偵はいなくなってしまった！

ほんの一瞬、ガップ探偵はとまどった。人間を一人隠しておけるような場所は、この部屋には一箇所しかない。それはデスクの陰だった。彼は判事にデスクのちょうど正面に椅子を用意し、ガップ君は何気ないふうをよそおってデスクに肘をついた。この体勢で後ろを振り返り、鶴のように首を伸ばしてみたところ、その下に隠れていたのは偽バーンズ氏だった。バーンズ氏は乱暴な身振りで黙っていろと指示した。ガップ君は恐がる彼をなだめた。

「ようこそいらっしゃいました、判事閣下」と、ガップ君は言った。「ここでしたら誰かに話を聞かれるようなことはありません。僕たちだけです。僕が捕まえた犯人の捜査費用のことでおいでになったのでしょ？」

「そうだ」と、判事は言った。

「でしたら、僕の提示した料金が正当であるという事実をお示しします。実は〈日の出探偵事務所〉の指導者が、ちょうどこの町に来ているのです。彼が仕事を済ませ次第、面会にうかがいます。オールウッド・バーンズ氏のことはおききになったことはありませんか。彼が『探偵養成通信教育講座全十二回』を執筆したのです。それを使って僕は講座を卒業したんです」

「一度も聞いたことはない」と、判事は言った。

「これです」と、ガッブ君は自慢げに言った。「今朝ちょうど受け取った彼からの手紙です」と、言い判事にその手紙を手渡した。

オーレイ・モーヴィス判事は疑わしげな顔をしながら手紙を受け取り、かなりいらいらして眉をひそめて読み始めた。すると即座に彼の耳の後ろが赤くなった。そして両耳も真っ赤になった。さらに顔全体が真っ赤になった。ぜいぜい息を切らし、手がぶるぶる震え始めた。

「ああ、地獄に堕ちろ……」と、彼は言いかけてやめた。

「そこに書いてある詐欺師とお会いになったんですか？」と、ガッブ君は食いつくように言った。

「わしが？　ばかばかしい！」と、判事はわめいた。「このような子供だましにわしが引っかかるとでも思っているのかね？　ばかばかしい、ガッブ君。実にばかばかしい！」

「そんなこともあり得るのではないかと思ったんです」

「あり得るだって？」と判事は怒りの声を上げた。「このわしを、こんなありきたりの詐欺師がだませるとでも思っているのかね？　わしが二十ドルも詐欺師にだまし取られるとでも？　ばかばかしい！」

彼は立ち上がった。完全に怒ってドアまでどすどすと歩いていった。

「この町やわしの目の届く範囲で、こんなくだらない事件を嗅ぎまわらないでくれたまえ！」と、彼は吠えた。

バタンと音を立ててドアが閉まった。するとはげの詐欺師はゆっくりとデスクの向こう側から頭を出した。

「どうして隠れたりしたんです？」と、ファイロ・ガッブ君は尋ねた。

はげの詐欺師は、濡れた眉毛をぬぐった。

「隠れるだって？」と彼はききかえした。「ああ、そう。隠れたっ……け？　そうそう、隠れた。なにしろ……判事が入ってきたから」

「あなたが隠れなかったら、今ここで捜査費用の交渉ができたし、ご紹介できたのに」

「そう、彼に私を紹介して……そう、それなんだ。だから私は隠れたんだ。彼に私のことを紹介しようとしただろう？」

「どうしたんです。さっぱりわけがわかりません」

「そりゃあ君」と、はげの詐欺師はぺらぺらとしゃべった。「いいかね、私を紹介されると……ええと……彼に紹介と言っても……それはその、彼は私のことを知っているからね」

「もうお知りあいなんですか？」

「私のことを知っているからね」と、偽バーンズ氏は繰り返した。「その理由を教えよう。あのはげの詐欺師は彼のところに来たんだ」

「本当に？」

「私もその場にいたんだよ。判事はやつに二十ドルと、何かの著作にサインをして渡したんだ。いいかね。判事はその本にサインをしたんだぞ。そしてやつにやったんだ。君に教えてやったことを判事に話せばいい。彼に言ってやりなさい。そいつの母親はもうずいぶん具合がよくなったし、バッシオ・ベーツ判事のつま先の調子もよくなったと。そうしてから二十ドル払ってもらっていないが、と言えば、満額もらえるはずだ」

「本当にその場にいたんですか？」と、ガッブ君はびっくりした。

「見られはしなかったが、そこにいた」と、偽バーンズ氏はぺらぺらしゃべった。「詐欺師を捕まえられるぐらい近くにな。しかしできなかった。どうしてもふんぎりがつかなかった。あの気の毒な老判事がみんなから馬鹿にされるのではないかと思ってね。彼は私のおじだと言っただろう。私は甥なんだ」

「あなたのことなんか聞いたことがないと言っていましたけど」と、ガッブ君はもじもじしながら言った。

「それはそうだろう」と、はげの詐欺師は即座に返事をした。「私は三番目の妹の養子だからな。私は義理の甥なんだ。それからもちろん知ってるとは思うが、妹がウィンストン・ウェルズ将軍と結婚してからは、音信不通になってしまったんだ。ああ！　そのせいで気の毒にも義理の母は亡くなってしまったんだ！」

彼はシルクのハンカチで目をぬぐった。

「実に悲しいことだよ。だから私は、詐欺師をあの老人の家で逮捕して恥をかかせたくなかったんだ。こんな単純な詐欺にひっかかるようなおろかな年寄りになりはててしまったなんて。そんなことをしてなんになる？　ダーリングポートで、はげの詐欺師を逮捕すればいいだけのことだ」

「ダーリングポートで？」

「ダーリングポートに」と、はげの詐欺師は声を潜めた。「やつは向かったんだ。そこでやつを逮捕する。しかし千ドルの半分は君に権利がある。君のものだ」

「千ドルですって？」と、ガップ君はびっくりした。

「賞金がつりあがったんだ。『紳士録』の出版社が千ドルに上げたんだよ。なにしろはげの詐欺師は、『紳士録』に掲載されている人を相手に詐欺を働いているんだから。そうする義務があると考えたわけだ。その半分が君のものだ。私は今日の午後、予定通りに到着できればダーリングポートでやつを逮捕できるはずだ。しかし本来ならここリバーバンクでやつを逮捕しなくてはいけない。なにしろ君が我が社の駐在員として常駐していて、本部の探偵が獲得する賞金の半分を受け取る権利があるのだから。それは知っているだろう？」

「知りません！　僕がですか？」

「君は会報の七八六号を読まなかったのか？」

「そんな会報は受け取っていません」

「ああ、見落としたんだな。シカゴに戻り次第郵送するよ。私は今日の午後ダーリングポートではげの詐欺師を逮捕する……ところで、ガッブ君、ものは相談なんだが……」

はげの詐欺師は椅子の端に座り、眉の上には汗が噴き出していた。彼はシルクのハンカチを取り出して額をぬぐった。

「どうぞなんでもおっしゃってください」

「ええと、実は」と、偽バーンズ氏は小声で言った。「現金の持ち合わせが足りないんだ。ダーリングポートに行くには、あと一ドル八十セント必要なんだが」

「承知しました！」と、ガッブ君は愛想よく言った。「我々がこういう苦境に立つのはよくあることですからね、バーンズさん。こうやって仲間の探偵を助けることができるなんて名誉なことですよ。ただ……」

「なんだ？」と、はげの詐欺師はびくっとして言った。

「ただ、ダーリングポートまでの汽車賃ちょうどだけ渡すってわけにはいかないでしょう」と、〈日の出探偵事務所〉の探偵養成通信教育講座卒業生は気前よく言った。「出発する前に十ドルお渡ししますから、受け取ってくださいね」

ディーツ社製、品番七四六二〈ベッシー・ジョン〉

Dietz's 7462 Bessie John

ファイロ・ガップブ君は、リバーバンクにあるピルカー夫人の、かの有名なピルカー屋敷の食堂で、巻いた壁紙をひっくりかえした束に座って、分厚いハムサンドをかじっていた。お昼時だった。

ガップブ君はきちょうめんに食事をしていた。サンドイッチをがぶりとかじり取ると、ゆっくりとよく噛み、そしてぐびりぐびりとのど仏を上下させながら飲み込んだ。時折彼は食堂の壁を見回した。もう土曜の昼だったが、壁一面だけに森の模様の夕ペストリー風壁紙が張られただけだった。その壁紙にはまるで本物のような木の葉が描かれていた。ピルカー家の食堂の作業は土曜の夜までに仕上げると約束をしていた。暗くなる前に仕上げるのは不可能だと思えて、ガップブ君は心配になった。

さらにもう一つ、彼には心配事があった。〈世界のモンスター大集合ショー〉の〈でぶ女〉シリラの父である、メッダーブルック氏と大げんかをしてしまったのだ。オーレイ・モーヴィス判事は探偵料としてガップブ君に二十ドル払ってくれたが、ガップブ君はその全額をメッダーブルック氏には渡さなかった。メッダーブルック氏はそれが不満だったのだ。彼はガップブ君のことをつまらない田舎の小者だとののしった。

「わしは手を尽くして、君に〈ホントガッカーリ金鉱〉の株を売ってやった。ところが君は代金を払おうとはしない。まさかカモにそんな仕打ちを受けようとは……」

「ちょっと待ってください。今、何とおっしゃいましたか?」と、ガップ君は尋ねた。

「君のことを」と、メッダーブルック氏はがらりと猫なで声になって答えた。「カモと言った。しかし金融界ではこの言葉は『かなり儲かる投資家』という意味なんだ。代行クラスの株を最低値でしか買わないような投資家のことだよ」

「なるほど、でもこれからはそういうふうに呼ばないでください」

彼がそう言ったとたん、ののしる言葉を山ほど吐きかけられて後悔した。ところが翌日、メッダーブルック氏の黒人執事がガップ君の事務所にやって来て、電報を渡すとともに三十六ドル五十セントを要求した。

ガップ君は興奮して金を払った。これはシリラがどんどんやせていて、ドーガン氏は彼女との契約をもうすぐ破棄するだろうという知らせなのだ。その電報にはこう書いてあった。

バンザイ! どんどんやせている。前の電報のときから六十五キロやせた。ドーガンがシャムへの急ぎの旅行から帰ってきたら契約破棄は確実。とても暑くて縮んでいくような気がする。ガビーのことばかり考えている。

するとその翌日、黒人執事はガップ君にまた新しい電報を持ってきた。

「五十ドルお願いしますです」
「なんだって！」
「そうなんで。それだけメッダーブルック嬢はおやせになったと言っているんで」
ガッブ君は信じられなかった。しかし五十ドルの小切手を切り、電報を読んだ。それによると……。

最高！　前の電報から九十キロ減量。現在の体重はたったの百八十キロ。私を見ても誰も〈でぶ女〉の見せ物に出ているなんて信じてくれない。ガビーに愛を。

ガッブ君は大喜びだった。しかし翌日、黒人執事がまたやって来て、五十ドルを要求したので、ガッブ君は心配になった。電報にはこう書いてあった。

びっくり。前の電報を出してから、九十キロもやせた。あと九十キロやせたら体重ゼロになってしまう。ジャガイモと水を食べ始める。ガビーに愛を。

その日の午後、その黒人はさらにまた電報を持ってきた。そして七ドル五十セントを集金していった。この電報にはこう書いてあった。

本当にびっくり。パン、スープ、魚、肉、穀物類を再開しても、さらに二十キロもやせた。体重はたったの七十キロ。トニックウォーターを飲んでいる。改善することを望む。体重五百キロのときと同じ分だけ愛しているとガビーに伝えて。

ガップ君は悩んでいた。シリラはおそらくやせた分またあっという間に元に戻ることだろう。しかしまるでシリラを失ったような気がしていた。たった七十キロの空気の精みたいな彼女を、どうやっても想像できないのだ。ピルカー夫人の屋敷で腰を掛けて昼飯を食べているあいだも、心配は続いていた。するとと声がきこえた。

「おい、おまえさんがバッグさんかい？」

ガップ君は顔を上げた。食堂のドアのところに、まるでナポレオン・ボナパルトの出がらしのような男が立っていた。

ガップ君はいささかむっとしながら、「もしお捜しになっているのが、ファイロ・ガップならば、僕がその本人です。僕はファイロ・ガップ、探偵にして壁紙張り職人です」

「そうかい、おまえさんを捜していたんだ」と、この見知らぬ男は言った。「俺はホートンから来た。そこの壁紙屋できいたんだ。あんたがここにいて、助手を探しているってな。そうだろ？」

「君が壁紙張り職人で、今すぐ仕事が始められるのなら、雇ってもいいよ。一人ではまかないきれないほどの仕事があるんだ」

「おいおい、俺が職人かどうかって？」と、この見知らぬ男は馬鹿にしたように言った。「俺はおまえさんなんかよりもずっとたくさん壁紙を張ってきたんですぜ。だいたい、俺がここに来てディーツ社製の品番七四六二、〈ベッシー・ジョン〉が壁に張ってあるのを見たら……」

「え、なんだって？」

「あの壁に張ってあるのがディーツ社製の品番七四六二、〈ベッシー・ジョン〉なんですよ」と、男は説明した。「あの壁紙の正式な名前も知らないんですかい。あれはここ三年間の六大ベストセラーの一つなんですぜ」

「あれは森の模様のタペストリーでしょ」

「おいおい！　こんなに見事な壁紙はないってのに。右も左もさっぱりわかっちゃいないようですな？」

こいつは俺の昔からのお気に入りなんですよ」

ファイロ・ガッブ君はまたサンドイッチをがぶりとかじって、ゆっくり嚙みしめた。

「教えてやりますよ」と、男は言って、例のタペストリー風の巻いた壁紙を手に取ると、数メートル広げ、壁紙の印刷面のほうの端を、汚れた人差し指でさした。「この印刷が読めますか？　ここに七四六二B・Jとあるでしょう？」

「そうだね」と、ガッブ君はつぶやいた。

「ほら！　この壁紙はディーツってやつが作ってるんですよ。それからこの七四六二ってのが森の模様のことだ。そしてB・J、つまり〈ベッシー・ジョン〉が、色のことなんだ。わかりやしたか？〈ベッシー・ジョン〉は自然の色なんですよ。これがピンクの木、黄色い空なんていう婦人の間や寝室用の壁紙になると、M・S、〈メアリー・サム〉になる」

「なかなか独創的な方法だ。組合の正規料金でいいなら、その定規を使って、僕が今、座っている品番七四六二〈ベッシー・ジョン〉の束から〈ベッシー・ジョン〉と印刷してある端っこを切り取るところから始めてください」

男はこれで満足したようだった。彼は汚れてべたべたのコートを脱ぎ、汚れてべたべたの帽子を部屋の隅に放り投げ、汚れてべたべたの手を切りくずでぬぐうと、仕事をはじめた。ガップ君は昼食を食べ終えると、彼の名前をきいた。

「ベタベタとでも呼んでくださいよ」と、この新人従業員は言った。「俺はべたべたしているから。俺のモーターボートだけがぴかぴかなんだ」

午後はずっと、ファイロ・ガップ君は助手が今まで何をしていたのかをきいた。ベタベタはセント・ポールで働いて小金を貯めて、モーターボートを買ったそうだ。「ちょっとしたボートなんですよ！」と、彼は言っていた。「『閃光号』って名前にした」そうで、それからミシシッピ川を下ってやって来た。

「あのおやじもなんのそのだったぜ」

「おやじ」とは、「父なる流れ」に対する彼特有の失礼な言い換えで、要するに大ミシシッピ川のことである。そして彼の冒険談はトウゴロイワシ号の段になった。そして海賊そっくりの顔つきにお似合いの様子で、これは誓って本当の話だと言った。

彼は川の流れにのってぷかぷかと川を下ってきた。エンジンは切り、自分は船底で眠りについていた。何の問題もなかった。ところが警笛も鳴らさないトウゴロイワシ号と衝突して、あっという間に船はひっくりかえってしまったというのだ。

「あれはわざとにちがいねえ」と、彼は怒った調子で言った。

彼はどうにかボートを浮かべたまま、リバーバンクに到着した。しかし船を修理するには金が足りなかった。そういうわけで彼は自分のできる仕事を探し、ファイロ・ガッブ君にたどりついたのだ。

ブルックスがオーナー兼船長のトウゴロイワシ号は、ダーリングポートとバーデントンのあいだを、リバーバンク経由で荷物を運んで往復していた。ここは二つの町のちょうど中間地点なのだ。ブルックス船長がわざと誰かにぶつけたなど信じられなかった。彼は親切で頑健な白髪の老紳士だった。人当たりがよく優しい老妻と、ほとんど女の子の八人の子供とトウゴロイワシ号に住んでいた。ブルックス夫人と娘たちは乗組員のために食事を作り、船をぴかぴかにしていた。ブルックス船長は操舵室にどっかりと席を占めていた。トム・ブルックスは一等航海士、ビル・ブルックスは事務長をしていた。彼らはみな本当に性格がよく善意にあふれた一家だった。川の真ん中で小さなモーターボートに当て逃げをしたとは信じがたい。しかしベタベタはそうだと言い張った。

その後数週間、ベタベタと探偵は肩を並べて仕事をした。ベタベタは夜と日曜日いっぱいは好きに過ごしていた。あるときガッブ君はベタベタが大きなキャンバス地の包みを運んでいるのを目撃した。ベタベタは例のモーターボートにマストを立てようとしているのだろう、とガッブ君は想像した。

七月十五日になり、カルムック系［ロシアの少数民族］住民会が、トウゴロイワシ号をチャーターして、ミシシッピ川で月夜の遠足会を催した。カルムック人はこの町にかなりの数がおり、その指導者は町の社交界でも尊敬されていた。彼らは冬は集会所で、夏はカルムック教会の広い裏庭でしばしば大がかりな催し物を開いていた。七月十五日の夜十一時、とんでもないことが起こり住民会の歴史上、最大の騒ぎとなったのだ。『イーグル』紙の一面を飾った見出しはなんと「海賊出現！」というものだった。

トウゴロイワシ号がUターンをしてトウヘッド・アイランドの下流三キロのところまで来たときだった。ライフルだか拳銃だかの弾丸が、操舵室の西側の窓ガラスを割った。ジェリーおじさん……ほとんどの人はブルックス船長をこう呼ぶのだ……が振り返り、月光に照らされた川を見つめると、北西方向から長くて背の低いボートが近づいて来るのに気づいた。四人の男がそのボートの前部に立っていた。さらに五人目がエンジンの脇に座っていた。明るい月明かりのなか、すべての男どもが黒い覆面をかぶっているのが、ブルックス船長には見えた。全員が武装しているだけでなく、加えて船員から、そのボートの船尾には海賊にはつきものの黒地に白で骸骨と十字になった骨の絵が描いてあるという報告があった。モーターボートの男たちの一人が腕を上げるのも見えた。ジェリーおじの目に閃光が走ると、彼のそばのガラス板がもう一枚、木っ端みじんになった。

その低くて黒いボートは急速度でトウゴロイワシ号の船首の先を横切った。エンジン音が停止し、次の瞬間海賊どもは船に乗り込んできた。ダンスに興じていた人々を拳銃で脅して一列に並ばせ、彼らのアイスクリーム用のお小遣いを取り上げた。

そして金を奪うと彼らは船首から船尾のほうへと、一人また一人と客から貴重品を取り上げ、船尾からするりと下船した。海賊船は猛スピードで離れていった。そして次の瞬間まるで稲妻のように姿を消していた。

こんなスピードボートを、年季の入った川の遊覧船が追いかけても無駄だった。ジェリーおじは全速前進で船の母港を目指した。するとブルックス夫人が操舵室によじのぼってきた。

「ねえ、父ちゃん。海賊がやって来て、私たちからも盗んでいったわよ」

「わかってるよ」と、ジェリーおじはいらいらした声で言った。「わざわざ来て言うほどのことじゃないだろう」

「それにアイスクリームのお小遣いも全部持って行ってしまったわ」

「まあ、それは俺たちのじゃないだろう？」と、ジェリーおじはぴしゃりと言った
「まあ、父ちゃん、なんて言いぐさなのよ！」と、ブルックス夫人は大声で言った。「二十世紀になったばかりだってのに、真っ昼間にミシシッピ川の真ん中で海賊に出くわしたのよ。大変なことじゃない……」

「真っ昼間じゃない」と、ジェリーおじはぼそりと言った。「真夜中だ。それに上陸する頃には日が変わってるよ。もう夜はおちおち船も出せないな。なにしろ海賊がうようよして小遣いをぶんどっていくんだからな！　世も末だ」

「父ちゃん」

「なんだよ」と、ジェリーおじはいらいらした口調で言った。

「ファイロ・ガッブっていう、探偵が乗っているのよ。もしかしたらあの探偵を雇って海賊を捕まえられるんじゃないかと思って……」

「俺が？　あのまぬけな探偵を雇うって？」と、ジェリーおじはぴしゃりと言った。「そんな金をどぶに捨てるようなまねをするわけないだろう」

ファイロ・ガッブ君はダンスはしてはいなかったものの、アイスクリームが大好きだったので列に並ばされて被害に遭った。四十セントまるまるとられただけでなく、海賊はオパールのタイピンを、ガッ

ブ君のネクタイからひったくっていった。その海賊は背が低く太った男で、べたべたの手をしていたのにガッブ君は気がついた。モーターボートが走り去るのを、ガッブ君は船尾から身を乗り出すようにして見送った。

船が元通りのスピードを出しはじめた頃、フィロメラ・ブルックス嬢が近づいてきた。

「ああ、ガッブさん！」と、彼女は叫んだ。「本当に怖かったわ！」

「申し訳ありませんが邪魔しないでいただけますか」と、ガッブ君は言った。「そうしてくださればありがたいです。僕は今、この事件の捜査に当たっているところなんです」

「あらまあ、ガッブさん！」と、フィロメラ嬢は叫んだ。「解決する見通しがあるの？」

「探偵が捜査するときは」と、ガッブ君は断固として言った。「できるできないではなく、常に最善を尽くすのです」と、彼は向きを変えるとさらに誰もいないほうへと捜査しに行った。

この海賊襲撃事件でリバーバンクの全員がこの事件を知っていた。そして八時ちょうどに、ガッブ君は今は空き家のヒンメルディンガー屋敷に入っていった。彼はそこで内装の仕事をしていたのだ。驚いたことに、ベタベタがもう先に来ていた。ガッブ君はベタベタが先に来るなんて想像だにしていなかった。しかし実際彼はそこにいて、ディーツ社製、品番七四六二〈ベッシー・ジョン〉の端を切っていた。彼は振り返ってガッブ君に挨拶をしたが、そのとき探偵はベタベタのしめているべたべたのネクタイについているのが、ガッブ君のオパールのタイピンであるように見えた。

「それだけど」と、ガッブ君は厳しい声で言った。「いいネクタイピンをつけているね」

「そうですかい？」と、ベタベタは自慢げに言った。「俺の新しいガールフレンドが夕べ、プレゼントしてくれたんですよ」

ガップ探偵はベタベタには何も言わなかった。まだ行動に移すべきときではなかった。しかし自分にこう言いきかせた。

「タイピン、タイピン、これが僕の追うべき手がかりだ」

町中興奮して大騒ぎだった。海賊退治の根拠となる法律を調べるのに、執行官と郡保安官はちょいと手間取ったが、ようやく執行官はこの仕事を保安官の手にゆだね、古びた独立戦争当時の大砲に火薬と釘が詰められ、フェリーボートのハッドン・P・ロジャース号の船首にすえつけられた。そしておよそ三百人のショットガンやらマスケット銃で武装した捜索隊が甲板上にひしめいた。こうして海賊狩り団が出発した。

その日は月曜日だった。なぜなら月曜日はトウゴロイワシ号がバーデントンへと朝出発して夜に帰ってくる定期運行をする日だったからだ。通常夜中の二時にこの船はリバーバンク堤防に停泊するのだが、しかしこの日二時になってもトウゴロイワシ号は姿を見せなかった。このときはやむを得ない理由があった。この船が帰りの航海中、トウヘッドの下流三キロほどのところにあるホッグ・アイランドという場所に近づいたときのことだ。ジェリーおじはガス・エンジンのうなりを耳にした。そしてホッグ・アイランドからあの海賊が乗っていたのと同じ背が低い真っ黒なボートがやって来るのが見えたのだ。射程距離内に入らないうちから、拳銃がトウゴロイワシ号めがけて発射された。

「畜生、また海賊だ！」と、ジェリーおじは叫んだ。「またあんなことをされたら、頭がおかしくなっちまう」しかし彼はもう慣れてしまったようにエンジンルームに減速を命じた。彼がベル・ロープを引いたとたんに窓ガラスががちゃんと割れた。

最初の一斉射撃が行われると同時に、ブルックス夫人と娘たちは調理室に逃げ込んでドアをしっかりと閉めた。残りのブルックス一家の男どもは石炭置き場へ飛んでいき、石炭の陰に隠れた。さらに三人の船員たちは、荷物の山の陰に懸命になって隠れた。海賊どもがトウゴロイワシ号の甲板によじ登ってきたときには、人っ子一人おらずまるで見捨てられた幽霊船のようだった。連中は素早く徹底的に荒しまわった。トウゴロイワシ号の積み荷を一個ずつモーターボートに移し替えた。すると三人の船員が見つかってしまった。あわてて彼らは隠れ場所から脅えたウサギのように飛び出して、どこかもっと安全な場所へと逃げていった。五、六発の拳銃の弾が彼らに撃ちかけられた。そして海賊どもは悠々と、別れの銃弾を一発撃ちはなして去っていった。

翌朝仕事にやって来たベタベタのポケットはサルタナ葡萄でいっぱいで、ガップ君にもお裾分けしてくれた。

「ありがとう、僕は葡萄が大好きなんだ。こんなにいい葡萄はそうそうあるもんじゃない」

「さすが目が高い。俺のガールフレンドが夕べ、くれたんですよ。葡萄の目利きって言ってもいいんじゃありませんかい?」

その通りだった。しかしファイロ・ガップ君はその朝、仕事に行く前に、トウゴロイワシ号が再び海賊に襲われて、積み荷の一部であるサルタナ葡萄六箱を奪われたということをきいていた。彼はベタベタをじっと見つめた。

「君のガールフレンドはかなり気前がいいんだねえ」と、彼は言いながら、その質問の裏の意味を気づかせないように何気ない風を装っていた。「ところでまだ彼女の名前を教えてもらっていないよ」

「そうでしたかい?」と、ベタベタは軽く言った。「べつに隠していたわけじゃないんですよ。マギー・ティフィキンズっていうんです。ちょっとした子ですぜ!」

「きっと夜はずっと彼女と一緒にいるんだろ?」と、ガッブ君も軽い調子できいた。

「わかってるくせに! 俺と彼女はもうすぐ結婚するつもりなんですよ。おかげで物置小屋じゃなくてちゃんとした家で寝られることになりそうです」

「物置小屋?」と、ガッブ君は不思議そうに問い返した。

「俺は物置小屋で寝ているんですよ」と、ベタベタは言った。「知ってるとばかり思ってましたぜ。俺はカルムック人の舞台装置のペンキ塗りも請け負っていましてね、それで物置小屋を借りてそこに泊り込んでいるんですよ。作業をしているあいだはずっとね。夜遅くまで」と、言いながらあくびをした。

「彼女と会っていて、その後ずっとペンキ塗りなんでさ」

「それじゃあ最近はモーターボートを修理する時間がないんじゃないの」と、ガッブ君は言った。

「まったくね」とベタベタはあっさり答えた。

ガッブ探偵は、ヒンメルディンガー屋敷の壁紙を張りながら、様々な事実を何度も何度も心のなかで反芻してみた。それらの手がかりは明らかにベタベタが怪しいと指し示していた。彼はハッドン・P・ロジャース号の捜索隊に参加すると言っていたが、出港直前に気が変わりやめていたのだ。

大きい空き家の物置小屋なら、海賊連中の獲物を隠しておくのに絶好の場所だろう。そこでガッブ君は小屋の連中に気づかれないよう、まず〈オペラ・ハウス・ブロック〉の事務所に行って、牛革のブーツ、コーンパイプ、ぼろぼろの麦わら帽子、ジーンズという馬丁の変装をした。顔から正体がばれないように、赤い顎ひげをつけた。もうちょっと赤みが薄ければ、本物に見えたのだが。変装を終え、彼がこっそり〈オペラ・ハウス・ブロック〉の階段を降りていったところで、ビリー・ゲッツに偶然出くわした。彼は典型的な甘やかされた一人息子でこの町一番のいたずら好きだ。ゲッツはガッブ君の腕を取った。

「シーッ!」と、彼は秘密めかして言った。「何も言わなくていい。たまたま、君だとわかっただけだ、ガッブ君。さて、例の海賊事件だな……あれは止めさせなくちゃ」

「僕はそのための捜査をしているところなんだ」と、ガッブ君は言った。

「すごいじゃないか!」と、ビリー・ゲッツは言った。「俺の地元のミシシッピ川でこんな事件をおこされちゃたまらないからね。この川が悪く言われたらむかつくし。ガッブ君、俺は〈ミシシッピ川海賊撲滅連盟〉というのを立ち上げたところなんだ。海賊退治が目的なのは言うまでもない。君にその公式探偵になってもらいたいんだ。ところであのベタベタという野郎は……なんというか……なかなかタフそうな男だな。物置小屋に住んでいるけど」

「その物置小屋の場所が知りたいんだけど」と、ガッブ君は言った。

「まかせとけ」と、ビリー・ゲッツは言った。「ハンプトンの物置小屋だ。八番街の裏道にある。実はついさっきまでそこにいたんだ。やつはそこでカルムック人の夏の催しで使う舞台の背景を描いている。この通りをまっすぐ行けばいい……ああ、反対方向に向かい、五キロ道を行き、墓場を横切る、なんて

第十三回講座には書いてあるんだろ？」

「講座は十二回までしかないよ」と、ガッブ君はむっとして言いながら、つかつかと出ていった。ハンプトンの物置小屋に到着すると裏道に面した窓からなかに忍び込んだ。

物置小屋のなかに目を引くものはなかった。干し草置き場の隅に簡易ベッドが置いてあった。そして反対側の壁にはキャンバスが広げてあり、かなたに山脈を望む廃墟となった城の絵が描きかけになっていた。床にはバケツやら筆やら、乾いた絵の具や膠などといった、背景を描くのに必要な道具が散らばっていた。ガッブ君はキャンバスの裏をのぞき込んだ。そこに盗品は隠されていなかった。彼は事務所に戻って変装を解き、ヒンメルディンガー屋敷に戻った。ベタベタは正面の階段に座って仕事をさぼっていた。その隣には女の子が一人、座っていた。

「こいつがマギー・ティフィキンズです。マグ、俺のボスのファイロ・ガッブさんに挨拶しな」

その晩、トウゴロイワシ号はダーリングポートからの帰路で再び海賊に襲われた。ガッブ君は翌朝、ベタベタがやって来るのを待ち構えていた。何か新しい手がかりはないかと思ったのだ。しかしベタベタは何ももたらしてくれなかった。かなり落ち込んでいた。マギーとけんかをして、苦悩のどん底にいたのだ。

「ビリー・ゲッツに頼まれて、カルムック人の仕事をやっているんですが」と、彼は不機嫌そうに言った。「本当にひどいやつですぜ。一つ背景を描いたら、さんざんコケにされた。森の絵はまるでローストビーフのサンドイッチみたいだって言いやがった。そして酒場の場面を描けば、これはバーかそれとも牧場か、と言いやがった。俺が古城の廃墟の傑作を描いても、これは図書館のなかか、と言うんだ。

頭に来た。あとはごらんの通りだ」

トウゴロイワシ号は武装した自警団に守られたおかげで、三日三晩は海賊に襲われずにすんだ。しかし四日目の晩に、あの背の低くて黒い海賊船がこの汽船に走りながら攻撃を加えてきた。海賊どもは汽船に乗り込む危険を犯そうとしなかったが、ジェリー・ブルックスおじにとってこんなふうに海賊につきまとわれるのは不愉快なことだった。たくさんの小さなボートが武装して川をパトロールすることになった。十四日目の晩、トウゴロイワシ号がダーリングポート行きの航海で川をさかのぼっていたときに、反対方向に航行していたジェーン・P号が海賊に襲われて、積み荷のなかでも高いものばかり奪われてしまったのだ。これでどんなことをしても海賊を退治することが決まった。

町より上流で汽船が襲撃されたのはたった一回しかなかったことから、海賊の根城はリバーバンクより下流にあることが推察された。しかも町より下流の水域では、日中海賊のボートを隠しておける場所がたくさんあることもその推察を裏づけた。下流の岸辺にはいくつも沼地や支流があるのだが、上流にはまったくなかったのだ。町の上流では、水辺は斜面になっていたので、たとえ小型船であっても向こう岸からはっきり確認することができた。以上のような理由から海賊船の捜索は町より下流に集中していたのだが、さっぱりうまくいかなかった。

ガッブ君はこの三週間というもの捜査を続けていたのだが、もうすべての変装も、〈日の出探偵事務所〉の探偵養成通信教育講座全十二回の内容も出し尽くしてしまった。彼は絶望のふちに立っていた。毎日彼は変装してはあの物置小屋へと行ってみたのだが、どんどん舞台の背景画が描かれていっているばかりで、何の発見もなかった。探偵の技術だけではどうしようもないところにまで来てしまった。もしかしたら正直にベタベタに向かって、君は海賊の一味じゃないか、と尋ねるか、いやそれよりも前にマギーのところに行って、どこであのタイピンと葡萄を手に入れたのか質問するしかないのではないか、とガッブ君は煩悶していた。しかしそれでは探偵とは言えないではないか。全十二回の講座の内容でも触れられていない。

海賊船拿捕に対して百ドルの懸賞金（懸賞金という字はいつも大文字で書かれていた）が、商業者組合によってかけられた。しかし誰もその賞金を受け取れそうになかった。

「正直言って！」と、ベタベタは言った。「俺のボートが動けば、一人で乗っていって連中を捕まえて百ドルせしめるところなんだが。あんたは探偵なんだろう、ガッブさん。どうして乗り出していって賞金をもらおうとしないんですかい？」

「君のボートは動く状態なの？」と、ガッブ君は尋ねた。

「岸に引き上げてしまってますよ。まるで腐ったトマトみたいだ。ミュラーに売りつけようとしたんですがね、マグが、あんたもおいしいって言ってくれたあの葡萄を買った八百屋ですよ。だめでした。それからキャロウェイにも指輪と交換しないかと持ちかけてみたんだが。キャロウェイってのはマグがオパールのタイピンを買った宝石屋ですよ。でもだめでした。処分できやしない。ちゃんと動きさえすれば海賊を見つけるんですがねえ」

「用事を思い出したんだ。ダウンタウンのほうへ行ってくる」と、ガッブ君はベタベタをそこに残したまま出かけて、ミュラー氏とキャロウェイ氏に質問をした。マグに葡萄を売ったことも、またタイピンを売ったことも確認が取れた。これでたった二つの手がかりが消えてしまった。ガッブ君は五番街のほうへと向かった。するとそこでビリー・ゲッツに腕をつかまれた。

「来いよ、海賊退治だ」と、彼は言った。「ハッドン・P・ロジャース号という性能優秀なクルーザーで、今度は上流を捜索するぞ。さあ来い」

ビリー・ゲッツは彼を連れてハッドン・P・ロジャース号に乗り込んだ。そして上甲板で保安官に紹介した。

「保安官、ようやく見つけましたよ！　今回は大丈夫です。さあ、ガッブ君です。あの有名なファイロ・ガッブ探偵。数々の難事件を解決した彼が、一緒に来てくれるそうです。これで海賊船を捕まえて帰ってこられるでしょう。なにしろファイロ・ガッブは負け知らずですから」

保安官はにっこり笑って言った。

「いつもおまえはほらばかりだからなあ、ビリー」

船は出航した。ゆっくりと川をのぼっていった。上甲板の両舷に位置する捜索隊の面々は、目を皿のようにして岸辺を観察した。時々この船は後退したり前進したりしてさらに岸辺に近づき、小型船をじっくり調べたり、先日の洪水で流れ着いた丸太を調べたりもした。ビリー・ゲッツは保安官とファイロ・ガッブ君の脇に立って、岸辺の怪しそうな暗がりや塊をいちいち大声で注意したりしていた。船はゆっくりと進んでいき、小島とイリノイ州側の岸辺とのあいだの地点に到達した。この小島の木が生い茂った岸辺には直接水が接しており、ミズニレの木が根を川の水にひたしていた。ボートを隠しておけるような場所は見あたらなかった。そして船はゆっくりとその近くを航行していった。ビリー・ゲッツはまじめくさった顔をして真剣なガップ君をからかった。ガップ君はからかわれても難しい顔を崩さなかった。その両目はまるで鳥のように真剣に島の岸辺を観察していた。

「壁紙張りと探偵を兼業してればいいことがあるんですかね」と、ビリー・ゲッツは、保安官にウインクをしながら言った。「たとえば……」

　ファイロ・ガップ君は聞いていなかった。

「自然と絵がそっくりだということもあるんですね」と、ガップ君は保安官に言った。「なんだかだんだん壁紙に見えてきたんです。ほらあそこの右側の森なんか、自然に生えているように見えますけど、ディーツ社製、品番七四六二の〈ベッシー・ジョン〉から切り取ってきたみたいだ」

　と、彼はここで口をつぐんだ。

「どうした?」とビリー・ゲッツは心配げに言った。

「ボートをあそこに近づけてください」と、ガップ君は興奮して言った。「あそこは品番七四六二〈ベッシー・ジョン〉の壁紙に似ているんじゃない。品番七四六二〈ベッシー・ジョン〉なんだ」

　保安官は、ガップ探偵が指し示す地点を鋭い目でにらみ、隣の操舵室にいる航海士に向かって命令を下した。船は方向転換をして、小島に向かって進んだ。船と岸までの距離が、オーケストラ席の最前席から劇場の背景幕までの距離ぐらいまで近づくまでもなく、船に乗っていた全員がどうなっているのか理解した。トリックは完璧に暴かれた。岸辺の木々は本物の木ではなかったのだ。ベタベタがビリー・

ゲッツの注文で、忠実に模写したディーツ社製、品番七四六二〈ベッシー・ジョン〉が描かれているキャンバスが張ってあったのだ。岸辺の入り江のところに、目立たないように竿を立てて、そのあいだに目隠しの幕を張ってあったのだ。そしてその絵の森の裏に、長くて背の低い真っ黒な海賊船……なんとビリー・ゲッツのモーターボートが隠してあったのだ。

保安官がこのキャンバスを破り、部下が海賊船を押収して船の広い甲板に引き上げた頃には、ビリー・ゲッツは姿を消していた。リバーバンクでは二度と彼の姿を見ることはなかった。そして何人かいた不良仲間もまったく行方がわからなくなった。

「だいたいは」と、ガップ君は、連絡船が町へ帰る途中で言った。「壁紙張りと探偵業は、なかなか相容れないものですが、ときによってこの組み合わせが百ドルの価値を生み出すこともあるんですよ」

「その通りだ！」と、保安官は叫んだ。「賞金は君のものだな！」

「そうだといいんですけど」と、ガップ君は言った。

ヘンリー

Henry

事務所に戻ってきたファイロ・ガッブ君は、ドアに立てかけてあった速達の小包を作業台の上に置いた。作業用のナイフで小包を縛ってあるひもを切った。その中身はわかっていた。〈日の出探偵事務所〉の用具販売部門に二十五ドル送金して買った、新しい変装道具なのだ。早く中身を見たくてたまらなかった。カタログによれば、「第三十四号　フランス人伯爵。顎ひげとかつらつき。通常価格四十ドルのところ、卒業生特別価格二十五ドルで提供。速達送料込み」だそうだ。

ガッブ君の顔はいつもとはちがってむっつりしていた。悪い知らせが届いたところだったのだ。不信感などおくびにも出さず、愛するシリラの父親であるメッダーブルック氏のところへ海賊退治でもらった賞金百ドルを持っていった。しかしそこで見たのは涙に暮れるメッダーブルック氏だった。

「これを読みたまえ、ガッブ君」と、メッダーブルック氏は言った。彼がとてもショックを受けているのは、ガッブ君に今回はシリラからの電報代の一部を負担させなかったことからもわかった。その電報にはこう書いてあった。

怖くて気が狂いそう。野菜もすべての食べ物も前のように、昼も夜も食べ続けている。でも十キロくらいまたやせた。現在の体重はたったの五十六キロで、どんどんやせていく。最悪の事態になったらどうしよう。ガビーに愛を。


ガッブ君が包みから取り出したのは、かなりウエストが絞られたフロックコートで、思わずため息をもらしたのも当然だろう。しかしそのときドアをノックする音が聞こえた。あわててコートを包み紙で覆い、ドアへと向かった。

「どうぞお入りください」と、彼は言った。ドアが開いて、おそるおそる背の低い赤ら顔の男が入ってきた。まず部屋のなかをのぞき込むと、自分が開けたドアを後ろ手で慎重に閉めた。

「あんたが探偵さんかい?」と、彼はぶっきらぼうにきいた。

「僕はファイロ・ガッブ、探偵兼壁紙張り職人です。ご用件をうかがいます」と、ガッブ君は言った。

「どうぞおかけください」

「それは場合によるな」と、ガッブ君の客は言った。まだドアノブに手をかけたままだった。「用件を言おう。ある人間が俺からあるものを盗んだ。俺はあんたに費用を払ってでも、誰が盗んだのか、それを取り戻せないか調査してもらいたい。そういう調査を引き受けてくれるか? そして誰にも秘密にしておいてくれるか?」

「もちろんですよ」と、ガッブ君はうなずいた。

「そいつが肝心なんだ! 絶対秘密は守ってくれ。俺とあんただけの秘密だぞ? あんたと俺だけの完全な秘密にして、誰にも絶対に言わないと約束してくれるな?」

「当然です。探偵業というものは、信頼と秘密厳守を基礎にして成り立っているのです」

「わかった! あんたには任せることができそうだ。さて、俺の名前はガス・P・スミスだ。ついさっき被害にあったばかりなんだ。俺が今朝、大通りと大通りのあいだの裏通りを歩いていたときに……」と、ここで彼は口をつぐんでドアのほうを振り向いた。誰かがノックをしていた。スミス氏はドアをほんの少しだけ開けて外をのぞき見、ドアを閉めるとすぐにこう言った。

「誰か客だ」と、彼はささやいた。「絶対秘密にしてくれ。また来る」

彼はドアを開けて外にするりと滑り出た。入れ代わりに二人目の客が入ってきた。新しい客は背が高くてやせており、髪の毛が長く肩のところでべたべたしたカールを巻いていた。古くさいフロックコートと縁の垂れた黒い帽子をかぶり、灰色のヤギ革の手袋をはめているところは、ちょっとばかりおしゃれと言えなくもなかった。もっともその日はいつも通りの夏の暑い日ではあったのだが。顔は細く、やわらかな茶色の顎ひげは顎のところで二つに分けられ、なでつけられてぴんととがっていた。慎重にドアを閉めながら、ガス・P・スミス氏が廊下を去っていくのを見やった。

「探偵のファイロ・ガップさんですか?」

「そうです」

「私は、ご存じかもしれませんが、アリババ・シンと申します」

「お会いできて光栄です。どういったご用件でしょうか?」

アリババ・シン氏は自分で椅子をガップ君のデスク近くまで持ってきて、座った。ガップ君のほうへと前屈みになった。そのおかげで安物のヘアオイルの匂いがぷんぷんした。そしてこうささやいた。

「すべては完全に内密にしてください。完全に秘密に。よろしいですか？」

「おっしゃる通りに」

「よろしい！　さて、もうご存じだとは思いますが、私はここリバーバンクに来て以来、注目の的になっております。神智協会の講演、ニルヴァーナの教え、仏陀の哲学、ヴェーダの謎、などなど」

「新聞で広告は拝見しました」

「そうでしょう。ここではかなりの成功をおさめました。数多くの人が謎を求めて集まりました。リバーバンクではいつもより成功しました」と、ここで彼は口をつぐみ、ファイロ・ガッブ君を疑わしげにじっと見て「あなたは輪廻転生を信じますか？」と質問した。

「わかりません。いったい何なんです？」

「輪廻転生とは」とアリババ・シン氏は繰り返した。「ヒンズー教の教えです。死んだ後、善行を積んでいた魂はより高等な形に生まれ変わり、悪行ばかりだった魂は低等な生き物に生まれ変わるのです。もしあなたが悪人だったら、犬や馬といったものに生まれ変わるでしょう。お信じになりませんか？」

「絶対に信じませんね！」

「では……教えて差し上げましょう」と、アリババ・シンは不愉快そうに言った。「私の教えの一つですから」

「そんなことを教えに、ここにいらしたんじゃないんでしょう？」と、言うガッブ君は、こんなまぬけな人間は見たことがないとでも言いたげだった。

「ああ、そうでした！」と、アリババ・シンは言った。「用事があったのです。これは絶対に秘密でお願いします。いいですね？　ありがとう。じゃあお話ししますが、いいですか、ガッブさん？　私は自分では全然信じていないことを、これまでずっと教えてきました」

「それはそうでしょうねえ」とファイロ・ガッブ君はうなずいた。

「我々、オカルト主義者は口のうまさで世間を乗り切ってきたのです。我々は、ときとしてやり過ぎることもあります。かなりやり過ぎることが！　それは認めましょう。正直に認めます。相談者が何度も何度もやって来るたびに、我々は……やり過ぎてしまうこともあるのです。彼らを惑わすわけではなく……そういう意図はないのですが。しかし……彼らを自分たちでも知らないような境地にまで連れていってしまうことがあるのです。おわかりですか？」

「ええ、大丈夫です」

「よかった！　ガッブさん、私の顧客がですね、魂の輪廻転生に強い興味を抱いたのです。彼女は神秘的なものだったら何でも興味を示しまして、生まれ変わりとか、死者の魂が帰ってくるとか、そういうことは特に。私は……正直言って、ガッブさん、彼女につきあうのがもう本当に大変なんですよ」

「ご自身で信じてもいない魂の輪廻転生を彼女に教えた結果、暴走してしまったということですね」と、ガッブ君は助け船を出した。

「そしてあなたが偽物だということがばれて、金を返せと言われたんですか」

「いや、そうじゃないんです！」と、アリババ・シンはきっぱりと否定した。「ちがいます。彼女は金を返してほしいなんて言っていません。彼女は……ほぼ満足しています。哲学的な面では彼女は言われたことを信じています。ほぼ満足しているのです。ガップさん、どうして今日ここに来たのかというと、彼女に……」

アリババ・シンは用心深く見回した。

「彼女に刑務所に入ってもらいたくないのです」と、彼はささやいた。「そうすると私も困ったことになります。その女性とは、ガップさん、ヘンリー・K・リペット夫人なのです」

「は?」と、ガップ君はききかえした。

「ご相談したいのは」と、アリババ・シンは眉毛を困ったようにぬぐいながら、「私が彼女の死んだ夫を本当に輪廻転生させるか、それとも彼女が窃盗罪で逮捕されるか……」

アリババ・シンはここで言葉を切って、さっと立ち上がった。誰かがガップ君の事務所のドアをノックしたのだ。アリババ・シンはドアのほうへと歩いていった。

「誰かいるところで話すような内容ではありませんので」と、彼はびくびくしながら言った。「また後で来ます。絶対に秘密でお願いしますよ!」

ガップ君の新しい客になど目もくれず、彼は出ていった。そしてガップ君は立ち上がって新しい客を迎えた。

この三番目の客は体格のいい赤ら顔の男で、とてつもなく派手なチョッキを着ていた。彼は灰色のビーバー皮の帽子をかぶり、巨大だが本物かどうか怪しいダイヤモンドの指輪を指にきらめかせていた。まっすぐガップ君のところまで歩いてくると、握手をした。

「まあ座ってくれ」と、彼は命令した。「さて、君が探偵のガップ君だね? よろしい! わしはステイーヴン・ワッツだ。しかしみなはわしのことを〈三本指のスティーヴ〉と呼んでいる」と、彼は言いながら、右手を出して指が一本なくなっているのを見せた。「わしはショー・ビジネスをやっている。〈学者馬のジョン〉というのを聞いたことがないかね？　〈人間三葉虫のホーゴー〉は？　〈学者ブタのヘンリー〉はどうだ？　そう、全部わしがプロデュースしたショーだ。君は保安官とは知り合いかね？」

「よく会いますよ」と、言って、ガッブ君はにっこり笑った。

「それでだ、ダーリングポートからここに来る途中、うちの一座の〈人間三葉虫〉が見せ物小屋のテントから行方不明になった。〈ドーキンス・ビルディング〉を支えている大理石の礎石を半分ばかりかじっているのが発見されたんだ。やつは白大理石には目がないからな。やつにとってはキャンディみたいなものだ。するとドーキンスは俺のショーを差し押さえて、わしが新しい礎石代を払うまで、保安官に言ってすべての興行をストップさせているんだ。聞いたところでは二百五十ドルもかかるそうじゃないか。そんな金はない」

「だからショーを差し押さえたわけですか」と、ガッブ君は言った。

「その通り！」と、〈三本指のスティーヴ〉は言った。「やつはショー全体を差し押さえた。ただし〈学者ブタのヘンリー〉以外のな。それがわしがここに来た理由だ。保安官の差し押さえ令状はそのブタにも出されていない。令状が出されているのに、ダーリング郡からブタを持ち出すのは重罪にあたる。ところがそのブタは持ち出されてしまったのだな」

「あなたがやっちゃったんですか？」と、ガッブ君はきいた。

「よく聞いてくれ」と、〈三本指のスティーヴ〉は言った。「ダーリング郡からブタを持ち出したのはわしではない。盗まれたのだ。脂症のガスが盗んだのだ。オーガスタス・P・スミスという、うちの宣伝係が〈学者ブタのヘンリー〉を盗んで遁走したのだ。わかるか、わしの言っていることが？」

「いえ、あまりはっきりとは」

「まあ、微妙な問題だからな。それにどうして警察じゃなくてここに来たのかと言うとな、わしはブタを取り戻したいのだ。しかし警察に行くと、たとえブタを取り戻してもダーリング郡の保安官に引き渡してしまうだろう？」

「脂症のオーガスタス・P・スミスを捕まえてほしいのですか？」

「いや、全然！」と〈三本指〉は大声で言った。「あいつはどうでもいい！　ブタさえ取り戻してくれればいいんだ」

「そのブタの大きさはどのくらいですか？」

「でかいブタだ。ヘンリーは太りすぎで、実際、ダイエットをしなくちゃならんと考えていたところだ。しかしまだとりかかっておらん。ヘンリーは巨大な二重顎のピンク色のブタだ。郡のお祭りで優勝するようなやつだ。それにいいか、まだこの町にいるんだ！」

「本当ですか？」

「わかっているんだ！　ダーリングポートで脂症のガスが農家の馬車にブタを積み込むのを目撃したんだ。ガスはわしのためにブタを助け出そうとしているのだと思った。前にも同じようないざこざのときに、そうしてくれたやつがいたからな。だからわしはリバーバンクまで汽車で行き、ホテルにガスがやって来てブタをどこに隠したか報告するのを待っていた。『おい、ガス、ヘンリーはどこだ？』と、わしは言った。ガスはびくびくしながら、『盗まれました！』と、答えた。『目を離した隙に、誰かにぬすまれちまいました』と、言うのだ。もちろんそんなことは嘘だとわかっているから、そう言ってやった。するとやつは『もうヘンリーは戻ってきやしませんよ。最初は取り戻してあげるつもりだったけど、俺のことをそんなふうに言うんだったら、あんたにくれてやるもんか。見つけたって俺のものにするさ』と言ったのだ。そう、ガッブ君。ヘンリーはこのリバーバンクにいる。わしはヘンリーを取り戻したい。ヘンリーが盗まれたなんて話は嘘だ。ヘンリーはどこかに隠してあるだけだ。そしてガス・スミスはその場所を知っているのだ」

ガッブ君はワッツ氏をじっと見つめた。

「君も良心がある人間だったら、ヘンリーを保安官のところに送り返すだろう。しかしわしはこんなふうに脂症のガスにこけにされたままではいない！　絶対に！」

彼は再びガッブ君と握手をして出ていった。たった十五分前にはそのガス・P・スミス氏が来たばかりだった。その彼は通りの向こう側で待っていたのだろう。すぐにまた戻ってきた。彼はドアを閉めて鍵をかけた。

「三本指のじいさんがこのビルから出てくるのを見かけたが、何の用事だったんだ？」

「依頼人の秘密を漏らすわけにはいきません」

「それはそうだな！」と、スミス氏は言った。「だがあんたに〈学者ブタのヘンリー〉の行方を捜すよう頼んだに決まっている。さて、聞いてくれ。俺は〈三本指〉のためを思って、そしてショーの一部でも手元に残しておこうと思って、あのブタを連れて逃げたんだ。本当にそうなんだが、やつはそれを信じちゃくれないんだ！　やつは俺のことを泥棒だとぬかしやがった。のっけから俺がひと儲けするためにブタを狙っていたんだろうとまで言いやがったが、そんなわけはない。とんでもない侮辱だと思わないか、ガップさん……」

彼はポケットからひもの切れ端を取り出して、ファイロ・ガップ君に手渡した。

「何です、これは？」とガップ君は尋ねた。

「ヘンリーが残していった唯一の手がかりだ」と、脂症のガスは言った。「今までにこれしか見つかってない。このロープを使ってヘンリーをダーリングポート行きの農業用の馬車に乗せたんだ。このひもはヘンリーの後ろ左足にしっかり結びつけてあった。この結び目のない端を見てくれ。切られたように見えないか？」

「僕は自分の意見は軽々しく口にしないことにしているんです」

「わかった、聞かないよ！　俺には切断したように見える。まあそれはいいとして、要するに俺はあんたにヘンリーを見つけてもらいたいんだ。どうだ？」

「このような状況でしたら、直ちに捜査に着手できると思います」

「よし、わかった。じゃあ、俺の知っていることを話そう。俺はダーリングポートからヘンリーを連れ出した。そして百姓が馬車から俺たちを降ろしたあとは、このひもをヘンリーの足に結びつけたまま、道路を歩いていた。しばらくして俺はこのリバーバンクに着いた。もしかしたら警察がヘンリーを捜しているかもしれない。そう思ったんで俺は大通りではなく裏道を選んだ。裏道を歩いているとき、突然俺は、ヘンリーを連れて町中でいったい何をしているんだろうと思ったんだ。こいつを連れていたら怪しまれるし、ホテルにだって泊まれやしない。『やるべきことはわかっている』と、俺は独り言を言った。『まず一人で家畜小屋を借りに行き、ブタを飼おうと思っているんだが、その場所が必要なんだ、とかなんとか言うんだ』。そして実際その通りにした」

「裏道にブタをほったらかしにしたんですか？」

「そうだ！　裏道の塀に留め金があったから、そこにひもの端を結びつけて、そのままヘンリーを入れられそうな家畜小屋を探しに行った。五つ目ぐらいでヘンリーにちょうどいい場所が見つかったんで、迎えに戻った。すると姿が消えていたんだ！」

「何の痕跡もなしに？」

「このひもの切れ端、これだけだ。ヘンリーがいなくなっちまった件について知ってるのはこれだけだ。でも俺の考えでは、ちょうど誰かが通りかかって、ブタをただで手に入れる絶好の機会だと思ったにちがいない」

「それでは捜査は難航しそうですね」と、ガッブ君は疑わしげに言った。「荷馬車を連れていて、それに乗せたのかもしれません」

「なるほどな！」と、スミス氏は言った。「もう話せることはない。わからないからあんたのところに来たんだ。どこにいるのかわかるなら、探偵なんか雇わないだろう？　ヘンリーを見つけてくれたら、四ドル出す。俺は金持ちじゃない。けどブタが見つかれば〈三本指のスティーヴ〉は満足してそれくらいは出してくれるだろう。さあ、どうする？」

「このような状況でしたら」と、ガッブ君は慎重に先ほどと同じ言い回しをした。「直ちに捜査に着手できると思います」

スミス氏は握手をして契約を結ぶと、出ていった。

彼が姿を消すとすぐアリババ・シン氏がびくびくしながらドアを開けて、頭をなかに突っ込み、そして入ってきた。

「あの男はずっとここにいるのかと思いましたよ」と、彼は困惑しながら言った。「まさか僕の事件、いやヘンリー・K・リペット夫人の事件を追いかけてきたんじゃないでしょうね？」

「ここに来た人間は誰もあなたに注目なんかしていませんよ」と、ガッブ君は彼をなぐさめた。するとアリババ・シン氏は安心したようにため息をついた。

「ヘンリー・K・リペット氏をご存じない？」と、彼はきいてきた。

「いえ、まったく」とガッブ君は答えた。

「彼は首を折って、亡くなりました」

彼は躊躇し、迷っているようだった。しかしようやく決心した。

「絶対無理なんです！」と、彼はいらいらした様子で叫んだ。そしてさっき自分で言っていたこととは正反対のことを言い出した。「私は信じちゃいない！　私は……」

彼は疲労困憊していた。片手で片手を押し包むようにしてぐりぐりと押しつけて、泣き出しそうだった。

「ガッブさん、さっきここにお邪魔したあと、またリペット夫人の家に行ってきました。事態はさらに悪化していました。もうだめです！　私にそんな力はありません。そんな力がないってわかっているのに」

「あなたのために捜査をしますから、もうちょっとわかりやすく説明してもらえませんか」

「すべてをお話ししましょう！」とアリババ・シン氏は突然、すべてを告白しだした。「ガッブさん、私は詐欺師です。ペテン師なんです。ヒンズー教徒でもありません。本名はガフィンズ、ジェームズ・ガフィンズといいます。ボエリーの見せ物小屋で手品師をしていました。この謎めいたヒンズー教徒の予言者のような格好をしているのは、こうしたほうがご婦人方を簡単にだませて金になると思ったからです。だますのは本当に簡単で、かなり儲けました。しかし私はヨガ行者でも、奇跡を起こす聖人でもありません。人間を元のままに、別の形でだって、よみがえらせることなんてできるわけがないじゃないですか？」

「それはそうでしょうねえ」

「そう言ってくれてありがたいです」と、ガフィンズ氏はほっとしたように言った。「やる気になりさえすれば、本からヒンズー教のおまじないについてはいくらでも学べますからね……でも、もちろんリペット氏を生き返らせることはできません。私は心霊術の霊媒じゃないんですから。ブタ野郎の霊魂を物質化なんてできやしません」

こうガフィンズ氏は言って、肩をすくめた。うっかり言ってしまった言葉なのだろうが、そのおかげで彼の浅薄さが露呈してしまった。彼が「ブタ」と言ったのは本物のブタのことでないのは確かだった。

「ガッブさん、正直に言いますが、あなたの助けが必要なんです。リペット夫人は私の講習会に参加してからというもの、夢中になったのです。彼女はヨガ哲学を研究する勉強会を設立しました。我々はさらにのめり込んでいったのです。私は次回の講義のために一週間勉強漬けにならなくてはいけませんでした。落とした照明や私のインド人風の衣装が雰囲気を盛り上げたのは言うまでもありません。神秘的な雰囲気、珍しいお香などもです。ヘンリー・K・リペット氏をご存じないと言いましたよね？」

「はい、まったく」

「太った男でした。太りすぎと言っていいでしょう。それに暴食家でした。異常な食欲で、食べるために生きていると言っても過言ではありません」

またガフィンズ氏はため息をついた。

「当然報酬はもらっていました」と、ガフィンズ氏は続けた。「私に、ですが。リペット夫人は気前がいいのです。彼女には再三言っていたんですが」と、彼は怒気を込めて言った。「亡くなった夫の物質化ができるかどうかは保証はできない、って。『リペット夫人、やらないほうが賢明だと思います。私の力は弱すぎます。それに危険も伴います。ご主人はまだニルヴァーナを漂う霊魂の状態で、我々のところに霊魂として現れるかもしれません。しかしもしご主人がこの世であるべき姿でなかったらどうします？　もしご主人の霊魂が愚行の罰として、劣等生物に生まれ変わっていたらどうします？　こんなふうに申し上げるのをお許しください。なにしろ人間とは弱い生き物ですから』と、言ったんです。『それに、もしご主人が鳥に転生していたら、ショックでしょう』とも言いました。『鳥になって空を飛んでいる姿なんて…』」

と、ここでガフィンズ氏は言ったん息をついてうめいた。

「でも彼女は言い張るのです。絶対に言うことを聞かないのです。だから……」

と、ガフィンズ氏はガッブ君を訴えるような目で見た。

「私がそんなことができるなんて、あなただって信じていないでしょう？」と、彼は訴えた。

「はい、まったく」とガッブ君はこたえた。

「それを彼女に証明してほしいのです。そうお願いしに来たのです。みんな、あなたは探偵だと知っています。ですから、私の捜査をしてもらいたいのです」

「僕に逮捕してもらいたいんですか！」と、ガッブ君はびっくりして叫んだ。

「私を逮捕するつもりのように、捜査をしてもらいたいんです」と、気の毒なガフィンズ氏は言った。

「私がペテン師であるという情報をどこかから聞き込んだふりをして、リペット夫人のところまで聞き込みに来てください。そしてそこで『しまった！　遅かったか！　やつはもう逃げ去ったあとだ！』と、言ってほしいのです。そして彼女にあんなことは不可能だと説明してください」

「何が不可能ですって？」と、ガッブ君はきいた。

「その部屋は薄暗く、かすかな灯りしかありませんでした。私は赤い電球の光のなかに立っていたので不気味に見えたんでしょう。片手には水晶玉を持ち、もう片手には翡翠のお守りを持ちました。香炉からは香りが立ちのぼっていました。空中から聞こえてくるかのような、優しい鐘の音が三回響きました。私はその音に合わせて三回礼をし、呪文をつぶやきました。さっきも言ったようにみんな私の作りごとなんですが、それでも非常に謎めいて聞こえます。リペット夫人は椅子の端に腰掛けて、息をのんで見つめていました。部屋の後ろのドアにはカーテンがかけられていました。しんと静まりかえっていました。我々二人だけでした。私自身だってぞっとしていましたよ。カーテンのほうへ歩み寄り、『ヘンリーよ、現れろ！』と言いました」

「で？」

ガフィンズ氏は絶望したように両手を突き出した。

「一匹のブタがカーテンをくぐって登場したのです」と、彼はうめいた。「ブタですよ、ブタ。巨大で、太って、二重顎で、ピンク色のブタです。田舎のお祭りでよく見るあれです。そんなのがカーテンをくぐってやって来て、二度鳴いたのです。そこに突っ立って頭を上げ、二回鳴いたんです」

ガフィンズ氏はいらいらしながら手をごしごしこすりあわせた。

「もうびっくり仰天でした。でも私が『出て行け、このけだもの！』と、叫んで蹴とばそうとした瞬間、リペット夫人は椅子からゆっくりと立ち上がりました。彼女はよろめき、顔を両手で覆いました。泣き出したんです。『だから言ったのに！』と、彼女は泣きながら、『だから言ったのに！　ヘンリー、あなたは食べ過ぎだったのよ。何度も何度もブタになっちゃうわよって言ったじゃないの。ああ、ヘンリー、生きているあいだにもうちょっと我慢していれば、ブタになんかならずにすんだのに！』と、言うんです。するとそのブタはどうしたと思います？」

「どうしたんですか？」

「お座りをしてえさをねだったんですよ。ああ、恐ろしい！　リペット夫人はこらえきれず泣いていました。『彼はいつも前世でおなかをすかせていました。今は我慢しろなんて言えません。明日からです。戻ってきたばっかりだもの。さあ、いらっしゃい、ヘンリー！』

「彼女は食堂へ行きました。そしてブタのヘンリーは……いや、ヘンリーであるはずがないんですけどね……その後をついて行きました。そしたら何が起こったと思いますか？」

「どうしたんです？」

「食堂のテーブルにまっすぐ行くと椅子に座ったんですよ。普通、ブタはそんなことはしないでしょう？　信じないかもしれないけれど、ヘンリーはできたんですよ？　あいつは椅子によじ登ると座って前足をテーブルの上に置いてブーブー鳴いたんですよ。するとリペット夫人はあわてて『まあ、ヘンリー！　気の毒にね、かわいそうに！』と、言いながら、挽き割りトウモロコシのいためものとリンゴの薄切りをのせた皿を並べました。するとブタはそれには手も触れようとしないんです！　食べないんですよ。リペット夫人はさらに激しく泣きながら、ナプキンをブタの首に巻いてやりました。するとブタは食べ始めたんです。皿のなかに顔を突っ込むように、がつがつとたいらげました。そしてもっとよこせと鳴くんです。リペット夫人はまた泣いて、『これでこそヘンリーよ！　彼はいつも首にナプキンを巻いて、スープをこぼして汚していたわ。これはヘンリーだわ！　ヘンリーそっくりな行動だもの。彼はテーブルで食べてはブーブー言う、それしかしない人だったわ』と、まあ、そんな調子で……」と、ガフィンズ氏は悲しそうに言った。「奥さんは旦那のヘンリーの生まれ変わりだと思い込んでしまったんです。客用寝室をブタ用に改装しました」

「とんでもないですね！」

「でも、しょうがないんです」と、ガフィンズ氏は悲し気に言った。「どうしてだかわからないんですが、まるでヘンリーなんです。ブタが後ろ足でまるで人間のように立って歩くなんて信じられますか？

奥さんはヘンリーそっくりだと言って……あっ！」

「どうしました？」

「さっきヘンリーは」

「は？」

「さっきヘンリーは首の骨を折ったと言いましたよね。彼は店のなかで高いところから落ちて首の骨を折ったんです。暗闇のなかで裏階段を降りようとしていたところ、ロープの端切れにつまずいて落ちたんです。そして……あのブタが客間に入ってきたときには、やはり脚にひもの切れ端を結びつけていました！　これがそのひもです」

　ガップ君はそれを受け取った。デスクのなかから脂症のガスが置いていったひもも取り出した。その二つの端はぴったりと一致した。

「このにっちもさっちもいかない状況を打開してあげましょう。そしてリペット夫人もそのブタを飼い続けないようにします」と、ガップ君は言った。「夫人にあなたがとんだペテン師だと言ってあげましょう。料金は二十五ドルでいかがですか」

「喜んでお支払いしますよ」と、ガフィンズ氏は言って、ポケットに手を入れた。

「それからそのブタはヘンリー・K・リペット氏ではないかと心配はご無用に」と、ガップ君は言った。「そのブタはリバーバンクに連れてこられた、よそのブタです。それに」と、彼はまるでひもの端からなにかを読んでいるかのように言った。「ひもは裏道の塀の留め金につながれていました。背が低く太った赤ら顔の男が結んだんです」と、言いながら、もう一方のひもを手にとってじっくりとながめた。

「ブタはひもを引きちぎって庭に入り、開いていたドアから室内に入りました。さらに言えば、このブタは訓練を受けた見せ物小屋用のブタであり、名前はヘンリー。そして……」

「そして、何なんです？」と、ガフィンズ氏は食いつくように言った。

「そのブタをリペット夫人の家から追い出したいのなら、アイオワ州ダーリングポートにいるダーリング郡保安官に連絡してください。そうすれば後は大丈夫でしょう」

「すごい！　すべてをひもの切れ端から読み取ったんですか！」

ガッブ君は気取って見せた。

「われわれ探偵は」と、彼はうっかりしゃべってしまった。「卒業証書をもらう前に全十二回の講座を終えなくてはいけないんです。探偵もそうやって訓練されるのです」

埋められた骨

Buried Bones

〈学者ブタのヘンリー〉事件を解決して得た報酬を渡そうと、ジョナス・メッダーブルック氏のところに行ったガッブ君は、屋敷が閉鎖され鍵がかかっているのにびっくりした。ドアには一枚の紙がとめてあった。そこにはこう手書きで記されていた。

パタゴニアに転居。百年後に戻る予定。それまで待て。

そして「ジョナス・メッダーブルック」とサインがしてあった。しかし翌日にはガッブ君は『リバーバンク・イーグル』紙で、メッダーブルック氏は友人や近所の人に膨大な量の〈ホントガッカーリ金鉱〉の株を売りつけて姿をくらましたという記事を読んだ。そしてガッブ君もそのまったく価値のない株を大量に持っていたわけだ。

メッダーブルック氏の失踪はガッブ君にとって大きなショックだった。シリラへの求婚に影響が出るのではないかという心配があったからだ。実際シリラからの便りはいつもメッダーブルック氏を通じて受けとっていた。心配でやきもきしていたところ、午後になって届いた電報でさらに心が乱されてしまった。シリラ本人から直接送られてきたものだった。

ああ！（と読めた）最悪の事態。今朝体重を量ってみたらたったの四十五キロ。あとでこの体重計は五十キロ余計に表示されることがわかった。あなたとはもう結婚できない。ガビー、誠実なあなたは結婚相手の体重がマイナス五キロなんて耐えられないでしょう。さようなら、永遠に。

シリラ

ガップ君には大打撃だった。それはそうだろう、五百キロもの体重の美女を愛していたはずが、みるみる縮んでいまではマイナス五キロになって消えてしまったのだから。数日間、彼は事務所にこもりっきりで食事も喉を通らなかった。そして傷ついた心を抱えたまま、いつもの仕事に戻った。シカゴのきつね《フォクシー》という浮浪者がいなければ、彼がシリラの真実を知ることもなかっただろう。

シカゴのフォクシーはダーリングポートから長い道のりを歩いてきた。そしてリバーバンクの町外れで夜を迎えた。彼は施しを家々でもらうと、寝床を求めて歩き、線路に沿って建っている道具小屋の下に場所を見つけた。そこは前から他の浮浪者が寝床として使っていた場所のようで、寝た跡のある藁山やパンの耳や、小さなたき火の跡が残っていた。

シカゴのフォクシーはそこにもぐり込み、手足を伸ばしてゆっくりくつろいだ。パイプに火をつけ、靴ひもを解き、一服しようと腰を落ち着けた。

寝床のちょうど外側に、鉄道用地を囲む鉄柵がたっていた。その鉄柵の向こう側の狭い土地にはぼろぼろの古い家が建っていた。ペンキも塗っていないような家だったが、シカゴのフォクシーがもたれかかっている場所からは、楽しそうな情景が見えた。台所の窓がはっきりと見え、黄色い灯りがもれており、一人の女性がコンロでフライパンを使って何かを料理していた。男はコンロの脇に座っていて、肘を膝につき、夕食を待っていた。

その女性がフライパンをコンロから降ろしたときには、シカゴのフォクシーはこの鉄柵をよじ登って台所の勝手口をノックしようかとも思ったが、今のままでも十分満腹しているし居心地もよかったので、あの家には朝飯をねだりに行こうと、とりあえずやめた。なにしろ子牛肉の焼けるいい匂いが漂ってきていて、ぐっと我慢するのもなかなかつらかったのだ。彼は気持ちを落ち着かせて、タバコを一服吸い終わると丸くなって眠った。

すぐそこで人の声がしたので目が覚め、そっと外をのぞいてみた。その夜はさほど暗くなかった。声の主は男と女だった。シカゴのフォクシーがじっと見つめていると、男は鋤で砂地の地面を掘り始めた。かなり大きな穴を掘ると女に向かって、

「荷物をよこせ」と、言った。

女は重たそうな南京袋を穴の縁まで引きずってきた。男は袋の口を開けると、穴に向かって中身をあけた。がらがらという骨と骨がぶつかる音がしながら落下していった。そして男は袋を女に返した。シカゴのフォクシーはのぞき穴から我を忘れてその光景を見つめていた。あれは確かに骨だった。星空を見上げ、今は真夜中過ぎにちがいないと確かめた。男は急いでスコップで骨の上に土を戻し、乾いた表

面の砂をまいて仕事を終えた。男と女は急いで真っ暗な家に戻っていった。

翌朝、シカゴのフォクシーはねぐらを後にして、目の前の柵をよじのぼった。あの不気味な物体が埋められた場所をじろじろと観察してから、家へと向かった。彼がドアをノックすると男が出てきた。背が高くやせていて、まばらに顎ひげが生えていた。

「ねえ、旦那、ちょいと朝飯を恵んでもらえないですかね?」と、シカゴのフォクシーは言った。

「どうするよ、母ちゃん?」と、男は振り返って言った。「朝飯をやるかね?」

女は浮浪者のほうを見た。食べさせてくれる気なのはすぐに見てとれた。

「階段に座らせておきな。そうすればコーヒーとなにか食うものをあげるから。それでいいんだったらさ」と、彼女は言った。そこでシカゴのフォクシーはその場に座り込んだ。彼女が欠けた皿で持ってきてくれた朝食は願ってもないものだった。子牛肉のカツレツが半分、からりと茶色く揚がっているポテトフライ、バターなしの分厚いパン、そして一杯のコーヒー。シカゴのフォクシーは大いに食べ、飲んだ。

「まったくありがてえ。このご恩は忘れねえ」と、言い、彼はリバーバンクへの道を再び歩き始めた。

「来たな」と、最初に会った警官は言った。「霜が降りると来やがる。風に乗って来たんだから、また風みたいに出ていけ。もうこの町で牢屋でのただ飯も労働もあてにするなよ。さあ、どっかに行っちまえ!」

彼は最初の交差道路に出た。一軒また一軒と物乞いをしたが、住人たちは北風よりも冷たかった。十二番目の家の勝手口をノックはしたものの、もうあきらめかけていた。台所の煙突から細い煙が立ちのぼっていた。煙あるところ食料ありだ。しかしそのとき、ドアから難しい顔をした女が顔を出すかわりに、男の顔が台所の窓から外を見ていた。背が高くてやせている男で、長い首にはのど仏がはっきりと突き出していた。窓から顔を突き出しているさまは、まるでフラミンゴのようだった。彼はドアを開けた。

「さあ、なかへお入りなさい」と、ファイロ・ガッブ君は愛想よく言った。「暖まって。今日はさぞ寒いだろうね」

シカゴのフォクシーはなかに入った。彼は台所を見回した。コンロには火が燃えていたが何も食べ物は見当たらなかった。

「ねえ、旦那、何か食べ物を恵んじゃもらえませんかね？　今朝から何も食べていないんでさ。それとも来るのが遅すぎましたかい？」

男はじっと彼を見つめた。

「いや、遅すぎたということはないよ。この数日間、ここには全然食べ物なんてないんだから。コンロで燃やしているのは、いらなくなった壁紙の切れ端なんだ。僕はこの家の住人じゃないから」

シカゴのフォクシーは彼を改めて見た。

「旦那はもしかしたら、壁紙張り職人かい？」

「壁紙張り職人兼探偵です」と、男は胸を張って言った。「僕の名前はファイロ・ガッブ、〈日の出探偵事務所〉の探偵養成通信教育講座全十二回の卒業生です。それに壁紙張りも得意だよ」

シカゴのフォクシーは手をさしのべた。

「握手してくれ、旦那！　俺も同業者だ！」

「壁紙張りをするんですか？」と、ガッブ君は尋ねた。

「探偵だよ」と、シカゴのフォクシーは即座に答えた。「実は俺は世界でも有数のデカだったんだ。俺と、ほらあの名探偵……なんて名前だったっけ？……一緒に捜査したもんだよ」

「バーンズさん？」と、ガップ君は言ってみた。

「ホルムスだ」と、シカゴのフォクシーは言った。「シャームロック・ホルムス。俺とやつは数々の難事件を解決してきた。あんたも新聞で読んだことがあるだろう」

ガップ君は「シャームロック・ホルムスねえ」と、かの有名な小説の登場人物の名前を口にしてみた。

「そうそう」と、浮浪者は言った。「俺とシャームロックは親友だ。それから俺とあのガキもな！」

「どのガキのこと？」と、ガップ君は尋ねた。

「おいおい、俺の古い仲間のちび助のことだよ。シャームロック・ホルムス二世さ」と、シカゴのフォクシーは真顔で言った。「そしてこのちび助野郎がおそろしいやつで……父親そっくりでさ。俺とシャームロックはいつもキャンディやオレンジを隠して、シャームロックのちび助に探させたもんだ。やつはちびながらたいしたもんだったよ」

ガップ君が彼のことをじっと見つめているのに気がついた。ガップ君はぼろぼろの洋服を眺めていたのだ。

「変装なんだ」と、シカゴのフォクシーはあっさり言った。「俺ほどボロが似合う男はいないだろう？それでさ、朝飯用に五十セント恵んでくれないか、旦那？　俺たち探偵は形だけじゃなく魂から変装しなくちゃいけないと思わないか？　そこまで徹底しなくちゃなあ？」

かの有名な壁紙張り探偵は、シカゴのフォクシーのことを観察した。ガッブ君がこの浮浪者探偵の素性を怪しんでいるのは明らかだった。

「必要に応じて今までなんども、僕も浮浪者の変装はしたことがある。でも、朝飯を買うお金をねだるほど、完璧にはできないなあ」と、彼はゆっくり言った。

「できないのかい？」と、シカゴのフォクシーはあざけった。「じゃあ、あんたは見せかけだけの探偵にちがいない。俺が浮浪者に変装したときには、もう浮浪者そのものになりきるからな」

「それはそうだけど」と、ガッブ君は言った。「僕もそう心がけていますよ。でもあなたが今やっているのはちょっとちがうと思うな。だって今は捜査しているわけじゃないもの。僕という探偵のところに仲間が訪ねてきたんだから」

シカゴのフォクシーは笑った。

「そうさ、この町の通信教育講座の卒業生とはどんなものか、一度会ってみたかったんだ。習った講座っていうのがどんなものか、きいてみたかったしな。しかしこれじゃあな。古い仲間のシャームロック・ホルムスはいつも俺に言っていた。一度変装したら最後までそれを貫き通せ、と。その通りだ。もし俺が浮浪者に変装していたときに、大学時代の親友で、今では公爵になったやつに会ったとしたらどうする？　どこかしゃれたレストランにでも連れて行って豪華なディナーをおごってくれようとするだろう。それに乗るか？　いやいや！　哀れっぽい声で、「旦那、どうか一夜の寝床のために一ペニーお恵みを！」と言うだろう。それが俺やシャームロックの変装というもんだ。そうだ、シャームロックと言えば！　俺とやつはまるで双子みたいに仲がよかったんだが、俺がこの浮浪者の変装をしてやつのアパートに報告に行ったときさ。ドアをノックして『旦那、どうぞお恵みを』と言ったら、シャームロックは振り返って『ワトソン、この浮浪者を下に叩き落としたまえ』だと。そしてワトソンはその通りにやりやがった。階段を転げ落ちたせいでけがをして血まで出た。俺がシャームロックのところへ報告に行くと、病院送りになってギブスをはめられるのもしょっちゅうだった。それが探偵ってもんだよ！」

シカゴのフォクシーはファイロ・ガッブ君をじっと見つめたが、ガッブ君はまだ気を許さないようだった。

「そこがあんたの変装とちがうところだ」と、シカゴのフォクシーは続けた。「俺やシャームロックは、浮浪者に変装したら浮浪者になりきるんだ。俺は家に帰るといつもうちの召使いに階段から突き落とされたもんだ。俺は徹底的になりきって、浮浪者そのものの演技をするから、召使いは俺をゴルフクラブで追い回して頭をなぐりつけやがる。自分の部屋に戻ってきてもまだ浮浪者のままだ。洋服を全部脱いでも、まだ浮浪者だ。付けひげを外しても、まだ浮浪者だ。すっぱだかになっても、まだ浮浪者のままなんだ。そう、探偵の変装はそういうもんなんだ。そして風呂に入る。これでようやく本来の自分に戻るんだよ。そうだとも。風呂桶のなかで体をごしごしこすりながら、自分の皮膚から浮浪者の変装をこそげとるようにイメージするんだ。そうすると元の自分に戻れる。それまでは変装のままさ」

彼はファイロ・ガッブ君を見るともなく見ながら、

「そういえばこんなこともあったな。俺は公爵の屋敷の豪華なパーティーに呼ばれた。俺とシャームロック、二人とも呼ばれた。連中は、俺たちの一人が行かないならもう一人も行かないとわかっていたからな。俺は浮浪者の変装でずっと捜査にあたっていた。その日は、盗まれた宝石と殺人犯を追うっていう任務だった。そして俺は風呂に入り、きちんとした洋服に着替え、リムジンを呼び出し、運転手に車のドアを開けさせて公爵の屋敷に行った。で、運転手がリムジンのドアを開けてくれたときに思わず俺は逃げ腰になっちまったよ。自動車のなかに不法侵入したのを見つかって、ひっぱたかれると一瞬おびえたんだ。笑っちゃうじゃないか。それで俺は公爵の屋敷の外階段を上がっていってなかに入った。すると執事がドアを開けてくれて、俺の名前を大声で呼ばわって、公爵夫人に引き合わせてくれた。いつも彼女のことをマギーって呼んでいて、彼女は俺のことをマイクって呼んでいた。で、彼女はこう言った。『マイク、来てくれて本当に嬉しいわ。パーティーを楽しみましょう』ってな。で、俺は何かお世辞を言おうと思ったんだが、うっかり口から出ちまったのは『奥さん、この哀れな男に何か恵んでくだせえ』だった」

「そう言っちゃったのはどうしてです？」と、ガッブ君は興味を覚えたらしく質問した。

「俺だってびっくりしたよ」と、シカゴのフォクシーは続けた。「そんなことを言うつもりはなかった。自分の意志とは反してうっかり言っちまった、ってところだ。でも彼女は俺がしゃれたことを言おうとしていたんだと思ったらしく、『あらまあ、マイク』と言っただけで公爵を呼んで俺を連れて行かせた。公爵は俺を食堂に連れて行き、そこでたっぷり軽食をごちそうしてくれたよ！　たいしたもんだ！　ハムサンド、チキンサンド、タンのサンドイッチ、それにクラブサンド、あらゆる種類のサンドイッチが次から次へとだ。そして俺はどうしたと思う？　半ダースほどのサンドイッチをわしづかみにすると、ズボンのポケットに押し込んだ。浮浪者みたいにな。公爵はびっくり仰天だ。けどすぐに大笑いして、俺の背中をどんと叩いて、『おもしろいことをやるじゃないか。最高の冗談だ！』と、言った。そういうわけで何事もなく丸く収まった。その後、俺は舞踏室に連れていかれた。そこにはやつの息子、ちび公爵とかなんとか、まあ好きなふうに呼んでくれていいんだが、そいつがいた。で、俺はそこに行くとき素早く公爵の金の冠をベストの内側に隠してしまっていた。するとすぐに公爵が晩餐会でかぶるため冠を取りにやって来た」

「立食パーティーじゃなかったんですか」

「はっはっは、そっちはただのつまみだよ」と、シカゴのフォクシーは続けた。「やつがやって来てずらりと並んでいる冠のなかからお目当ての一つを探していたんだが、すぐに俺のベストが変なふうにふくらんでいるのに気がついた。サンドイッチなんかじゃないのは一目でわかる。なにしろ公爵家のサンドイッチは全部骨が抜いてあるから。俺の肩に手を置いて、やつは『マイク、少し冗談が過ぎるんじゃないか？』と、言った。そのときの声がどんなに悲しげだったか、きかしてやりたいよ。『なあ、マイク。私のものは君のものだ。ただ、君のベストの下に隠してあるあの冠だけは別だ』

「一瞬俺はどうすればいいのかわからなかったよ。俺は浮浪者の変装をしていなかった。だから彼は俺が本当に本物の泥棒になってしまったと思ったんだな。だから俺は『公爵、俺の身体検査をしてくれよ！』と、言った。『身体検査なんて必要ない。大切な冠が、君のベストの端から見えているんだからな』。『ちがうんだよ、公爵。とりあえず俺を化粧室か風呂場に連れて行って隅から隅まで調べてくれよ。どうも調子がおかしい。どうしてだかわからないんだが、浮浪者の変装をしていたときの気分がどうしても抜けないんだ』。そこで俺たちは上の階の浴室に行った。公爵はいつもはめているモノクルで俺の全身を調べ上げた。それから読書用めがねも、あと顕微鏡まで使って調べた。しかし俺の体には浮浪者の変装の痕跡はこれっぽっちも残っていなかった。二人とも黙っちまった。だが『いいから調べてくれ！』と、俺は言った。『絶対どこかになにかが残っているはずなんだ、公爵。でないと俺はこそ泥になっちまう』。それで彼はまた最初から調べ始めた。すると彼がくすくす笑うのが聞こえた。俺の耳のなかを顕微鏡でのぞいていた」

「何が見つかったんです？」と、ガッブ君は熱心に尋ねた。

「毛だよ」と、シカゴのフォクシーは言った。「たった一本の毛だ。浮浪者の変装に使った付けひげの毛が、たった一本だけ耳のなかに入っていたんだ。それを取ったとたんに、俺は元通りになった。変装道具のうち毛がたった一本だけでも残っていたら、俺は浮浪者になっちまうってことがわかっただろう。さあ、食い物を買うんだから五十セント恵んでくれよ」

ファイロ・ガッブ君はポケットに手を突っ込んだものの、また出した。「あなたが変装したものになりきることは本当に尊敬します。すばらしいことです。でももちろん五十セントくれっていう発言も、その変装の一部なんでしょ？」

「おいおい」と、シカゴのフォクシーはしびれを切らしたように言った。「俺のことがまだわかっちゃいないようだな。そういう意味じゃないんだよ。俺は本当に五十セント必要なんだ。腹が減ってしょうがないんだよ」

ファイロ・ガッブ君はにっこり笑った。「すばらしい変装です。誰もまねできません。本物の浮浪者だってここまではできませんよ」

シカゴのフォクシーは顔をしかめた。「おい、いいか、聞こえているのかよ。あんたはでくの坊か？　俺は腹が減っているんだ。五十セントよこしなよ、旦那。五十セントがだめなら二十五セントでもいいよ。さあさあ、頼みますよ」

「あなたほどの探偵が、たった二十五セントに困っているはずがないじゃないですか。公爵やシャーロック・ホームズと知り合いの探偵なんだから、そんなふうに物乞いなんかする必要はないでしょ」

シカゴのフォクシーは文字通り歯ぎしりをした。彼は自分で自分に腹が立っていた。さっきくだらないことをしゃべりすぎた。自分のことを探偵だなんて言ってしまったおかげで、ファイロ・ガッブ君は彼が空腹だと訴えても信じてくれないのだ。

「ところで」と、彼は突然言った。「あんたも探偵だと言っていたが、それはこけおどしじゃないのか？」

ファイロ・ガッブ君はシカゴのフォクシーに、全十二回の通信講座を修了したときにもらったバッジを見せた。

「アイオワ州リバーバンクでは一番有名な唯一の探偵なんだ」と、彼はまじめくさって答えた。「信じられないなら保安官にでも執行官にでもきいてみてください。僕は今、ある重要事件の捜査中なんです。子牛が盗まれたんだけど、証拠がおかしいんだ。僕が探偵だと信じられないんだったら、農家のホッパーさんにきいてみて。その子牛泥棒を捕まえてくれと頼まれたんだから」

シカゴのフォクシーはファイロ・ガッブ君の馬鹿正直そうな顔をまじまじと見た。

「で、その犯人を逮捕して牢屋にぶち込めそうなのか？」

「今までもたくさん逮捕して牢屋にぶち込んできたんですから」と、ガッブ君は請け合った。

「なるほど。俺がその犯人だ。逮捕してくれ」と、シカゴのフォクシーははっきり言った。

この浮浪者は、逮捕してもらえれば容疑者段階であっても牢屋に泊まれ、食事にありつけることがわかっていた。なにしろ彼はとっても腹が減っていたのだ。ガッブ君はびっくりした顔で彼を見つめた。

「さっき探偵だって言いませんでしたっけ?」

「そうだ。俺だって自分が犯人だなんて知らなかった。俺は自分で捜査したんだ。他にやってくれるやつがいなかったから。俺の親友シャームロック・ホルムスでもできねえ。でも俺はやった。俺は……殺人犯人なんだ。俺には千ドルの賞金が賭けられている」

「じゃあどうして自分で自分を逮捕して賞金をもらわないんですか?」と、ガッブ君はきいた。

「おいおい」と、シカゴのフォクシーはがっかりしたように言った。「それは無理だよ。試してみたが、だめだった。俺の正体は逃亡者なんだ。俺がどこに逃げようとも、俺本人がぴたりとくっついて来て、逮捕しようとする。俺はヨーロッパ、アジア、アフリカ中を逃げ回ったが、俺から逃げ切ることができなかった。しかし俺は俺自身を逮捕することもできない……ひどい話さ」

シカゴのフォクシーは泣きまねをして涙をぬぐって見せた。

「それに俺は自分の起こした犯罪の現場から離れられない。もうこの町に何度も戻ってきているが……」

「この町で殺人を犯したんですか?」と、ガッブ君は興味津々の様子で尋ねた。

「その通りだ。俺はこの町で人を殺した。俺を牢屋に入れてくれ。俺とおまえだったら大丈夫だ」

「なんだかとんでもないことになってきたな。探偵であり、殺人犯でもあり、一緒に逃亡と追跡をしていたなんて」と、ガップ君は疑わしげに言った。

「だってしょうがないじゃないか？　本当なんだから。だろう？」

「まあ、たまにはそんなこともあるかもしれませんね」

「そうだよ。あんたの役目はこの事件を解決することだ。いいかい。あの年寄りを殺したときは、俺はまだ若造だった……」

「その人の名前はなんですか？」とガップ君は尋ねた。

「スミスだ」と、シカゴのフォクシーは即座に答えた。「ジョン・J・スミス。この町に住んでいた。俺はその年寄りを殺して逃げた。あいつが生きようが死のうが、誰も気にしなかった。その年寄りには甥がいたんだが、そいつ以外話題にもしなかった。そいつの名前もスミス……ピーター・P・スミスと言った」

「彼はどうしたんです？」

「千ドルの賞金を賭けたんだ。そして迷宮入り事件になった。解決するほど頭がいい探偵がいなかったせいだ。誰もジョン・J・スミス殺しの犯人を知らない。俺以外。俺も口を割る気はなかった」

「そうでしょうとも」

「絶対にな！　黙っているかぎり、俺は腹のなかの赤ん坊みたいに安全だった。俺は川をさかのぼってミネアポリスへ行った。誰も俺を疑わず、探しもしなかった。そして俺はもっと馬鹿なことをしでかした」

「殺人犯とはそういうものです」

「その通りだ！　ニューオリンズに行こうと思っていた。楽しい旅だった。デュブークに着くまではな。そこで何が起こったと思う？　古い蒸気船が爆発したんだ。俺は打ち上げ花火みたいに空中に放り出された。そして頭から地面に叩きつけられた」

「それで死ななかったのは、驚きですね」

「そうだろう？　けど死ぬよりひどい目に遭った。俺は記憶喪失になっちまったんだ。意識を取り戻したときにはいったい何が起こったのかわからなかった。昔のことを一つも思い出せなかった。まるで生まれたての赤ん坊みたいに。まったく記憶がなくなっていたんだよ。助け出されて目を開けたとき、俺は『あーあー』とか『だーだー』しか言えなくて、自分が誰でどこから来たかなんてさっぱりわからなくなっていた。それで親切な連中が俺を幼稚園に入れてくれた。そこでアルファベットからなにから一から学び直したんだ。もの覚えはよかったんですぐに高校に行き、そこもすぐに卒業した。卒業したときの名前はマイク・ヒッグズだった。ヒッグズっていうのは俺を養子にしてくれた一家の名字さ」

「マイク・ヒッグズですって？」と、ガップ君は繰り返した。その名前の名探偵を思い出そうとしていたのだ。

「そうだ。俺にその家族のじいさんにちなんでマイクと名前をつけてくれた。じいさんは肉屋だったから、俺にも肉屋になってほしかったそうだ。しかし俺は探偵になりたかった。そしたらヒッグズじいさんは俺に金を貸してくれた。おかげで俺はロンドンに行ってシャーロック・ホルムスから探偵術を習うことができたんだよ。ホルムスは授業を終えてこう言った。『マイク、認めたくはないが君のことはもうライバルとも呼べないようだ。君は探偵術においては、僕より遥か先に進んでいる。僕は君に比べたら赤子のようなものだ』ってな。俺の親友で師でもあるシャームロック・ホルムスは、こう俺に言ったんだ」

「偉大なる探偵からの最高の褒め言葉ですね」

「そうだろう！　それである日、シャームロックは俺に言った。『マイク、君のその優れた探偵術を活かして、あの最大の難事件に挑んでみたらどうだろう？』

「『それは何なんだ？』

『世界でもっとも困難な未解決事件だよ。アイオワ州リバーバンクの謎だ』

「そう彼は言い、知ってることをみんな教えてくれた。そして俺は捜査を始めた。俺がリバーバンクにやって来たのは手がかりを探すためさ。そして一つだけ手がかりを発見した」

「それは何なんです？」と、ガッブ君はきいた。

「ピンの先よりもちいさな赤唐辛子の粒だ」と、シカゴのフォクシーは言った。「老人が殺されたベッドの脇のカーペットの上でつぶれていた。俺はその赤唐辛子の粒をつまみあげ、顕微鏡で観察した。その周りには何か茶色の、ちょっと焦げたようなあとが見つかった」

「それを今、持っていますか？」

「持っているかって？　いいや。観察していたら、風が吹いてどこかに飛んでいっちまった。それっきりだ。でも俺にはそれで十分だった。『赤唐辛子』と俺はつぶやいたよ。『一部が焦げている』と言いながら、俺はびびったね。どうしてかって？　実は俺はたばこの辛さがものたりなくて、いつも赤唐辛子をパイプに少し入れて吸っていたんだ。俺は真っ青になった。『焦げた赤唐辛子！　この世界でパイプタバコに赤唐辛子を混ぜて吸うのは、俺しかいない』

「それでさ、俺は自分の過去を調べて、自分が殺人犯だってわかったんだ。俺は人を殺した後、探偵になったんだ。みんなに追われている存在だ。その瞬間俺は怖くなって逃げちまった。ヨーロッパ中、アジアそしてアフリカと逃げまわったんだが、一緒に俺自身がついてきて、俺を逮捕しようとしやがる」

シカゴのフォクシーはここでいったん口をつぐみ、ガッブ君をもの言いたげに見つめた。まじめくさった顔をして、かの偉大なる通信教育探偵は、シカゴのフォクシーに向かって鳥のような目をぱちくりさせた。

「そういうわけだから、俺を逮捕してくれ」

ファイロ・ガッブ君は顎をなでた。「そうしたいんですけどね、でもヒッグズさん、あなたは自分で自分を逮捕はできませんよ。これは〈日の出探偵事務所〉の探偵養成通信教育講座の第六回講座の講義内容に反するんです。そこには、卒業生たるもの、きちんとした証拠なしに逮捕してはいけない、と書いてあるんです。ところが唯一の証拠をあなたは吹き飛ばしてしまった」

これをきいて一瞬シカゴのフォクシーは困った顔になったが、急にぱっと明るい表情になった。

「手がかり？　おい、兄弟、俺がそんな赤唐辛子の粒なんていうちっぽけな証拠だけで逮捕してくれなんて言うと思うのかい！　とんでもない！　ちゃんとした証拠はあるさ。あの年寄りの骨をどこに埋めたか、証言できるぞ。川沿いの道をずっと行くと鉄道の道具小屋がある。その道具小屋の裏に家がある……古くてペンキも塗っていない家だ。いいか！　その庭、鉄道とのあいだの柵の近くに骨は埋めてある。さあ、俺を逮捕してくれ。そこにさえ行けば……」

「まずなによりも、そこに行って確かめるのが先でしょ」と、ガッブ君は壁紙張り用のエプロンを外しながら言った。「証拠をほったらかしにしておくのは、第四回講座第四項に反します。僕と一緒に来てくれれば……」

「なあ」と、シカゴのフォクシーは言った。「一緒に行ったら、途中で何か食い物を買ってくれるかい？」

「もちろんですとも」と、ガッブ君は言って、合意が成立した。

壁紙張り探偵と犯罪者探偵はハンクのレストランに立ち寄った。シカゴのフォクシーは腹いっぱい食べ、そして道具小屋へと行った。鉄柵越しに彼は、老人が殺害されてその骨が埋められているという地点を指さした。

「そこだ！」と、彼は言った。しかしガッブ君が柵をよじ登り、シカゴのフォクシーのほうを振り返ってみると、犯罪者探偵の姿は消えていた。ガッブ君の顔は真っ赤になった。だまされた、と怒っていたのだが、ふと見ると足元の地面につい最近掘り返された跡があるのに気がついた。そこに立ってよく観察してみた。そして風雨にさらされた家へと近づき、ノックした。やせただらしない男がドアを開けた。彼の後ろから、一人の女がガッブ君を見つめていた。

「失礼します」と、ガッブ君はていねいに言った。「僕の名前はガッブ、探偵兼壁紙張り職人です。今、ある事件を捜査しています。すみませんが鋤かシャベルを貸していただけませんか？」

「何に使うんだ？」と、男はつっけんどんに言った。

「掘るんです」

男が嫌そうにガッブ君に渡した鋤には、まだ柔らかい砂混じりの土が付着していた。ガッブ君は庭の奥のほうへと歩いて行き、柔らかくなっている土に鋤を立てた。何か堅いものがこつんとあたった。あっという間にガッブ君は犯罪の証拠をみごとに発見した。そこには骨が埋められていた。それもたくさん。ガッブ君はじっくり観察しながら額の汗をぬぐった。そして骨を浮かない顔で見下ろした。そのうちの一つは頭蓋骨だった。ガッブ君はじっと見つめた。まさに頭蓋骨だ。とは言っても、子牛の頭蓋骨だ。すべて子牛の骨だ。人間の骨など一本もなく、全部牛の骨だった。ガッブ君が振り返ると背の高いやせた男がこっちに近づいてきた。

「わかったよ」と、その男は言った。「俺の負けだ。降参するよ。探偵に調べられちゃ、勝ち目はない。白状する。俺がやった」

「やるって、何を?」

「おいおい! 白状しているんだから、もういいだろう。わかっているくせに。俺が、ホッパーの農場から子牛を盗んだんだよ。降参する」

「それはどうもありがとう」

「俺のほうはありがたくともなんともないが。でもどうして俺が牛を盗んだってわかったんだ? 教えてくれよ」

ガッブ君はにやりと不思議な笑いを浮かべた。

「探偵というものは、犯罪者を逮捕する抜け目なさがなくちゃ、やっておれんのです」と、彼は謎めいたことを、天真爛漫に言った。

翌日、ガッブ君が壁紙張りの仕事に戻ってみると、シカゴのフォクシーが待ち構えていた。「大将」と、彼は言いながら笑った。「死体が埋まっている場所を教えてやったんだから、また飯をおごってくれよ」

「またおなかがすいているのかい？」

「腹が減っているかだって？　もう腹が減りすぎて、まるで〈骨人間〉みたいな気分だぜ。腹が減って、腹が減って、シリラみたいに食いたいよ。二日前にダーリングポートで見た〈でぶ女〉のことだけどな」

「え、なんて言った？」と、ガッブ君はシカゴのフォクシーを食い入るように見つめて言った。「今言ったのはもしかして、シリラという〈でぶ女〉のこと？」

「ダーリングポートでな」と、シカゴのフォクシーは続けた。「メッダーブルックとかいう太った男が俺に食い物をおごってくれて見せ物小屋の券までくれた。たいした出し物だったよ。特別ショーだってよ。笑い死にしそうだったぜ。なにしろそのシリラっていう〈でぶ女〉が〈骨人間〉と舞台で結婚式をあげたんだ。花嫁の介添人が蛇遣いときているんだ。なあ、おかしいだろう……」

しかしガッブ君は笑わなかった。彼は二度と笑わなかった。

ファイロ・ガッブ最大の事件

Philo Gubb's Greatest Case

　ファイロ・ガッブ君はバスローブにくるまったまま、部屋の玄関へと行った。そこは壁紙張りや室内装飾といった仕事の事務所だけでなく、探偵事務所でもあった。そしてドアをちょっとだけ開けてみた。まだ朝早い時間だったけれども、ガッブ君は慎み深い男だった。みっともない姿を誰かに見られないように、ドアの隙間から外をのぞいてから急いで廊下に飛び出して、『リバーバンク・デイリー・イーグル』紙をさっと拾い上げた。まだ刷りたての新聞を確保すると、彼は簡易ベッドに戻ってのびのびと寝っ転がり、新聞を読もうとした。

　暑いアイオワの朝だった。仕事のほうはさっぱりで、八種類もある付けひげも毎日陰干ししてブラシをあてておかなければ、虫に食われてだめになっていたことだろう。

　ガッブ君は『イーグル』紙を広げた。その見出しが目に飛び込んできて、彼は思わずベッドから身を起こした。第一面の大見出しには、こう書いてあった。

ヘンリー・スミッツ氏の謎の死
本日未明船頭がミシシッピ川で遺体を発見
犯罪の疑い

ガッブ君は新聞を広げて、見出しの下の記事を食い入るように読んでいった。犯罪ということはすなわち、通信教育講座全十二回の成果を発揮する場所が与えられたということではないだろうか。リバーバンクで起きた事件だったら何でも解決してやろうと、ガッブ探偵は張り切った。その記事は次の通りである。

新聞を印刷に回そうとしたところで、我々はマイケル・オトゥール巡査から第一報を受けた。町でも有名なイシガイとりで船頭でもあるロング・サムことサミュエル・フリッギスが、昨晩橋の下でイシガイをとっていたところ、当地の住人ヘンリー・スミッツ氏の遺体を引き上げた。スミッツ氏は三日前から行方不明で、夫人は非常に心配をしていた。彼の雇い主である〈ブロンソン梱包会社〉のブロンソン社長は、スミッツ氏がここ数日間出勤していなかったことを認めた。遺体は袋に詰められたうえ縫い合わされていた。犯罪性が疑われる事件である。

「僕もこれは犯罪だと思うな」と、ガッブ君は叫んだ。「人間が袋のなかに詰め込まれてミシシッピ川に捨てられて死んだんだから」

彼は新聞を簡易ベッドの足元に立てかけて読みふけっていた。すると誰かがドアをノックした。慎重にバスローブをかき合わせてから、ドアを開けた。涙目の若い女性が玄関に立っていた。

「ファイロ・ガッブさんでいらっしゃいますか？　こんなに朝早く、すみません、ガッブさん。でも一睡もできなかったんです。実は、仕事の依頼、というんですか、それでうかがったんです。お願いしたいことがいっぱいあるんです」

「壁紙張りですか、それとも探偵ですか？」

「両方です」と、若い女性は言った。「私はスミッツ、エミリー・スミッツといいます。夫は……」

「ご主人のことはとても残念でした、奥さん」と、壁紙張り探偵は優しく言った。

「みなさん、もうご存じなのね。たぶん知らない人はいないんじゃないかしら……警察にはヘンリーの捜索を依頼していますから、秘密でも何でもありません。あなたには今すぐ着替えて、うちの寝室の壁紙を張り替えてほしいんですの」

ガッブ君はこの若い女性をまじまじと見つめた。彼女は苦悩のあまり頭がおかしくなってしまったのではないか。

「その後で、ヘンリーを捜してください。探偵もお上手だとうかがっています」

ガッブ君は、この気の毒な女性がまだ夫が亡くなったことを知らないのだ、ということに気がついた。彼は鳥のような目で彼女を気の毒そうに見つめた。

「変だとお思いでしょうけど」と、若い女性はさらに続けた。「夫がいなくなってしまったのにまず寝室の壁紙の張り替えを頼むなんて。でも彼が出て行ってしまったのは、私が頑固だったからなんです。今まで一度もけんかなんてしたことがなかったんですよ、ガッブさん。私が寝室の壁紙を選んだんですけど、ヘンリーは、オウムと鳥の楽園と傘みたいに大きな熱帯の花々という図柄は、寝室の壁には全然似合わないって言うんです。低地オランダ地方の田舎くさい趣味のくせに、と私が言ったら、彼は怒ってしまって、『わかった、好きにすればいいだろう』と、言ったんです。だから私はスカッグズさんに頼んで壁紙を張ってもらったら、その次の日ヘンリーは家に帰ってこなかったんです。

「ヘンリーが出て行くくらいなら、壁はむき出しのままにしておけばよかったわ。私は泣いて泣いて泣き続けました。そして昨晩決心しました。みんな私が悪いんだ、ヘンリーが家に帰ってくるときにはちゃんとした壁紙に張り替えておこうって。ガッブさん、壁紙は巻いてあるときより実際に壁に張ってみると、ひどいものになるのね。もうめちゃくちゃだわ」

「ええ、奥さん。よくあることですよ。でも、ヘンリーさんについて、今すぐお知らせしておいたほうがいいことがあるんですが」

若い女性は一瞬目を見開いてガッブ君を見つめた。彼女は真っ青になった。

「ヘンリーは死んだのね！」と、彼女は叫んで、ガッブ君の長い腕のなかに崩れ落ちた。

ガッブ君は、身動きしない若い女性を抱いたまま、困惑してあたりを見回した。彼はどうしていいかわからないまま、突っ立っていた。するとオトゥール巡査がひょっこり現れて、廊下をこっちへやって来た。巡査は手錠をかけた男を連れていた。

「今度はどうした？」と、警察官はぞんざいな口調で、バスローブ姿で意識を失った女性を抱いているガップ君を見るなり言った。

「来てくれて助かりました」と、ガップ君は言った。「ヘンリー・スミッツ未亡人が、僕の意志とか希望とかには関係なく、勝手に気を失って倒れただけなんですよ」

「ただ聞いてみただけさ」と、オトゥール巡査は慇懃に答えた。

「知りたくないんなら聞かないでくださいよ」と、ガップ君は言った。

ガップ君の部屋をのぞき込んで、どこにも逃げ出す道はないことを確かめて、オトゥール巡査は捕まえた犯人を部屋のなかに押し込んで、それからぐったりしたスミッツ夫人の体をガップ君から受け取った。ガップ君は部屋のなかに入ってドアを閉めた。

「ちょっと言わせてくれ」と、手錠をかけられた男がガップ君と二人きりになるとすぐ言った。「俺は、ガップ探偵の噂は今まで何度も聞いてきた。だからこの面倒に巻き込まれてすぐ、『ガップこそが俺を助け出してくれる男だ』と思ったんだ。俺の名前はハーマン・ウィギンズだ」

「初めまして」と、ガップ君は言いながら、長い脚にズボンをはいた。

「誓って言うが」と、ウィギンズ氏は続けた。「俺はこの事件についちゃあ、生まれる前の赤ん坊同様無実だ」

「どの事件です?」

「おいおい、ヘンリー・スミッツ殺人事件だよ。どの事件だと思っていたんだい? 俺が人間を殺すような男に見えるかい。あれはただ……」

と、言ったところで彼は口ごもった。ガップ君はサスペンダーを骨張った肩にかけながら、ウィギンズ氏を鋭い目で見つめた。

「ありゃあただ、やつと俺とが冗談を言いあっただけなんだ。なあ、ちょっとぐらい冗談を言ったって、何の罪にもなりゃあしないだろ？」

「そりゃあそうですね」

「だろ？　なんでもかんでも口から出た言葉を、四角四面その通りにとるほうがまちがってるよ。俺がヘンリー・スミッツに、お日様が東の空から昇るのと同じぐらい確実に、おまえを殺してやるって言ったって、それはただの冗談なんだよ。でもこの冗談をあの警官は……」

「オトゥール巡査？」

「そう。警察がやつをヘンリー・スミッツ事件の担当にしたら、やつはいきなり、俺を殺人罪で逮捕しやがった。とんでもねえことだ」

オトゥール巡査はドアをちょっとだけ開けて、なかをのぞき込んだ。ガッブ君がちゃんと洋服を着ているのを確かめると、ドアを大きく開けてスミッツ夫人を椅子に座らせた。彼女はまだふらふらしていたが、気を確かに持ち、泣きやもうと一生懸命だった。

「もう気が済んだか？」と、オトゥール巡査はウィギンズ氏にきいた。「だったら牢屋に戻るぞ」

「口のきき方に気をつけてくれよ」と、ウィギンズ氏は怒って言った。「まだ終わっちゃいない。あんたは俺のような紳士に対する態度がなっちゃいない」

彼はガッブ君へと向きなおった。

「要するに、俺はヘンリー・スミッツ殺しの犯人として逮捕されたが、俺は殺しちゃいない。だからこの事件を捜査して、俺を牢屋から出してくれ」

「あはは、本気か！」と、オトゥール巡査は叫んだ。「おまえが殺したんだ。しらばっくれるな。これ以上話して何になる？」

スミッツ夫人は座ったまま身をかがめた。

「ヘンリーが殺されたんですって？」と、彼女は泣き声を上げた。「殺したのはこの人じゃない。私が殺したのよ」

「ねえ、奥さん」と、オトゥール巡査は優しく言った。「本官は女性と言い争いたくはないのですが、あなたが殺したんじゃないんですよ。この男が犯人なんです。証拠もあります」

「私が殺したのよ！」と、スミッツ夫人はまたわめいた。「私があの人を怒らせて、自殺させてしまったんだわ！」

「そんなことはありません」と、オトゥール巡査は重々しく言った。「この男、ウィギンズがご主人を殺したのです」

「俺はやっていない！」と、ウィギンズ氏は憤然として叫んだ。「他の誰かの仕業だ！」

もう八方ふさがりだった。みなが自分の意見を言い張っていた。ガッブ君は一人一人を疑いの目で見ていた。

「わかったよ、牢屋に連れ帰ってくれ」と、ウィギンズ氏は言った。「事件を調査してくれ、ガッブさん。そのためにここに来たんだからな。やってくれるだろう？　調べてくれるだろう？」

「それはもう喜んで」と、ガッブ君は言った。「規定料金をいただきますが」

オトゥール巡査は逮捕した男を連れて行った。

しばらくのあいだ、スミッツ夫人は黙って座っていた。両手をしっかりと握りしめ、床を見つめていた。そして彼女は視線を上げてガッブ君をひたと見た。

「この事件を調査していただけませんか、ガッブさん？　私にも少しぐらいだったら貯金はあります。全部さしあげますからぜひ解決してください。私が夫とけんかをしたせいでヘンリーは自殺してしまったってわかっているのに、あの気の毒な方が殺人罪で逮捕されるなんて、耐えられません。私の落ち度で夫が自殺したということを証明してくださいますか？」

「事件を捜査するということは、何か特定のことを証明するという作業ではないのです。手がかりを発見し、それを追っていくのです。捜査は喜んでお引き受けします」

「ありがとうございます」と、スミッツ夫人は嬉しそうに言った。

どうにかこうにか立ち上がり、彼女はよろめきながらドアへと歩いていった。ガッブ君は彼女が階段を降りる手助けをした。彼女が帰ってすぐ、ガッブ君は夫人が自分の夫が袋詰めになって川底で死体となって発見されたという事実をまだ知らないことを思い出した。若い旦那が奥さんと、寝室の壁紙やらなんやらをめぐってつまらないことで夫婦げんかをするのはよくあることだ。それに頭に来て数日間家出をすることもあるだろう。極端な場合には自殺をしてしまうこともあるかもしれない。しかし若い夫が数日間行方不明になり、しかも冷静に自分を袋に詰め込んで川に飛び込むなんてことはめったにない。まず第一に、自殺するならもっと簡単な方法が山ほどある。第二に、わざわざ袋のなかに自分を詰め込まなくてもそのまま川に飛び込めばすむだけの話だ。第三に、自分で自分を袋のなかに詰め込んで縫うのはかなり大変な作業だ。ほぼ不可能と言っていい。

自分自身を袋のなかに詰め込むのはかなりの腕前と大きな袋が必要だ。そう、まず袋用の針が必要だ。さらに十分な長さのより糸を通しておかなくてはいけない。まず自分が袋のなかに入り、頭の上まで袋の口を引き上げる。頭の上まで隠れたら、今度は袋の口を片手で合わせ、もう片方の手でその口を縫い合わせるのだ。頭に血が上がっている人間がこんなことをやるのは、不可能だろう。

ファイロ・ガッブ君はそう考えながら、今回の捜査に適した変装道具を吟味していた。今回選んだのは、「第十三号　葬儀屋」だった。黒髪のかつらと長く垂れた口ひげを目の前にかざしながら、彼はさらに考えた。両手両腕が自由に動かせるぐらい大きな袋が用意できたら、怒りで冷静でない人間だって、自分をなかに縫い込むことも可能かもしれない。袋のなかに入ろうと必死になっている人間だったら、袋の口を縫ったあとに袋の正面に大きな切れ込みを入れ、そこからなかに入り、さらにその切れ込みを縫ったのかもしれないではないか。これなら可能だ！　ファイロ・ガッブ君は衣装のなかから黒いフロックコートと喪章付きのシルクハットを選び出した。慎重にドアに鍵をかけると、通りに出ていった。

予想通りかなり暑い日だった。フロックコートとシルクハットといういでたちではかなり不快だった。建物を出てから角に行くまでのあいだに、八人もの人がファイロ・ガッブ君に挨拶をした。それも名前を呼んで。実はリバーバンクではガッブ君の変装はとうの昔にばれていた。ガッブ探偵が変装をしている姿に興味を示すのはせいぜい子供ぐらいだった。大人はそんなものを見ても何とも思わず、当たり前の光景として受け取っていた。銀行家のジェニングズがある日はピンクのシャツを着て、またある日は青のストライプのシャツを着る、その程度のことだ。シャツの色を変えたからと言ってジェニングズが自分の正体を隠そうとしているると言う人がいないのと同様、ガッブ君が変装をして正体を隠そうとしているのだと思う人は誰もいなかった。ちょうど肉屋がカウンターの後ろに立つ前に白いエプロンをかけるのと同じような、単なる仕事着だと思っていた。

この背の高い黒服は誰だといぶかりもせず、銀行家のジェニングズがファイロ・ガッブ君に愛想よく挨拶をしたのも、そういうわけだった。

「やあ、ガッブ君！ 例のスミッツ事件の捜査に行くのかね？ そうか。幸運を祈るよ。真犯人を見つけて厳罰を与えてくれたまえ。スミッツが金に不自由していたという噂があるが、根も葉もない噂だよ。うちは融資はしたがね、だからと言って彼が困っていたわけじゃない。利子の催促をしたこともない。常識的な範囲内だったら、いくらでも貸してやるよ、と何度も言ったぐらいだ。それに彼の発明が売り出されれば、十分支払える額だったんだからな」

「そんな噂は知りませんでした」と、ガッブ君は言った。「でもあなたがおっしゃるなら、ちょっとは割り引いて考えないと」

「まあ、たいしたことはない話だがね」と、銀行家は言った。「何か手がかりは見つかったか？」

「今、捜索中です」

「じゃあ一つアドバイスしよう。ハーマン・ウィギンズかその部下の線を洗ってみることだな。わしが言ったのは内緒だぞ。巻き込まれたくないからな。しかしスミッツはウィギンズ一味のことを恐れていた。わしにそう言っていたよ。ウィギンズに殺してやると脅されたそうだ」

「ウィギンズさんは現在、ヘンリー・スミッツ氏殺害の容疑で郡の牢屋に監禁されています」と、ガッブ君は言った。

「ああ、じゃあ……もう解決だ」と、銀行家は言った。「警察は犯人を見つけたってわけだ。やってくれるだろうと思っていたよ。じゃあ、あんたもちょっとだけ捜査のまねごとをしていたのかね。かつらの樟脳の匂いを飛ばすぐらいには、かな？」

銀行家は陽気にガッブ君に手を振って、銀行の建物のなかに入っていった。

ガッブ探偵はたくさんの友人やファンの声援を受けながら、大通りを下っていった。そして川へと通じている通りにたどりついたときには、探偵の捜査を見物しようという野次馬をたくさん引き連れていた。

ガッブ君が川のほうへと歩いて行くと、他の人々も野次馬の群れにどんどん加わっていった。しかしみんな彼には敬意を表してある程度の距離を保ってついて行っていた。ガッブ君がリバー街に着いたところで付けひげを落としたときには、好奇心いっぱいの野次馬連中は三歩後ろでぴたりと歩みを止めて、ガッブ君が針金で鼻の穴に付けひげを固定するまでじっと待っていた。そして彼が再び歩き出すと、連中もそのあとをついていった。犯罪史上、これほどのファンを引き連れた探偵がいただろうか。

川岸で、ガッブ君はロング・サム・フリッギスに会った。この貝漁師は空樽の上に座って、自分の前にずらりと並ぶ観客に向かってとうとうとスミッツの遺体を発見した顚末について、四十回目の話をしていた。ファイロ・ガッブ君が近づくと、ロング・サムは話を止めた。彼の観客とガッブ君の野次馬は一緒になってぐるりと二人を取り囲み、さあ、ガッブ君が漁師にどんな質問をするのだろう、と固唾を飲んで見守った。

「自殺?」と、ロング・サムはあざけるように言った。「今のわしが死んでないのと同じぐらい、自殺なんてありえねえよ。絶対殺されたにちがいねえ! わしも何度か自殺した土左衛門を引き上げたことがあるが、ちゃんと沈むように石を体に縛り付けたやつもいた。そんな重しはなかったやつもいた。しかし自分で自分を袋のなかに詰めて縫うようなやつは見たことがねえ。誓ってもええぞ」と、彼は強調した。「ヘンリー・スミッツは自分で自分を麻布袋に詰め込めるわけがねえ。誰かがやったに決まっとる。とするとそいつは自殺を助けたってことになる。俺からしてみれば、自殺を助けるなんて殺人と同じだ」

野次馬はその通りだとさざめいたが、ガッブ君は手をあげて静かにするよう制した。

「麻布袋の種類を選べば、自分で自分をなかに縫い込むことはできるんです」と、ガッブ君は言った。するとと野次馬連中はこの論理に、控えめではあるが賛成の拍手を送った。

「あんたはまだどんなふうに縫い込まれていたか見てねえから、そんなことが言えるんだ」

「まだ見ていないのは確かですが、この事件の手がかりを発見したらすぐに見に行くつもりです。一流の探偵は、手がかりなしに行動を起こしたりしないものなんです。それが決まりですから」

「どんな手がかりを探しているんだよ?」と、ロング・サムは尋ねた。「何の手がかりなんだ?」

「手がかりは手がかりです。被害者に関連するものならすべて。でもまあ一般的に言えば、探偵がそれを使って何かできる、というようなもの。よくあるのはボタンですけど」

「ボタンなんて、わしの服のしかないぞ。そうだ、しかしこの袋縫い用の針が何か役に立つんなら……」

彼はポケットのなかから太い袋縫い用の針を取り出して、ファイロ・ガッブ君の手のひらの上に置いた。ガッブ君はそれを慎重に調べた。針の穴にはまだ数インチの長さのより糸が残っていた。

「そいつはやつが縫い込まれていた麻布から取ったんだ」と、ロング・サムは自ら言いだした。「ちょっとした記念品になると思ってなあ。手がかりとして必要がなくなったら、返してくれよ」

「もちろんです」と、ガッブ君は同意して、さらによく針を調べた。

一般的に袋を縫う針には二種類ある。両方とも針の先端は湾曲しているが、それはめいっぱい中身が詰まった袋を突き通すためだ。また両方とも湾曲部分は少し平らになっている。そのおかげで指でしっかり針をつかむことができ、布を突き通せるのだ。しかし二種類の針のうち一つは糸通しの穴は針軸の端に近いところにあいているのに対して、もう一つは先端に近いところにあいている。ところがこの針はどちらでもなかった。穴は針の真ん中にあいていた。両端が尖っていて、湾曲部分は平らでなかった。ガッブ君はさらにもう一つ発見した。糸は通常のゆるくよってある麻糸ではなく、丈夫でつるつるした木綿糸、カーペットの縦糸に似たものだった。

「ありがとう」と、ガッブ君は言った。「さて、これからまた別のところに行って捜査を続けるんだけれども、来たい人だけ来てください」

しかしほぼ全員がついてきたようだった。ロング・サムとその観衆までもがガッブ君のファンに合流した。一ダース以上の新入りを加えた野次馬は、ちょっとだけあいだを開けて、〈ブロンソン梱包会社〉の工場へと歩いて行くガッブ君についていった。その工場は川岸から二ブロックほどのところに建っていた。

ヘンリー・スミッツはここで働いていた。さまざまな大きさの六棟から八棟の建物が建っていて、一番大きい建物は川岸のすぐ近くにあった。さらにそこには家畜囲いがあり、高い板塀で周りをぐるりと囲まれていた。これがこの包装会社の全容だった。ガッブ君が門のところに到着すると、警備員が脇によって彼をなかに入れてくれた。

「おはよう、ガッブ君」と、彼は陽気に言った。「来るだろうと思っていたよ。事件のあるところ、仕事あり、だろう？　ウィギンズの部下のマーケルやブリルやジョコスキーといった連中は本館にいるよ。たぶん警察に話したことを繰り返すだけじゃないかな。やつらは話したがらないよ。でもほかに何を話せって？　それが真実なんだからなあ」

「真実って？」と、ガッブ君は尋ねた。

「ウィギンズがヘンリー・スミッツにめちゃくちゃ腹を立てていたってことだよ」と、警備員は言った。「ウィギンズはヘンリーに、あんたの言う通りに俺たちが首になったら殺してやるって言ったんだよ。それが真実さ」

ガッブ君は……彼のファンは門のところで警備員によって足止めされていた……大きなビルのなかに入っていった。そしてウィギンズの所属部署へはどうやっていくのかと尋ねた。そこはこのビルの川に面した一階にあった。その巨大な部屋の一方は会社の冷凍室に面していて、反対側は、細くて建物よりもずっと長い船着き場に向かって解放されていた。

その船着き場には二隻の艀《はしけ》がつながれていた。ウィギンズの部下たちが羊肉をどんどんその艀にのせていた。羊肉の脚肉ではなく、一匹丸ごとを麻布でくるんだものだ。その巨大な部屋は梱包と発送作業を行う場所だった。そしてウィギンズとその部下の仕事とは、食肉処理をして冷凍した羊を発送するために梱包することだった。梱包用の麻布が一方の壁に山積みになっていた。壁や上の階を支える柱のフックには、麻糸が何本もぶら下げてあってすぐ縫い始められるようになっていた。冷凍室がすぐ隣なので、この部屋は涼しくて快適だった。

ガッブ君は鋭い目であたりを見回した。ここには麻布がある。そして針もある。さらに糸もある。すぐそこにはヘンリー・スミッツが投げ込まれた川もある。青い川に面した船着き場を見やった。視線を戻したときに、作業員の一人がほうきで船着き場を掃除しているのに気がついた。ガラスの破片を川のなかへとはき出していたのだ。作業場の連中が奇異の目で見つめるなか、ガッブ君は麻布の切れ端を拾ってポケットに入れた。より糸も指に巻きつけてポケットに入れた。壁に穴をあけて作った間に合わせの針入れのなかの針を調べ、さらに船着き場へと歩いていってガラスの破片も拾った。

「手がかりだ」と、彼は言い、今度は作業員に質問しはじめた。

見るからに気乗りがしない様子だったが、連中は正直に、ウィギンズは一度ならずヘンリー・スミッツを脅していたと認めた。彼はヘンリー・スミッツと仲が悪く、いつも首にしてやると脅されていた。ガッブ君は、ヘンリー・スミッツはこの作業場全体の現場監督であると教えてもらった。言ってみれば現場の独裁者なのだが、ウィギンズの部下の言うには、かなり楽な仕事だそうだ。スミッツはこの作業場の社員が、昨年よりもたくさん仕事をこなすことしか興味がなかった。「能率」が彼の口癖だった、とみなは言った。しかし連中は「能率」なんて大嫌いだったというわけだ。

ガッブ君の野次馬は門前で彼を待ち構えていた。そしてなかでガッブ君が何をしているのだろう、と熱い議論を戦わせていた。ガッブ君が姿を現すなりおしゃべりをやめ、そのあとを梱包会社から目抜き通りにあるホロワーシー・バートマン氏の葬儀会社までぞろぞろとついていった。ここにも物見高い連中がすでに集まっていた。ガッブ君がなかに入っているあいだ、野次馬連中は待たなくてはいけなかった。ここでの仕事はあまり愉快ではなかったが、必要なものだった。バートマン氏の店の裏にある小さな「遺体安置所」に行かねばならぬのだ。

故ヘンリー・スミッツ氏の遺体はまだ発見されたときそのままに袋に入っていた。ガッブ君が一番注意して調べたのはその袋だった。その袋は、遺体の身元確認に役立つかもしれないのでまだはずされていなかったが、切り開かれていて縫い目は保存されていなかった。ガッブ君は一目で、ヘンリー・スミッツは袋のなかに縫い込まれたのではないことを見抜いた。彼は商店主のあいだでは「ヤードもの」とよばれている安物の布に包まれていたのだ。この布はウィギンズとその部下が使っていたものと同じだった。遺体は麻布のだぶだぶの袋に入っているのではなく、麻布でぴっちりと包まれていた。まるで麻布の繭のようだった。その様子は羊の肉を発送するときにミイラのようにきっちり麻を巻き付けるのに似ていた。

ヘンリー・スミッツが自分で自分をなかに縫い込むことは不可能だった。腕が両脇にぴったりくっついているだけでなく、麻布はぐるぐる巻きになって外側から縫われていたのだ。これで自殺説は一掃された。問題は、誰が殺人犯か、ということだった。

ファイロ・ガッブ君は棺桶台からくるりと向きを変えた。葬儀屋のバートマンが遺体安置所に入ってきた。

「外の野次馬がうるさくてたまらないよ、ガッブ君」と、彼はいかにも葬儀屋といった感じのささやき声で言った。「そろそろ昼飯の時間だから、野次馬はうちの店に入ってきて君が何を発見したのか知りたがっているんだ。押しあいへしあいで下手をするとショーウインドウが割れかねないぞ。せかすつもりはないが、いったん外に出てウィギンズが殺人犯だと言ってくれれば、野次馬も解散するんだがなあ。もちろんウィギンズが犯人なのはまちがいないんだろう。だって彼は在庫係に新しい電球を請求したことは認めているんだから」

「何の電球ですって？」と、ガッブ君は言った。

「この麻布を切り開いたときに、なかから発見された電球だよ。なんとヘンリーが手に持っていたんだ。オトゥール巡査はそれを手がかりとして押収した。これでウィギンズが犯人だと思ったね。在庫係が電球をウィギンズに渡したと証言しているんだ」

「ウィギンズはそれについてはどう言っているんです？」

「何も。彼の弁護士は黙秘するように指示しているから、何もしゃべらない。おい、あの野次馬の騒ぎをきいてくれよ！」

「すぐ野次馬の人たちをなんとかしますから」と、ガッブ君はしっかりした声で言った。「その前に、どうしてウィギンズさんが電球を取りに行って遺体と一緒に縫い込んだのか、知りたいんです」

「まず第一に」と、バートマンは言った。「ウィギンズは死体と一緒に縫い込んだわけじゃない。ヘンリー・スミッツはこの麻布に巻かれたときはまだ死体じゃなかった。最初にウィギンズが彼をおぼれ死にさせなかったかぎりはね。ヘンリー・スミッツの死因は溺死だってモーティマー医師が言ってたからな。第二に、生きている人間を麻布で巻いて縫い込もうとするんだったら、縫っているあいだ、そいつを押さえ込んでおかなくちゃいけない。そうしておけば何でも一緒に縫い込むことができる。

「私の考えでは、ウィギンズと部下数人がヘンリー・スミッツに飛びかかって投げ倒し、押さえつけているあいだに残りの連中が縫い込んだんだと思う。電球が切れたから替えの新しいのをもらってきたウィギンズが、ヘンリー・スミッツと出くわして話をしていたらけんかになり、ヘンリー・スミッツが電球を取り上げた。するとそこに他の連中がやって来て、スミッツを麻布のなかに縫い込んで川に捨てたんだよ。

「さあ、外の野次馬に、ウィギンズが犯人で誰が共犯か言ってくれよ。うちのショーウインドウが壊される前に」

ガッブ探偵は向きを変え遺体安置所から出ていった。葬儀屋から出てくると、野次馬は控えめな歓声を上げた。しかしガッブ君は急ぎ足で牢屋へと向かった。そこでオトゥール巡査に会って電球について質問した。するとオトゥール巡査は、ぞろぞろついてきた、たくさんの興味津々の野次馬に囲まれ、胸を張ってポケットから電球を取り出し、ガッブ君に渡した。そして彼はバートマン氏が言ったことをさらにくわしく説明した。ガッブ君はじっと電球を観察した。

「ウィギンズさんは在庫係に、電球が切れたから新しいのをくれと言ったんですよね？」

「その通りだ。それがどうした？」

「この電球は切れてますよね」

実際その通りだった。電球の内側はわずかに黒ずんでいてカーボン・フィラメントは切れていた。オトゥール巡査は電球を返してもらうと不思議そうに見つめた。

「おかしいな？」

「探偵でないならそう思うかもしれませんが、しかし探偵にとっては、おかしくも何ともありません」

「いやいや、おかしくないいな。ヘンリー・スミッツはウィギンズが古い電球を新しいのに交換する前にその電球をつかんだんだ。それとも彼が交換したあとかな。まあどちらでも一緒だ、頭をひねってみたところで」

「探偵にとっては、これは大きなちがいなんです。この電球はあなたが最初思っていた電球ではない。つまりウィギンズさんが在庫係から受け取った電球ではない、ということです」


ガッブ君はまた歩き出した。野次馬はそのあとをついていった。彼はすぐ問題の電球を探しに行こうとはしなかった。まずは自分の事務所に戻り、葬儀屋の変装を脱ぐと、第六号の青いウールのシャツ姿に長い茶色の顎ひげという労働者の変装に取り替えた。そして彼は梱包会社へ取って返した。

再び野次馬連中は門のところで足止めを食らったが、ガッブ君だけはなかに入れてもらえた。在庫係はブリキの弁当箱に入った昼食を食べていた。在庫係は話をしたくてたまらない様子だった。

「まあ、こういうことですよ」と、在庫係は言った。「この会社じゃ部署によっては残業することもある。ウィギンズとその部下も、ヘンリー・スミッツが殺された晩、残業しなくちゃいけなかった。ヘンリーとウィギンズは大声で言い争っていた。俺は、ヘンリーがウィギンズに、この部署はもうすぐなくなるから新しい仕事を見つけておけ、と言っていたのを聞いた。するとウィギンズはヘンリーに、仕事を首になったら殺してやる、と言っていた。ウィギンズがヘンリーを殺す、ということだな。そのときは単なる言葉の上だけのことだと思っていたよ。でもヘンリーも残業をしていた。彼は夜遅くまで二階のちっちゃい部屋で仕事をしていた。その晩ウィギンズは俺のところにやって来て、ヘンリーに頼まれて新しい三十二燭光の電球をもらいにきたと言った。だから俺はウィギンズに渡してやってから家に帰った。そして、ウィギンズがこの電球をヘンリーと一緒に縫い込んじゃったというわけだ」

「もしかしたらこんな形の袋縫い用の針の在庫はありませんか」と、ガッブ君は言いながら、ロング・サムからもらった針を取り出した。在庫係は針を受け取ってじっくり見た。

「いいや、こんなのはない」

「じゃあ」と、ガッブ君は言った。「ヘンリー・スミッツと一緒に縫い込まれていた電球が古いほうだとすると、ウィギンズさんがヘンリーに渡した新しい電球を、ヘンリーはどこの電球と取り替えたのかわかります？」

「上の自分の部屋だね。そこであいつはいつも機械いじりをしていたんだ」と、在庫係は言った。

「ちょっとその部屋を見せてもらえませんか？」

在庫係は立ち上がり、昼飯の残りを夕食の弁当箱にあけてから、階段を上がって先に案内していった。彼はヘンリー・スミッツが仕事部屋に使っていた部屋のドアを開け、ガッブ君はなかに入った。その部屋はかなり散らかっていたが、一、二の点を除けば普通の仕事部屋だった。やや大きい機械が、被害者が残したままに置いてあった。これがヘンリー・スミッツが研究していた機械なのだ。すべてのレバーもホイールも歯車もアームもそのままだった。一脚の椅子が床に転がっていた。麻布が一巻き、機械のそばのローラーの上に置いてあった。ガッブ君は天井を見上げた。部屋の照明の三十二燭光の電球が輝いていていた。もう一つのソケットにはプラグが差し込んであって、ヘンリー・スミッツが研究していた機械に接続してある小さなモーターに電力を供給していた。

在庫係が先に声を上げた。

「おやまあ！　誰かが窓を割ったんだな！」。その通りだった。窓ガラスを割っただけではなく窓ガラス全部と窓枠ごと壊れていたのだ。しかしガッブ君はこれには興味を示さなかった。彼は電球をじっと見つめて全十二回講座のうち第六回講座第二部「ベルティヨン人間識別法を使用した指紋検出に関する総論」のことを考えていたのだ。頭の上の電球に触れるにはどうしたらいいだろうと、あたりを見回した。その目が倒れた椅子に止まった。その椅子を起こして片足をヘンリー・スミッツの機械の台枠に置き、もう一方の足を椅子の背に乗せれば電球に手が届くではないか。彼は椅子を起こして座面にのぼった。片足をヘンリー・スミッツの機械の台枠にのっけた。彼は椅子の背にもう片足を注意深くのせた。上へと手をのばし、電球をはずした。

在庫係は椅子がぐらぐらしているのに気がついた。彼は飛びついて押さえようとしたが、遅かった。ファイロ・ガッブ君は虚空をつかみながら、ヘンリー・スミッツの機械の真ん中の水平な板の部分に落下した。

あっという間だった。機械の歯車とホイールが急速回転した。二本の強力な金属のアームが、どすんと落ちてきて、ガップ探偵をテーブルの上に押さえつけ、両腕を脇に固定させた。巻いた麻布がどんどん広げられ、つかまれたその端はガップ君の体の下に差しこまれた。そして麻布をぐるぐると巻きつけられた。その姿は包装された羊肉と一緒だった。アームはあっちこっちへ忙しく縫う作業を、ガップ君の頭から足まで繰り返した。足まで縫われると、ナイフが麻布を切断して巻いた麻布から分離された。

そして驚くべきことが起こった。彼が乗っていた板が、まるで射出機のように突然ファイロ・ガップ君を持ち上げ、割れた窓から外へと飛ばしたのだ。在庫係はくぐもった悲鳴と、大きなばしゃんという水音をきいた。しかし彼が窓辺に駆け寄ったときには、偉大なる壁紙張り探偵はミシシッピ川の水中に姿を消していた。

ヘンリー・スミッツも今と同じように椅子の背の上に乗って天井に手を伸ばしていたのだ。そして同じように発明したばかりの麻布梱包機の上に落ちた。ヘンリー・スミッツも同じように梱包され、窓から川へと放り投げられたのだ。しかしガップ君がヘンリー・スミッツとちがっていたのは、電球と一緒に縫い込まれていないこと、両端が尖った麻布を縫合する縫い針は機械にセットされておらず、彼のポケットのなかに入っていたということだった。

〈日の出探偵事務所〉の探偵養成通信教育講座の第十一回講座十七ページによれば、

　　解決が非常に困難な場合には、探偵はできうるかぎり犯行を再現してみるとよい。

と書かれている。

ファイロ・ガッブ君はそうした。彼は、覚悟の自殺でも犯罪の犠牲者でなくても、袋のなかに縫い込まれて川でおぼれる可能性があると、身をもって証明したのだった。

【付録】「針をくれ、ワトソン君！」

壁紙張り職人にして私立探偵、〈日の出探偵事務所〉の探偵養成通信教育講座の卒業生であり、芸術的な室内装飾家でもある、かの有名なファイロ・ガッブ君は、折りたたみベッドを開いてのんびり寝そべっていた。片手にはミルクの瓶、そしてもう片手には甘い菓子パンを持っていた。この隠された犯罪を解明する偉大なる天才は、パジャマとバスローブを身にまとい、フレッチャー方式［ホーレス・フレッチャー（一八四九～一九一九）が提唱した噛む健康法のこと］に則ってパンを食しているのである。彼もまぬけな信者の一人だったのだ。枕を背にして身を起こし、彼はパンを少し口に押し込むと、噛みついて、念入りに咀嚼を始めた。パン切れを完全に咀嚼しおわると、ガッブ君の大きくて立派なのど仏がぐいと持ち上がり、ちょっと間を置いてがくんと下に落ちた。まるで機械仕掛けのような正確さだった。パン一口一口ごとに、ガッブ君はミルクをちょっぴり口にして、三十回咀嚼すると飲み込んだ。この規則正しい機械的な方法で、彼はつましい朝食をとっていたのだ。

この偉大な探偵がベッドのなかで朝食をとるという贅沢を自分に許していたのは、実は前の晩遅くまで仕事をしていたからだった。サラ・クインビー夫人という未亡人が、オルフェウス・バッツという名前の紳士から結婚の申し込みを受けた。結婚式の日取りも決まったその後で、彼女は自分の家全部の壁紙を、式の前に張り替えたほうがいいと思いついたのだ。クインビー夫人はなんというか、いささか融通の利かないところがあって、男性が愛する女性と結婚するときには、女性はすべて新しい衣装をそろえて式に臨むのが当然だと考えていた。そしてあまりにもばかばかしいのだが、クインビー夫人は、オルフェウス・バッツは彼女を愛しているから結婚するのではなく、彼女の家を愛しているから自分と結婚するのだから、結婚式のために家を完全に模様替えしなくては、と言い出して、ガッブ君を呼びつけたのだった……つまり壁紙が、家の衣装というわけである。

結婚式の日取りはもう決まっていたので、クインビー夫人がこの家にふさわしい新婚用のランジェリー（はっきり言えば、新しいカーテンとかそういうもののこと）を選ぶ時間も必要だから、壁紙張りを急がなくてはいけなかった。それからもちろん壁紙張り職人が仕事をした後はたいていごみだらけになっているので、その掃除の時間も必要だった。そんなこんなで、ガップ君は仕事を仕上げるために夜遅くまでがんばった次第である。彼が直定規や糊はり用テーブル、壁紙の残りや、糊のバケツやブラシといったものを片付けて、彼女の家を出たのはもう真夜中だった。無表情で退屈な花婿のオルフェウス・バッツは、すでに十時頃に家に帰ってしまっていた。そしてクインビー夫人も十一時頃に寝てしまった。残ったのはメイドのスーザン・ディッケルメイヤーだけで、ガップ君が帰った後の戸締まりをすることになっていた。

スーザン・ディッケルメイヤーは台所で待っていた。そしてガップ君は帰り支度が終わったあと、スーザンを糊ブラシの長い柄のはしっこで、何度もつついて起こさなくてはならなかった。ようやく彼女は大きな伸びとあくびをした。「あれまあ！　もう起きる時間かよ！」そしてようやく目が覚めて、ガップ君を外に出してくれ、その背後で鍵をかけたのだった。

夜なべ仕事をしたので、ガップ君は一時間ベッドのなかでゆっくりすることにした。彼が菓子パンの半分、牛乳の四分の一を口にしたところで、誰かがドアをノックした。ガップ君はあわててベッドの端のところに立ち、片手に菓子パン、もう片手に牛乳瓶を持ったまま、頭をめぐらせた。この優しいノックの仕方からして、レディの到来にちがいないと判断した。がんがんひっぱたく男の手とは違った叩き方だった。手袋をはめたレディの手が優しく叩く、くぐもった音だった。

慎重にも慎重に、ガップ君は牛乳瓶をベッドの下に隠し、菓子パンは枕の下に入れた。細心の注意を払いこそりとも音を立てないようにして、彼は寝間着を脱いで洋服に着替えた。そのあいだ、どきどきしながらドアのほうを見つめていた。鍵をちゃんとかけたかどうかよく覚えていなかったのだ。再びノックが聞こえたとき、彼はまだ着替えの途中だった。

「ちょっとだけ待ってください！　まだ着替えてないんです。でもすぐに済みますから」ノックの音が止んだ。しばらくしてガップ君も着替えが終わった。髪の毛を二、三回とかす余裕まであった。そしてドアのほうへ向かった。鍵はちゃんとかけてあった。ガップ君は鍵をまわすとドアを開けた。そこにいたのはレディではなく、太った少年だった。生まれてこの方、こんなにまるまると太った子供を見たことがなかった。少年は太りすぎて、洋服のあちこちがふくれ上がっていた。上着のボタンもぎりぎりの状態で止められていて、ボタンの間から、まるで自動車のタイヤのような脂肪がぷくんぷくんとはみ出していた。手首はまるで脂肪がついた膝のよう、そして両手は肉のかたまりで、太い指は、どうして彼のノックが柔らかくてくぐもった音がしたかという理由を物語っていた。彼の頬はまるで自転車のタイヤの空気入れで空気を入れたようにふくれ上がり、目はちゃんと見えるのだろうか、肉が押し寄せて細くなっていた。額にまで脂肪がついていた。呼吸はまるでイルカのように苦しそうだったが、にっこりにこにこ笑っていた！　言葉にできない……天然の、何物にも代え難い、ただひたすら善人である性格のよさというものを、彼の顔から見て取ることができた。重たいキャンバス地のかぶせぶたの旅行鞄を足元においたまま立っていた。そしてガップ君にほほえみかけた。

「こんにちは、ファイロおじさん！」

その声に驚いた。細くて小さくて甲高い、ささやくような声で、そよ風のなかでもかき消されてしまいそうだった。しゃべっているのはカバなのだが、その声は小さなカナリアのようだった。ガッブ君は突っ立ったまま、まじまじと見つめた。

「僕を知らないの、ファイロおじさん？」と、太った少年はキーキー声でささやいた。「僕、エパミノンダスだよ。そう呼ばなくてもいいけど。略してエッピーでいいや。パパも僕のことはエッピーって呼んでいるから。みんな略してエッピーって言っているんだ」

それでもなお、ガッブ君は突っ立って見つめたままだった。まず何よりも、これほど太った少年がこの世に存在するという事実を認めなければならなかった。信じがたいことだったが。そして自分の妹にこんなにまるまると太った子供が生まれる可能性があるということを、我と我が身に信じさせなくてはいけなかった。そしてさらに、その子がまさに目の前にいることを、納得しなくてはいけなかった。すべて信じがたいことではあるが、この少年がエパミノンダスであり甥っ子だというのは確かなようなので、ゆっくりではあるが、ガッブ君も事態が飲み込めてきた。まずは少年を大歓迎する前に、ガッブ君には信じることが必要だった。まちがいなく少年はエパミノンダスだった。

ガッブ君は一度もエパミノンダスに会ったことがなかった。元ダーリングポート高校でギリシャ語の先生をしていた妹とも、ダーリングポートのそこそこうまくいっている洋服屋のオットー・スミッツと結婚して以来会っていなかった。しかしこの太った少年がエパミノンダス・スミッツであることを疑う理由はなかった。なにしろ本人がそう言っているのである。

「会えて嬉しいよ」と、ガッブ君は言った。「リバーバンクに来たのは、旅行か何かかい？」

　太った少年は愛想よくほほえむと、小さな声でささやいた。

「パパがね、必要なものは全部持って行きなさいって言うんだ」と、彼は甲高い声で言った。「だからみんな持ってきたんだ。パパがね、おじさんはきっとベッドに寝ていいよって言うけど、僕は床に寝たほうがいいって言っていたよ。そのほうが安全なんだってさ。パパがね、僕がベッドの上で寝たら危険なんだって言うんだ……ベッドの足が折れたら、肺に刺さって息ができなくなるかもしれないんだって」

　ガッブ君は鳥みたいな頭をかたむけて、エパミノンダスをじっと観察した。

「君はここに一晩か二晩泊まるつもりなのかな？」と、きいた。エパミノンダスはうなずいた。とは言っても顎はあまり動かなかった。なにしろすぐに襟の上に乗っかった脂肪にぶつかってしまうからだ。しかし疑う余地のないイエスの返答だった。

「ずっとここにいるつもりだよ」と、彼はキーキー声で言った。「パパがね、僕は洋服屋になるには頭が悪すぎるって言うんだ。洋服屋になるには、少なくともセンスが必要だって。パパが、『ああ、なんてこったい、おまえは洋服屋には絶対なれやしないぞ。しょうがないからファイロおじさんに弟子入りして、探偵にでもしてもらえ！』って言ったんだ。だから、僕は探偵になりにきたんだよ」

　彼はこの長口上を終えるとぜいぜい言って、さらにこう付け加えた。「今は暇だからさ、今すぐ教えてよ。パパがね……」

　ガッブ君は黙ってドアを広く開けて脇に立つことで、とりあえずエパミノンダスの口を封じた。エパミノンダスはかがみ込んで……顔が紫色に変色した……旅行鞄を持ち上げて、部屋のなかへと運び込んだ。敷居をまたいだとたんに彼は鞄を放り出した。この大仕事に彼はくたくたのようだった。

ガッブ君はゆっくりと、しかし深く考え込んでいた。エパミノンダスに来てもらいたくなかったし、迷惑だった。しかし来てしまったのは現実だ。人知の計り知れぬ運命というやつが、彼にエパミノンダスをもたらしたのだ。エパミノンダスはもうここにいる。ずっと連絡も取っていなかった妹への愛情が、ファイロ・ガッブ君の心のなかにわき上がってきた。彼女がまだ小さな女の子だったころ、フリルのついた白いドレスとブルーのサッシュを身につけた姿で、ガッブ君の手を握りながらこちらを見上げて舌っ足らずの声でかわいらしく何かをしゃべっていた姿は、年長者として守ってやらなくてはいけないというプライドをくすぐったものだった。まだ彼の心のなかではブルーのサッシュとひらひらのスカートを身につけたかわいい女の子である妹が、エパミノンダスを一人前にしてやろうとがんばっているのだ。兄としての愛情がガッブ君の心に満ち満ちた。エパミノンダスを引き受けて、ひとかどの人物にしてやるのが、ずっとほったらかしにしてきたかわいい妹のためになるのだ。エパミノンダスは帽子を脱ぎ、折りたたみベッドの隅にちょっと腰掛けてみて、自分の体重を支えきれないと判断し、ファイロ・ガッブ君のデスクの前におかれた肘掛け椅子に座った。

「すぐに探偵になれるよ、ファイロおじさん」と、彼は名探偵に声をかけた。ガッブ君は片手を折りたたみベッドのてっぺんに置いたまま、エパミノンダスの目をじっと見つめた。

「探偵の仕事は、すぐに覚えられるってわけじゃないんだよ、エパミノンダス」と、彼はまじめな声で言った。「僕だって、さて探偵になろうと思い始めたときは何もわからなくて、〈日の出探偵事務所〉の探偵養成通信教育講座の全十二回講座で一生懸命勉強しなくちゃいけなかったんだよ。最初の一歩を踏み出すだけでも、長いこと勉強しなくちゃ」

「いいよ。他の誰よりも暇だもん」

「君はずいぶん大物になったんだなあ」と、ガッブ君は言った。それは別に冗談でもなかったが、万一エパミノンダスが体の大きさと同じぐらい馬鹿だったら、きっと勉強に四苦八苦することだろう。「もし君の体が小さければ、僕の壁紙張りや室内装飾の仕事を教えてあげるところだったんだけれども、サイズオーバーだから、だめだね。だけど探偵業を習ってそっちのほうで僕の手助けをすることはできるだろう。探偵見習いは、壁紙張り職人見習いとやることは同じだよ」

「はい、ファイロおじさん」と、エパミノンダスは苦しい息の下で言った。

「君が来てくれてよかったのかもしれないな。実は、ずっと長いあいだ、僕の探偵業の妨げになっていることがあるんだ。君は名探偵シャーロック・ホームズのことを知っているかい?」

「うん、ファイロおじさん」と、エパミノンダスはぜいぜい言った。

「じゃあ、説明するまでもないな。ホームズが必要なときにはすぐに注射器を渡し、ホームズが何か言うごとにびっくり仰天してみせるワトソンがいなかったら、シャーロック・ホームズは事件をまったく解決することができなかったんだよ。そうだろう?」

「うん、ファイロおじさん」

「だからこれから君にはワトソン役をしてもらおう。超一流の探偵になるには、すべての探偵は、まずワトソン役を経験しなければならないんだよ。エパミノンダスって名前やエッピーっていう愛称もいまいちだな。よし、今から君の名前はワトソンにするぞ」

「わかったよ、ファイロおじさん」

「それから僕がこれから『わかるかね、ワトソン君。この藁束が僕に、ジョナス・フックが殺人を犯したということを教えてくれるのだよ』なんて言ったときは、君は『すばらしい！』と言うんだよ」

「うん、ファイロおじさん。あと何を言えばいいの？」

「うーん、今のところ、とりあえず他には何も言わなくていいや。『すばらしい！』って言えばワトソン役としては十分だよ。でもあまり繰り返しすぎないように」彼はちょっともじもじして、さらに続けた。「今のところだね、ワトソン君、僕はまだ腕に皮下注射をしたことはないから、モルヒネ注射の針は必要ないよ。唯一僕が持っている針は、デスクの上の針山にさしてある、洋服が破けたときに使う針だけだ。だからしばらくは、『針をくれ、ワトソン君！』と言ったら、その縫い針を渡してくれたまえ」

「うん、ファイロおじさん」と、エパミノンダスは従った。「でも……」

「でも、何だね、ワトソン君？」

「僕、一生懸命やるつもりだけど、パパが僕をかんかんになって叱ったのって、実は僕が針をつまめないからなんだ……指が太りすぎているから」

ガッブ君は実際に見てなるほど、と思った。エパミノンダスほど太った指では、針みたいな品物は小さくてつまめないだろう。つまり普通の人間が運転用の手袋をはめたまま針をつまみ上げようとするようなものなのだ。

「そんなことは心配しなくていい、ワトソン君。時間ができたらすぐ、僕が馬蹄形の磁石を買ってあげよう。それを使えば針を吸い上げられる」

「すばらしい！」と、エパミノンダスは言った。ガッブ君は嬉しそうなまん丸の顔を、疑い深げに見た。しかしそこには馬鹿にしたような色はまったく見られなかった。

「今は言うタイミングじゃないよ」と、彼は言った。「でもこの言葉は頭に入ってきているようだね。これが〈日の出探偵事務所〉の探偵養成通信教育講座の第一回講座の教科書だよ。ワトソン役をやっていないときは、これで勉強しなさい。今のところ探偵の仕事はないから、君は勉強をしておいで。僕は糊のバケツを洗っているから」

エパミノンダスは椅子に深々と腰掛けて、小さな冊子を開いた。そしてガッブ君は言ったとおりに後片付けをはじめた。二人とも夢中になっていたときにまたドアをノックする音がした。ガッブ君は一体誰がやってきたのだろうと見に行った。今度の乱入者はサラ・クインビー夫人だった。

「ガッブ」と、彼女はドアが開くなり言った。「どっかの悪党が泥棒に入ったんだよ！」

この女性の様子からしてみると、泥棒に入られたあとすぐに、その事実を発見したのは明らかだった。もし彼女が泥棒が侵入している現場を発見していたのなら、泥棒はある程度滅多打ちにされた末に、彼女に片脚をひっぱられて連行されただろう。たとえその泥棒が正真正銘の巨人だったとしても、彼女は果敢に立ち向かい、その痕跡がやぶれた洋服などとなって残っているはずだった。クインビー夫人は、知らないあいだに泥棒に入られたのでない限り、絶対必ず泥棒と一戦交える女性だ。彼女はがっしりした顎をして、肩も筋骨隆々、四角四面で融通が利かず、腕組みをした姿はそれはもう恐ろしげだった。実は彼女は若い頃、リバーバンクで隠退生活を始めるまでの十年間、同時代、同階級の挑戦者すべてと戦う女〈マギー・ザ・キッド〉のリングネームで、全米女性ボクシングチャンピオンであったというのが、もしかしたらその理由の一つだったのかもしれない。クインビー夫人は自分の過去の経歴を隠せても、見かけまでごまかすことはできなかった……彼女は見るからに凶悪な人物だった。

クインビー夫人はドアの所に立って、右手に四角い包みを持っていた。それを彼女はガッブ君にぐいと突きつけたので、ガッブ君は受け取って持ったまま、泥棒の話を聞かされるはめになった。

「それで、僕はその泥棒の捜査をして、牢屋とか刑務所とかに送ればいいんでしょうか？」と、ガッブ君は、彼女の話が終わるなり言った。

「牢屋！　刑務所だって！」と、クインビー夫人はあざけるようにわめいた。「この私から盗みをはたらいたくせに、牢屋とか刑務所とかで済ませるもんか。そうだろ、ガッブ！　あんたは犯人を見つけて、私に引き渡すんだよ。牢屋だの刑務所だの二度と言うんじゃないよ！　泥棒を見つけてくるんだよ。あとはこの私にまかせな！」

彼女は片手を、手のひらを上にして突き出し、ゆっくり指を握りしめた。そして同時にオオカミのような歯をぎらりとむき出した。ガッブ君はぞっとした。どうやらクインビー夫人の優美な仕草の意味するところは、じわじわと残酷に殺されるのが避けられないということらしい。

「はい、奥さん」と、ガッブ君は言い、事件がどうなるかはすべて彼女次第だと納得した。クインビー夫人は去っていった。「ワトソン君」と、ガッブは言った。「早く！　針をくれ！」

「うん、ファイロおじさん」と、エパミノンダスは甲高い声で言った。そして何度か失敗したのちに、ようやく太った指で縫い針をつまむことができた。彼はそれをガッブ君に渡した。ガッブ君は上着の袖のところにちくりと突きさすと、針を針山に戻した。

泥棒の話は単純だった。しかし一つ大きな謎があった。クインビー夫人は漆塗りの金箱に札で四十四ドルを、さらに硬貨を少し入れておいた。夫人はいつもその金箱を食堂の食器棚の引き出しに入れておいた。夕食後にそこに入れたのをはっきり覚えていた。牛乳配達の少年から余計にクリームを買った代金としてスーザン・ディッケルメイヤーに、金箱から十セント硬貨を取り出して渡していたからだ。クインビー夫人が余計にクリームを買ったのは、オルフェウス・バッツが夕食を一緒に食べたからだ。バッツ氏は焼きリンゴに山ほどのクリームをかけるのだ。クリームの値段は五セントだったが、クインビー夫人は少年に五セントの借りがあったので十セントを払った。バッツ氏はこう言った。「こんなふうに身の周りに現金を置いておくもんじゃないよ」するとクインビー夫人はこう答えた。「金箱に鍵をかけて、引き出しにも鍵をかけているんだ、これでだめなら他に金を置いておける場所なんてどこにあるんだい？」

ところがお金がなくなってしまった。盗られたのは真夜中過ぎにちがいない、とクインビー夫人は言った。なぜならガップ君がそこで真夜中まで働いていたからだ。彼女は誰を疑っているのかと尋ねると、クインビー夫人はこう言った。「全員だよ！」事務所兼寝室にエパミノンダスと二人っきりで、ガップ君はこの謎に取り組むことになった。事件を解決することが、彼の使命なのだ。ふとっちょの甥っ子が後ろに控えて興奮でぜいぜい言っているなかで、ガップ君は四角い包みを開いた。そのなかから出てきたのは、漆塗りの金箱だった。その蓋は乱暴にこじ開けられ、鍵も壊れて端も曲がっていた。どうにかこうにかガップ君は蓋を開け、なかを見た。クインビー夫人によると、彼女が発見した唯一の手がかりは箱のなかにあるという。確かにあった。そこには特徴的な淡褐色の上着のボタンと、ナイフの刃のかけらがあった。ボタンの糸穴には黒い糸が付着していた。〈黒色綿糸八号〉という糸のようだった。刃はポケットナイフのもので、分厚く強靭なことから、珍しい大きさと強度を持つポケットナイフなのは明らかだった。ガップ君はそれらを慎重に調べた。

「ワトソン君。この事件にさぞ驚いているだろうね？　これからどうやって現金を盗んだ犯人を捜すのか知りたいかい？　この三つの手がかりがあれば、僕には泥棒を捕まえることなんてごく簡単だ。三十分もあれば金を盗んだ犯人を捕まえられるだろう」

彼はここで一拍おいて待ち構えた。

「ねえ、どうしてあれを言わないんだよ？」と、催促した。

「言うって、何を？」と、エパミノンダスはきき返した。

「僕が教えた台詞だよ」

「ああ！」と、エパミノンダスは言った。「すばらしい！」

「まあ、君だったらそう言うだろうね、ワトソン君。君はなにしろまだ探偵法というものを理解していないのだから。さて、ここでだ、ワトソン君。このボタンなのだが……ありふれた上着のボタンだ。泥棒の洋服から落ちたのはほぼ間違いないだろう。このようなボタンはどこで見かけるだろう？」

エパミノンダスはしばらくぽかんとした顔で、まじまじとボタンを見つめた。一方ガップ君もそれを拡大鏡を使って観察した。いきなりエパミノンダスの顔がぱっと明るく輝いた。

「ファイロおじさんの上着だよ！」と、彼は甲高い声でわめいた。

「針をくれ、ワトソン君！」

びっくりしてガッブ君は自分の上着のボタンを見た。クインビー夫人が金箱に入れておいた証拠のボタンそっくりだった。それだけではない。ガッブ君の上着にはボタンが五つついているはずなのに、四つしかついていなかったのだ。五番目のボタンがあるべき場所には、糸くずとなった〈黒色綿糸八号〉がまとわりついているだけだった。ガッブ君は非常にきまり悪い気分のまま、ナイフの刃を取りあげた。一週間かそこら前、ガッブ君がペンキ缶をナイフを使って開けようとしたとき、刃がこぼれてしまった。彼は欠けた刃をオーバーオールのポケットのなかに放り込んでおいた。彼はズボンのポケットのなかをさぐり、ナイフを取りだした。欠けたナイフを開いて証拠をそこにあてがってみた。ぴったり一致するではないか!

「すばらしい!」と、エパミノンダスは叫んだ。

「僕が言うまでその台詞は言わなくていいよ」と、ガッブ君はいらいらした調子で言った。「偶然は数限りなく起こって、それでは何の証明にもならないんだ。ボタンやナイフの欠けた刃を落としても、それが何の意味も持たないことだってあるんだ」

彼はご機嫌斜めのように、エパミノンダスには見えた。

「僕はいつ言ったらいいの?……『素晴らしい!』って」と、でぶの少年は質問した。

「言うべきときが来たらだよ」と、ガッブ君はとげとげしい声で言った。そして彼は金箱を引き寄せると、拡大鏡で調べ始めた。「ああ、ワトソン君!」と、彼は叫んだ。「手がかりだ!」

「すばらしい!」と、エパミノンダスは言ったが、先ほどより熱がこもっていなかった。

「もう少し気合いを入れてくれたまえ、ワトソン君。僕がこの金箱で何を見つけたと思う、ワトソン

「針をくれ、ワトソン君！」


君？ 指紋だよ！ ねえ、ワトソン君、科学によれば世界中を探しても、同じ指紋を持つ指は絶対に存在しないのだよ」

「すばらしい！」と、エパミノンダスは、今回は正しいタイミングで言えたかな、と思いながら叫んだ。

「実際それは確かなんだが」と、ガッブ君は言った。「しかしこの指紋についてだが、ワトソン君。誰かがクインビー夫人の現金を盗んだ犯人として、僕を陥れようとしているのかもしれない。なにしろスーザン・ディッケルメイヤーを除けば、僕があの食堂にいた最後の人物なのだから。しかし、ワトソン君、僕たちには証拠があるのだ」

「すばらしい！」と、エパミノンダスは甲高い声で言った。今度は正しいタイミングで言えたという自信があった。

拡大鏡を使って、ガッブ君は慎重に白紙の上に金箱の指紋の線を模写していった。ペンで線を描きながら、ガッブ君は舌の先をそっと嚙んでいた。こうすることで絵が上手く描けるのだ。エパミノンダスは息を詰めて見つめていた。彼は目前で探偵科学の驚異が繰り広げられているのを感じていた。

「ほら！」と、ガッブ君は言って描き終えた。「見たまえ、ワトソン君、クインビー夫人から金を盗んだ犯人の、人差し指と親指の指紋だ。探偵科学の極みだよ。指紋は嘘をつかない。この指紋をつけた人間こそが、犯人なのだ。そして……」

「すばらしい！」

ガッブ君はその叫び声を無視した。彼の目は、インクに汚れた自分の親指が紙の端に残した跡に吸い寄せられていた。ガッブ君の親指の指紋と、金箱に残されていた親指の指紋は、細部にいたるまでまったく同じだったのだ！　ガッブ君はゆっくりと紙を裏返して反対側の指紋を見比べた。金箱の指紋とうり二つだった！

「すば……」と、エパミノンダスは言いかけた。

「やめろ！」と、ガッブ君は命令した。エパミノンダスは口を閉じた。

ガッブ君は自分で自分の首を絞めてしまった。彼の前に並べられた証拠は、ある人物を犯人として特定していた。彼は立ち上がり、手を後ろで組んで、いらいらして大股で歩きまわった。エパミノンダスは、ぜいぜいしながらそれを見つめていた。

「やめろ！　ぜいぜい言うのはやめなさい！」と、ガッブ君は叫んだ。「僕がどんな窮地に陥っているのか、わからないのか。そんなにぜいぜいするんじゃない」突然彼はすっくと姿勢を正して、「ワトソン君」と、冷静な声で言った。「これは非常に深刻な事件なのだよ」

エパミノンダスは「すばらしい！」と言わないほうがいいのはわかったが、他にどう言っていいのかわからなかった。だから何も言わず、にっこり笑ってみた。

「この事件のすべての証拠は、クインビー夫人の現金を盗み出した犯人は、この僕であると指摘している。それからさらに」と、彼は付け加えた。「僕のズボンのポケットのなかには、ちょうど今、札と小銭で五十ドル以上入っている。クインビー夫人のような顎を持った女性は、これが自分の金だと決めつけるだろう。事態は深刻だよ、ワトソン君。〈日の出探偵事務所〉の探偵養成通信教育講座全十二回にも、もしあらゆる証拠が犯人は探偵であると指し示していたときはどうするのか、ということは書いていない。僕は窮地に追い込まれてしまったのだよ、ワトソン君！」

「針をくれ、ワトソン君！」


「すばら……」と、エパミノンダスは言いかけたが、今はタイミングが悪いと察した。

「もしこの窃盗事件が」と、ガッブ君は続けた。「法廷に持ち出されようとも、僕は何も恐れはしない。僕のような探偵を牢屋に入れようとする判事はいないだろう。しかしサラ・クインビー夫人は陪審員の評決など涙も引っかけないだろう。証拠が誰を指し示しているか知るが早いか、ワトソン君、彼女は相手をぎったぎたのめったためたにして……」

ドアをどんどん叩く音がして、クインビー夫人が入ってきた。明らかに、彼女はますます怒り狂っていた。

「それで？」と、彼女は厳しい声で言った。「どうだい？ 何か見つけたのかい？」

ガッブ君はしゃべる前にごくりごくりと二度ほど唾を飲み込んだ。

「探偵という業務におきましては、クインビー夫人」と、彼はもごもご言った。「あわててはならないのです。現在のところ、お持ちになりました証拠類を検査したにすぎません。それらはすべてある人物を指し示しているのではありますが……」

「男かい、それとも女かい？」と、クインビー夫人はぴしゃりと言った。

「ええと……男性です」と、ガッブ君はしぶしぶ答えた。

「おお！」と、クインビー夫人は怒りを込めて叫び、普通の人の拳だったら、いとも簡単に砕いてしまうような握り拳で、ぴしゃりと音をたてた。「思った通りだ！ 早く証拠をそろえな、ファイロ・ガッブ！ その男を……」

ガッブ君はできるだけ彼女とは目を合わさないようにしていた。例の淡褐色のボタンをつまんだまま、彼はびくびくとひねくりまわしていた。ふと下を見て自分の指が何を持っていたのか気がつくと、あわててそれをチョッキのポケットにしまいこんだ。

「まず何よりも……その復讐を始めるよりも前にですね……捜査の手順として、その事件を捜査している探偵は、その、変装をしまして……さらに多少はちょいと捜査をしませんと」

「はっきりさせたいんだよ！　はっきりとね！」と、クインビー夫人はわめいた。「犯人が確実に突き止められたら、私の気が済むまで徹底的に懲らしめてやりたいんだよ！　ちゃんと調べておくれよ、ガッブ。さっさとね。それだけだ。大急ぎだよ。待てば待つほど頭に血がのぼるんだから。人を殺すつもりはないけど、もっと頭にきちまったら、自分でも何をするかわからないよ」

「は、はい奥さん。僕は第十八号のBの変装をしたいと思います。東インド諸島の蛇使いの衣装で、〈日の出探偵事務所〉の通信販売カタログで十八ドル四十セントしたやつなんですけれど……」

「なんでもいいから好きな格好をしな。あたしはここに四時に戻ってくるからね。そのときには何がどうなったのか、ちゃんとした話を聞かせておくれよ！」

こう言ってクインビー夫人が去っていくと、ガッブ君はエパミノンダスのほうを向いた。

「針をくれ、ワトソン君！」と、彼は言った。エパミノンダスはしたり顔で向きを変え、悪戦苦闘の末、太った指で縫い針をどうにか捕らえ、ガッブ君に手渡した。探偵は上着の袖にぷすりとさすと、針山に戻した。「さて、ワトソン君」と、彼は言った。「僕が変装をするのを手伝ってくれないかね」

第十八号のBの変装は、ガッブ君のコレクションのなかでも一番けばけばしいものだった。どぎつい紫色のターバンと、目がちかちかするような真っ赤なローブからなっていた。さらに変装を完璧にするために、ガップ君は靴と靴下を脱いで、足と脚と手と腕と顔を、茶色のグリース入りの染料で塗り、腕には小さなバスケットをかかえた。そのなかには蛇のぬいぐるみが入っているのだ。準備万端整えて、彼は部屋を出て、クインビー夫人の家へと出かけた。エパミノンダスは事務所兼寝室でお留守番となった。

時間がたった。エパミノンダスは、折りたたみ式ベッドを試してみた末に、枕を床に置いて寝込んでしまった。目が覚めて、ガップ君の菓子パンの残りを食べ、瓶に残っている牛乳を飲み、また寝てしまった。さらにまた目が覚めると元気が回復して、さらにまた太ったように見えた。彼の頭脳はびっくりするほど冴えていた。昼寝をしたあとの五分間はいつもこうなのだ。一、二分間彼は椅子に座って深く考え込んだ。ファイロおじさんが面倒に巻き込まれている！　ファイロおじさんの手に負えない証拠が、面倒の原因だ。もしファイロおじさんが牢屋に入れられたり、ぎったぎたのめったためたにされてしまったら、エパミノンダスの探偵業を学ぶという希望は潰えてしまう。そしたら彼はダーリングポートに帰り、脂肪でぶよぶよの指のあいだでなくなってしまう縫い針を持って、また洋服屋の修業を始めなくてはいけない。きっと父親は優しくしかし真剣にののしることだろう。

エパミノンダスは椅子を回転させてデスクに向かった。人差し指の脇を使って、欠けたナイフの刃をデスクの端まで寄せて、手の平にのせた。彼の目は部屋の隅のネズミの巣の穴に吸い寄せられた。ぜいぜいしながら隅まで歩いて行き、かがみこむとそのナイフの刃をネズミの巣のなかに放り込んだ。デスクまで戻り、ハンカチを使って丁寧に漆塗りの金箱の表面をぬぐった。そして嬉しそうにぜいぜいしながらふたたび床に寝転がって、眠りに落ちたのだった。

　四時ちょっと前に、ファイロ・ガッブ君は部屋に戻ってきた。彼は落ち込んでいた。彼が犯人だと指し示す論理の風向きを変えるような、新たな証拠などまったく見つからなかったのだ。四時に、クインビー夫人が目を血走らせて戻ってくる。そういうわけで、証拠は彼自身が犯人だと指し示していると報告せざるを得ない。そしてノアやフランス国王ルイ十四世ではないが、土砂降りの雨となるだろう！〔ノアは「旧約聖書」に登場する箱船をつくって大洪水を逃れた人物。ルイ十四世は「余の死後は洪水でも起こってしまえばよい」と言ったと伝えられる〕しかしこちらは雨は雨でも、血の雨だ。ガッブ君は茶色に塗った裸の足でエパミノンダスを踏み、ぐいと押した。エパミノンダスは起き上がった。ガッブ君は真っ赤なローブを脱いでズボンとチョッキを引き寄せた。

「ファイロおじさん」と、エパミノンダスは甲高い声を震わせながら言った。「証拠はなくなっちゃったよ」

「なくなったって！」と、ガッブ君は叫んで、暗い顔がぱっと明るくなった。

「うん、みんななくなっちゃった。僕が金箱を拭いて、ナイフの刃もなくしちゃったんだ」

　一瞬ガッブ君の目は喜びに輝いた。

「こういう状況だと」と、彼は叫んだ。「僕を犯人だなんて言うことはできないぞ！　本当だったら証拠の改竄はしてはいけないんだよ、ワトソン君、どんな状況でもね。でも……この特別な状況では……まあ、仕方がない……」

　彼の声は次第に尻すぼみになっていった。指をチョッキのポケットにつっこむと、淡褐色のボタンにふれた。するとドアがバタンと開いて、クインビー夫人が入ってきた。

「どうだい？」と、彼女は勢い込んで尋ねた。

「奥さん……クインビー夫人……奥さん」と、ガッブ君はのろのろ嫌そうに答えた。「この事件は、まことに申し上げにくいのですが、唯一の証拠が、ある紳士を指し示しておりまして、どう見てもその人物が有罪であると言わざるを得ないのです」

「で？」と、クインビー夫人は驚いたことに冷静に言った。

「僕が入手したその問題の証拠であるボタンは、ファイロ・ガッブ、壁紙張り職人にして室内装飾家を指し示しております。おたくの壁紙張りと室内装飾をしているあいだ、四十四ドルと数セントを盗んだのにちがいありません。探偵でもあるファイロ・ガッブを、ここに連行しておりますので、引き渡すことができます。壁紙張り職人にして室内装飾家のファイロ・ガッブは黙秘しております。以上、ファイロ・ガッブ探偵が謹んでご報告いたしますです」

「すばら……」と、エパミノンダスは言いかけたが、ガッブ君がじろりとにらんだので、口を閉じた。

クインビー夫人は猫のように爪を立ててガッブ君に飛びかかりもしなかったし、全米女性ボクシングチャンピオン、〈マギー・ザ・キッド〉の岩の拳で即座に殴りかかることもしなかった。

「おやまあ！」と、彼女はあざけるように叫んだ。「実を言うとね、それを聞いて本当に安心したよ！あの金を盗んだのは絶対にオルフェウス・バッツだって信じていたんだから。結婚式の準備は終わってるのに、婚約者が私の金箱から金を盗み出したなんて、いやだろう！　ああ、よかった！　あんたが盗んだってきいて、安心だよ。嬉しくてどうしていいものやらわからないよ！」

「すぐに四十四ドルはお返しします……」と、ガッブ君が言いかけると、クインビー夫人はひらひらと手を振った。

「おやおや、何を言っているんだい！」と、彼女は笑った。「とっておきな！　こんなに安心させてくれたんだから、その二倍あげてもいいぐらいだよ。もう恨んだりなんかしちゃいないよ、ガップ。こんなふうに金がなくなっちまったほうがいいときもあるのさ。あんたみたいな壁紙張り職人や配管工が家にやってきたとき、金を安全な場所に置いておこうって頭もないばあさんは、盗まれるくらいでいいんだよ。そのほうが人間らしいんだ、ガップ。しかも花婿が花嫁の金を盗んだなんてことになるんだったらね！　実はね、ガップ」と、彼女は真剣な顔つきで、「スーザン・ディッケルメイヤーが金を盗んだって自白したんだよ……しかもあの女は、ボタンとナイフの刃のかけらをあんたから盗んで、金箱が置いてあった食器棚に残しておいたそうだ。あんたが疑われるように」

これでガップ君には十分だった。嬉しそうに帰っていくクインビー夫人に向かって深々と一礼した。そしてエパミノンダスのほうを向いた。ガップ君の鳥のような目には嬉しそうな輝きがやどり、何かを欲していた。

「すばらしい！」と、エパミノンダスは言った。ガップ君は言った。「探偵業においてはみなが想像しているよりもすばらしいことが、たくさんあるのだよ、ワトソン君」

「はい、ファイロおじさん」

次々に事件を解決する偉大な名探偵が、また一つ事件を解決しただけだ、といった様子を装いながら、ガップ君は壁のほうへと歩いて行って、仕事用の上着を手に取った。〈黒色綿糸八号〉を糸巻きから一メートルばかりほどいて、切り取った。チョッキのポケットから淡褐色のボタンを取り出した。折りたたみ式ベッドの端に腰掛けて、エパミノンダスを見た。

「針をくれ、ワトソン君！」

「針をくれ、ワトソン君！」と、彼は言った。落ち着いた、ボタンを自分で縫い付けようという独身男の声だった。

訳者解説

本書の著者、エリス・パーカー・バトラー（Ellis Parker Butler、一八六九～一九三七）は、二十世紀前半のアメリカを代表するユーモア作家の一人である。

彼が生まれたのはアイオワ州ムスケイティンという町で、人口は現在でも二万人あまりの田舎町だ。そしてミシシッピ川に面していて、まさにこの本に登場するファイロ・ガッブ君の地元、アイオワ州リバーバンクにそっくりである。おそらくバトラーも自分の生まれ故郷を思い描いてこの作品を書いたのに違いあるまい。また偶然だが、アメリカを代表する同じユーモア作家マーク・トウェインが、一時期この町の『ムスケイティン・ジャーナル』という地方新聞で記者をやっていたというのもおもしろい。

バトラーはニューヨークに出て銀行家として成功した。その一方で千七百篇以上の短篇を書き、生涯で三十三冊もの単行本を出版していたというから驚きである。彼と同時代のユーモア作家にジョン・ケンドリック・バングスがいるが（彼もやはり迷探偵シリーズ『ラッフルズ・ホームズ・カンパニー』という作品をものしている）、彼の作品がどちらかというと洗練されて洒脱であるのに対して、バトラーはいささか泥臭い笑いを目指していた。

彼の代表作は「ブタはブタなり（*Pigs is Pigs*）」（一九〇五）で、ギニアピッグ（モルモット）は、はたしてペットなのかそれとも「ピッグ」というからには家畜なのか、というばかばかしい論争から始まる話である。この作品は『アメリカほら話』(井上一夫編訳、ちくま文庫、一九八六)に収録されている。ほかにもたくさんの作品が戦前の『新青年』に訳出されており、かつては人気があったことがうかがわれる。

この『通信教育探偵ファイロ・ガッブ』は、*Philo Gubb, Correspondence-School Detective* (Houghton Mifflin Co., Boston and New York, 1918) の全訳および単行本未収録作品「針をくれ、ワトソン君!」を特別付録として収めた。

現在は惜しくも閉鎖されてしまったが、非常に詳しいバトラー研究を発表していたウェブサイト「Ellis Parker Butler | American Author, Humorist and Speaker」によれば、ファイロ・ガッブは最初は探偵ではなかったという。彼の初登場は一九〇九年に『ベッツヴィル・テールズ』誌九月二日号に発表された *Philo Gubb and the Auto Hen* という作品で、心優しいガッブ君は母鳥を失った卵をかわいそうに思い……という内容らしい。ガッブ君の探偵以前の作品はさらにもう二篇あるそうだ。詳しくは作品一覧をご覧いただきたい。

そしていよいよ一九一三年になって、ガッブ君が探偵としてデビューする。しかし驚くべきことは、彼の活躍した冒険談には単行本未収録作品が数多くあったということだ。それらはつい最近まで古雑誌の中で眠っていたのだが、ようやく *The Compleat Deteckative Memoirs of Philo Gubb, Esquire* (The Battered Silicon Dispatch Box, 2010) としてまとめられた。それでも前述の「探偵以前」の三作品は収録されず、いまだ眠ったままだというのが惜しまれる。

前述のウェブサイトおよび以下1から3以外の全篇を収録する *The Compleat Detectative Memoirs of Philo Gubb, Esquire* によれば、ガッブ君ものの書誌は以下の通りである。なお本書収録作品は日本語題名を添えてある。

1 *Betzville Tales* (September 2, 1909) "*Philo Gubb and the Auto Hen*"
2 ―――― (November 5, 1909) "*Pigath Gubb's Auto-House*"
3 *Canada West Monthly* (January, 1911) "*The House That Wouldn't Wait*"
4 *Red Book* (May, 1913) "*Philo Gubb, The Correspondence School Detective*"「ゆでたまご」
5 ―――― (June, 1913) "*Philo Gubb and the Oubliette*"「秘密の地下牢」
6 ―――― (July, 1913) "*Philo Gubb and the Un-burglars*"「にせ泥棒」
7 ―――― (August, 1913) "*Philo Gubb and the Two-Cent Stamp*"「二セント切手」
8 ―――― (September, 1913) "*Philo Gubb and the Chicken*"「にわとり」
9 ―――― (October, 1913) "*Philo Gubb and the Dragon's Eye*"「ドラゴンの目」
10 ―――― (November, 1913) "*The Progressive Murder*"「じわりじわりの殺人」
11 ―――― (July, 1914) "*Red Cedar!*"
12 ―――― (August, 1914) "*The Pet*"「ペット」
13 ―――― (September, 1914) "*The Eagle's Claws*"「鷲の爪」

14 ―― (October, 1914) "*The Missing Mister Master*"「マスター氏の失踪」

15 ―― (November, 1914) "*Waffles and Mustard*"「ワッフルとマスタード」

16 ―― (December, 1914) "*The Anonymous Wiggle*"「名なしのにょろにょろ」

17 ―― (January, 1915) "*The Half of a Thousand*"「千の半分」

18 ―― (February, 1915) "*Dietz's 7462, Bessie John*"「ディーツ社製、品番七四六二〈ベッシー・ジョン〉」

19 ―― (March, 1915) "*Buried Bones*"「埋められた骨」

20 ―― (April, 1915) "*Philo Gubb's Greatest Case*"「ファイロ・ガッブ最大の事件」

21 ―― (May, 1915) "*The Togbury Jool*"

22 ―― (June, 1915) "*One Hundred Dollars Reward*"

23 ―― (July, 1915) "*Henry*"「ヘンリー」

24 ―― (August, 1915) "*The Disappearance of Ma'y Jane*"

25 ―― (September, 1915) "*The Premature Death of Philo Gubb*"

26 ―― (October, 1915) "*The Stolen Umbrella*"

27 ―― (November, 1915) "*Four Tufts of Golden Hair*"

28 ―― (December, 1915) "*The Inexorable Tooth*"

29 ―― (January, 1916) "*The Carnival of Crime*"

30 ―― (February, 1916) "*This Style, $20*"

31 ――― (March, 1916) "*The Parmiller Pounds*"
32 ――― (April, 1916) "*The Kinwiller Case*"
33 ――― (May, 1916) "*The Ghatghee*"
34 ――― (June, 1916) "*In the Dark!*"
35 ――― (July, 1916) "*The Needle, Watson!*"「針をくれ、ワトソン君!」
36 ――― (August, 1916) "*The Dark Closet*"
37 ――― (September, 1916) "*Too Much Gubb*"
38 ――― (October, 1916) "*The Hound of the Tankervilles*"
39 ――― (November, 1916) "*The Tenth of June*"
40 ――― (December, 1916) "*Who Would Steal a Pump?*"
41 ――― (January, 1917) "*The Last Case of Philo Gubb*"
42 *Radio News* (September, 1923) "*The McNoodle Brothers' Radio Mystery*"
43 *Sunday Star* (February 14, 1932) "*Philo Gubb Gets the Murderer*"
44 *St. Anthony Messener* (1933) "*The Sword Swallower Murder*"

以下、各短篇の内容に言及するので、未読の方はご注意いただきたい。

「ゆでたまご」『レッド・ブック』一九一三年五月号発表

この作品は初出時は上述のように *Philo Gubb, The Correspondence School Detective* だったが、一九一六年に映画化されたときに *The Hard-Boiled Egg* と改題され、さらに単行本収録の際に引き継がれた。

The Compleat Detecktative Memoirs of Philo Gubb, Esquire の解説を書いたダグラス・G・グリーンによると、ガッブ君のほかに、通信教育出身の探偵としては、パーシヴァル・ワイルドのピーター・モラン探偵（初出は『エラリー・クイーンズ・ミステリ・マガジン』一九四三年九月号）や、ポール・W・フェアマンのウォルター・ワッツ探偵（初出は同誌一九六〇年三月号）があるそうだ。

なおこの作品は「うで卵」（『新青年』一九三三年新年増大号）の翻訳がある。

「ペット」『レッド・ブック』一九一四年八月号発表

この作品にガッブ君が恋に落ちるエピソードがあり、次の作品から冒頭の「枕」でガッブ君の恋物語が毎回語られるようになる。それによって各作品が連作短篇のように有機的なつながりを持つようになった。しかしこれは単行本化のときに行われた加筆であって、雑誌初出時には見られない。もともとはいきなり〈タスマニアの野蛮人〉と野原で行き会うという形だった。

「鷲の爪」『レッド・ブック』一九一四年九月号発表

白頭鷲の刺青がこの作品に登場するが、本文でも触れられているようにアメリカ人にとって「我が国の力と自由の象徴であるあの高貴な紋章」であり、アメリカの国鳥である。

『日本の刺青と英国王室』(小山騰、藤原書店、二〇一〇)によれば、「アメリカの最初の刺青師はドイツからの移民であるマーチン・ヒルデブランドで、彼の最盛期は南北戦争期(一八六一―一八六五年)であったという。(中略)おそらくヒルデブランドは欧米で活躍した最初の専門刺青師であった」(一〇三～一〇四頁)とある。シュレッケンハイムがドイツ系という設定は、このヒルデブランドの存在が念頭にあったのかもしれない。

「秘密の地下牢」『レッド・ブック』一九一三年六月号発表
「にせ泥棒」『レッド・ブック』一九一三年七月号発表
「二セント切手」『レッド・ブック』一九一三年八月号発表

「秘密の地下牢」でいたずら者のビリー・ゲッツが三文小説雑誌(dime novel)を読んでいるシーンが登場するが、ちょうどこの作品が発表された時期は、十九世紀末から大衆の人気を得ていたダイムノベルから、パルプマガジンへの移行期だった。著者のバトラーもパルプマガジン作家として知られる一人であり、数多くの作品を「書き飛ばして」いた。

この作品や「にせ泥棒」「二セント切手」の背景となるのが禁酒法である。一般的にはアメリカの禁酒法は一九一九年から一九三三年までの米国憲法修正第十八条によるアルコールの製造、販売、輸送の全面禁止のことを指すが、それ以前からアメリカの各州ではそれぞれの地元の禁酒運動に触発された禁酒法がいくつも制定されていた。この物語の舞台となるアイオワ州はなかでも禁酒法に熱心で、一八五五年にすでに禁酒法が制定され、自家製造のサイダーおよびワインの販売のみ認め、さらに州外から持ち込まれた酒類はパッケージの入れ替えを禁止し、それ以来いくつもの法律がつくられた。この作品が書かれたのは全国的な禁酒法以前にもかかわらず、作中で酒が禁止されているのはそういうわけである。

禁酒法下のアメリカでは、密造酒や密輸酒の取引にアル・カポネを筆頭とするギャングがからんで一大地下経済を形成したことは有名だが、この物語の舞台となった禁酒法の黎明期には、こうした禁酒派（「ドライ」と呼ばれた）と飲酒派（こちらは液体を飲むので「ウェット」とよばれた）との抗争があったようだ。しかしなにごとにも本音と建前、表と裏があったのは今も昔も同じことのようで、両方に二股かけている人間も実はいたらしい。そんないい加減なことをしている連中を、やんわりと皮肉っているのが「二セント切手」である。

禁酒運動の提唱者は一つは教会であり、もう一つは女性だった。その主な団体として「キリスト教禁酒婦人連盟」があり、活動家の一人キャリー・ネイションはマサカリを手にバーを襲って破壊を繰り返したことで有名になった。

「にわとり」『レッド・ブック』一九一三年九月号発表
この作品にはシカゴから逃げて来たギャング二人組が登場する。やはりギャングの本場といえばニューヨークかシカゴというのが、通り相場である。しかしいくらなんでも「にわとり野郎《チキン》」という名前のギャングというのは情けない。なにしろ「チキン」というのは「弱虫」という意味があるからだ。映画「バック・トゥ・ザ・フューチャー」では、主人公のマーティが「チキン」と悪口を言われると、切れて暴れ出してしまうという設定になっている。

「ドラゴンの目」『レッド・ブック』一九一三年十月号発表
作中にシベリア大使が登場するが、もちろんシベリアが独立国であったわけがない。
また黒人を的あての的にして水に落とすなどという、現在からみればひどい差別と思われるようなことも書かれている。それも現実だったということは、知っておかなくてはいけないことである。

「じわりじわりの殺人」『レッド・ブック』一九一三年十一月号発表

「マスター氏の失踪」『レッド・ブック』一九一四年十月号発表
〈ブリッグズ・アンド・ボルトン〉というガッブ君が所持している拳銃は、五十三と二分の一口径となっている。一八七三年以来西部開拓時代に使われていたコルト・ピースメーカーは四十五口径、ライフルと同じ弾丸を発射するという大型拳銃で、撃ったときの反動がすごいと言われているのだが、それよりも大きい、実に危険きわまりないものをガッブ君は振り回していたことになる。

「ワッフルとマスタード」『レッド・ブック』一九一四年十一月号発表
『シャーロック・ホームズのライヴァルたち　3』（ハヤカワミステリ文庫）で編者の押川曠氏はガッブ君のことを「ホームズの大ファンだから、その格好がまたふるっている。瘦身に浴衣をまとい、古風な鹿打ち帽にカラバッシュ・パイプをくわえ、顕微鏡と変装セットを片ときも手離したことがない」（四七四頁）といっているが、実際には単行本収録作品中では、それほどガッブ君がホームズに執着しているような記述は見られない。この記述は単行本の表紙もかざっているこのエピソードの挿絵からきているのではないだろうか。顕微鏡もようやくこのエピソードで出て来たにすぎないのだ。

「名なしのにょろにょろ」『レッド・ブック』一九一四年十二月号発表

「千の半分」『レッド・ブック』一九一五年一月号発表

「ディーツ社製、品番七四六二〈ベッシー・ジョン〉」『レッド・ブック』一九一五年二月号発表

ベタベタはモーターボートをセントポールで買ったと言っているが、これはミネソタ州のセントポールのことだろう。ここはミネアポリスとともにミシシッピ川をはさんだ二つの都市がならびたち、「双子の町」と言われている。

「ヘンリー」『レッド・ブック』一九一五年七月号発表

この作品にはいかにも怪しい心霊主義者が登場する。バトラーが茶化しているのはブラヴァツキー夫人がはじめ、アニー・ベザントやルドルフ・シュタイナーらが活動を引き継いだ神智学会なのかもしれない。インド風をよそおうところが、コナン・ドイルらの心霊学よりもそちらのほうに近いのではと思える。

「埋められた骨」『レッド・ブック』一九一五年三月号発表

メッダーブルックが行ったといっている「パタゴニア」とは、チリとアルゼンチンとの国境付近にある地方で、巨大な氷河があることで有名である。

この作品はちょっとひねりを利かせたホームズ・パロディと言っていいだろう。金欲しさに口からでまかせを並べる宿なし男は、天才小説家の素質があるかもしれない。

「ファイロ・ガッブ最大の事件」『レッド・ブック』一九一五年四月号発表

この作品は同じ題名で『シャーロック・ホームズのライヴァルたち　3』（押川曠編／秋津知子訳、ハヤカワミステリ文庫、一九八四）に収録されている。

単行本の最後をかざる作品であり、ガッブ君の冒険の一つの集大成と言ってもいいだろう。この時点で彼はもうすっかり町の名物男になっていて、彼の行くところぞろぞろと町の住民たちはくっついて歩くのである。労働者たちと、効率を求め新しい機械を発明しようとする男という対立構造も、この作品の背景としてある。アメリカの大量生産のさきがけであり象徴でもあるフォード社のT型フォードが生産を開始したのが一九〇八年、この作品が発表される七年前であった。

「針をくれ、ワトソン君！」『レッド・ブック』一九一六年七月号発表

この作品は原著単行本には収録されていないが、上述のように数ある未収録作品から訳出した。題名

を見てわかるように、これはシャーロッキアンにとって見逃せない作品だ。実はすでにアメリカでは*SHERLOCK HOLMES IN AMERICA*（edited by Bill Blackbeard, Harry N. Abrams, NY, 1981）に、“*Watson, Once Epaminondas, Joins Deteckative Gubb*”（原文ママ）と改題されて収録されている。再録時に題名が変更されることもままあることだ。この本に収められたということは、アメリカのシャーロッキアナ史に残るパロディであると認められているといってもいいだろう。

さて、この題名だが、ヴィンセント・スタリットが一九三三年に発表した『シャーロック・ホームズの私生活』（小林司・東山あかね訳、文藝春秋社、一九八七）にこういう一節がある。

　滑稽化して上演された演劇は、数多い。俳優によって流行《はやり》ことばになった、最も有名なセリフは、「早く、ワトスン、注射針をとってくれ」という、このおなじみのギャグである。そのセリフがいつどこで使われたのかは、まだよくわからない。しかし、それは今世紀の初めごろにジレットの戯曲にならって作られたことがわかっている。（二八七〜二八八頁）

はたしてこの決め台詞を誰が最初に使い始めたのかはわからないが、ガッブ君もその系列につらなっているのはまちがいない。ただガッブ君は度胸がないので、自分にブツリと針を刺すのが怖く、かわりに洋服を生け贄にしているというわけだ。

なお、この本の訳出にあたってテキサス州のシャーロッキアン、ドン・ホブス氏にご協力をいただいた。ここにお礼を申し上げる。そして、『ウジェーヌ・ヴァルモンの勝利』『フィデリティ・ダヴの大仕事』に引き続いて担当してくださった国書刊行会の佐藤純子氏には、最初からガップ君を気に入っていただき、あたたかい励ましをいただきました。重ねて感謝いたします。

平山雄一

著者

エリス・パーカー・バトラー（Ellis Parker Butler、1869〜1937）

アメリカのユーモア作家。銀行家として活躍するかたわら旺盛な執筆活動をこなし、200以上の雑誌に寄稿した。パルプ・フィクション作家としてもっとも多作であったとも言われている。代表作に「ブタはブタなり」（『アメリカほら話』、ちくま文庫）、“*Dominie Dean*”、“*Jibby Jones*”、“*Swatty*” など。

訳者

平山雄一（ひらやま ゆういち）

1963年、東京都生まれ。

東京医科歯科大学大学院歯学研究科卒、歯学博士。

日本推理作家協会、「新青年」研究会、日本シャーロック・ホームズ・クラブ、ベイカー・ストリート・イレギュラース、ロンドン・シャーロック・ホームズ協会会員。著書に『江戸川乱歩小説キーワード事典』（東京書籍、2007年）、共編書に「Sherlock Holmes in Japan」（Baker Street Irregulars）、訳書に『ウジェーヌ・ヴァルモンの勝利』（2010年）、『フィデリティ・ダヴの大仕事』（2011年、共に国書刊行会）など。

通信教育探偵ファイロ・ガップ

二〇一二年四月二十五日　初版第一刷　発行

著者――――――エリス・パーカー・バトラー
訳者――――――平山雄一
発行者―――――佐藤今朝夫
発行所―――――株式会社国書刊行会
〒一七四―〇〇五六　東京都板橋区志村一―十三―十五
電話　〇三―五九七〇―七四二一　ファックス　〇三―五九七〇―七四二七
装幀――――――長田年伸
印刷・製本――――中央精版印刷株式会社
ISBN 978-4-336-05436-4

ウジェーヌ・ヴァルモンの勝利

ロバート・バー 著

平山雄一 訳

コナン・ドイルの友人で、ホームズのパロディでも知られるバーの傑作短篇集、初邦訳！
エラリー・クイーンや江戸川乱歩が絶賛し、夏目漱石の『吾輩は猫である』にも登場する名作「うっかり屋協同組合」を含む全８篇を収録。

2,310円（税込）

国書刊行会